DIREITOS HUMANOS, ÉTICA, TRABALHO E EDUCAÇÃO

TÂNIA SUELY ANTONELLI MARCELINO BRABO (ORG.)

DIREITOS HUMANOS, ÉTICA, TRABALHO E EDUCAÇÃO

Autores:

Alonso Bezerra de Carvalho
Ana Rita Santiago
Danilo R. Streck
Elissandra Medeiros Dal Evedove
Fernando Marhuenda
Giovanni Alves
Henrique T. Novaes
Jair Pinheiro
Solon E. A. Viola
Tânia Suely Antonelli Marcelino Brabo
Valeria Pall Oriani

COLEÇÃO CONHECIMENTO E VIDA

1ª edição São Paulo – 2014

© Copyright 2014
Ícone Editora Ltda.

Coleção Conhecimento e Vida

Revisão
Paulo Teixeira

Projeto gráfico, capa e diagramação
Richard Veiga

Proibida a reprodução total ou parcial desta obra, de qualquer forma ou meio eletrônico, mecânico, inclusive por meio de processos xerográficos, sem permissão expressa do editor (Lei nº 9.610/98).

Todos os direitos reservados à:
ÍCONE EDITORA LTDA.
Rua Anhanguera, 56 – Barra Funda
CEP 01135-000 – São Paulo – SP
Tel./Fax.: (11) 3392-7771
www.iconeeditora.com.br
iconevendas@iconeeditora.com.br

PREFÁCIO

Tullo Vigevani

Injustamente (por estar muito longe das especialidades contidas neste volume) convidado para fazer uma míni-introdução ao livro *Direitos humanos, ética, trabalho e educação*, permito-me dizer duas palavras. Este livro visa à publicação de alguns textos apresentados no VII Seminário Direitos Humanos no Século XXI, realizado na Faculdade de Filosofia e Ciências, Universidade Estadual Paulista, Marília, promovido pelo Núcleo de Direitos Humanos e Cidadania de Marília em setembro de 2012.

É importante sinalizar a tradição e a influência do Núcleo, bem inserido em Marília e em todo o Oeste Paulista. Tradição e influência reconhecidas pela Secretaria Nacional de Direitos Humanos, que lhe concedeu o Prêmio Direitos Humanos 2012 na categoria Educação e Direitos Humanos.

Portanto, o primeiro aspecto a destacar é a importância das atividades, dentro das quais se inserem o Seminário e, mesmo, este livro. Sublinhamos que a atividade já decenal do Núcleo tem contribuído para a vida cultural e política da cidade e da região, mas sobretudo para incentivar as pesquisas de parte de professores e alunos ligadas

6

às questões de direitos humanos, em diferentes aspectos (educação, gênero, trabalho, nas relações internacionais etc.). Assim compreende-se a diversidade temática, as formas de abordagem e mesmo os enfoques intelectuais heterogêneos que são apresentados. Alguns artigos, o de Valeria Pall Oriani, sobre o papel de professores homens e mulheres na Educação Infantil, espelha uma pesquisa de campo bem realizada. Do mesmo modo, o artigo técnico e informativo de Fernando Marhuenda sobre o Ensino Profissional na Espanha traz dados sobre as dificuldades educacionais vividas naquele país. Outros trabalhos, por exemplo o de Jair Pinheiro, discutindo a crítica marxista do Direito e mesmo dos direitos humanos, retoma temas clássicos, situando-se — assim como o artigo de Alonso Bezerra de Carvalho, que discute o tema aristotélico da amizade — no campo dos debates intelectuais que ocupam parte significativa da vida universitária.

Em geral o livro, em sua grande diversidade, é uma coletânea que espelha um Seminário. Apresenta-se com forte carácter crítico da sociedade, sobretudo brasileira, contemporânea, próprio da vida acadêmica e da militância intelectual. Alguns capítulos tratam especificamente disso, o de Giovanni Alves sobre as consequências negativas das formas contemporâneas de trabalho, também o de Henrique T. Novaes sobre a precariedade do mesmo trabalho.

É também nessa perspectiva que é tratado o tema da mulher e do feminismo. A crítica à forma como se exerce o papel da mulher, no caso de Elissandra Medeiros Dall Evedove e Tânia Suely Antonelli Marcelino Brabo, que o apresentam em perspectiva histórica, mas sinalizando os riscos de reprodução das injustiças, mesmo no contexto da crescente inserção no mundo do trabalho. Em perspectiva paralela, o desvendamento da situação da mulher negra, no trabalho de Ana Rita Santiago, descrevendo com força e intensidade o esforço específico de mulher e de negra para emergir na sociedade contemporânea.

Danilo R. Streck e Solon E. A. Viola discutem especificamente a necessidade de avançar na formação de seres responsáveis. Apenas assim poder-se-á efetivamente avançar no campo dos direitos humanos.

O seminário e o livro têm um papel importante, semeiam o terreno, criam o caldo de cultura necessário para o aprofundamento das pesquisas, dos estudos sobre direitos humanos nas suas diferentes faces. O tema hoje difundiu-se, é parte da reflexão em todo o mundo, em todos os países. Ninguém tem coragem de arguir contra os direitos humanos nos mais diferentes campos da vida. Como sabemos, essa difusão está longe de ser suficiente para que se possa dizer que estamos em situação ao menos satisfatória. Longe, muito longe disso, no Brasil e em praticamente todos os países. Houve esforços, inclusive no Brasil, mas os resultados são, no melhor dos casos, parciais. Alguns dos artigos neste livro afirmam que, ao contrário, não há avanços satisfatórios.

Nas sociedades contemporâneas, subsiste, às vezes se atenua, mas às vezes se acentua, a lógica excludente. Essa lógica tem raízes na economia, nas estruturas sociais mas também, muito fortemente, em outras categorias, como raça/etnia, gênero e diversidade sexual, nas diferenças culturais, religiosas.

Um dos objetivos do Núcleo de Direitos Humanos e Cidadania é, dentro de suas possibilidades e atribuições, o de contribuir para desenvolver políticas públicas e direcionar a educação de forma a incluir os temas relativos aos direitos humanos e à cidadania. Sobretudo proporcionar o ambiente para a pesquisa que fundamentará novos avanços.

Tullo Vigevani
Professor aposentado da FFC/Marília, Unesp

Sobre as autoras e os autores

Alonso Bezerra de Carvalho

Professor livre-docente da Unesp, Doutor em Filosofia da Educação pela USP. Atualmente é docente do Departamento de Educação da Unesp de Assis e do Programa de Pós-Graduação em Educação da Unesp de Marília. É líder do GEPEES(Grupo de Estudo e Pesquisa em Educação, Ética e Sociedade) e membro do GEPEF(Grupo de Estudo e Pesquisa em Educação e Filosofia, ambos cadastrados no CNPq. E-mail: alonsoprofessor@yahoo.com.br

Ana Rita Santiago

Doutora em Letras pela Universidade Federal da Bahia (UFBA). Atualmente é Professora Adjunta da Universidade Federal do Recôncavo da Bahia (UFRB). É pró- reitora de Extensão da UFRB. É líder do Grupo de Pesquisa Linguagens, Literaturas e Diversidades (CNPq).

Danilo R. Streck

Professor do Programa de Pós–Graduação em Educação da Universidade do Vale do Rio dos Sinos (UNISINOS). E-mail: dstreck@unisinos.br

Elissandra Medeiros Dal Evedove

Mestre em Educação pelo Programa de Pós-Graduação em Educação da UNESP. Docente da Rede Municipal de Educação de Marília.

Fernando Marhuenda Fluixá

Catedrático de Universidad.
Departamento de Didáctica y Organización Escolar.
Facultad de Filosofía y Ciencias de la Educación.
Universitat de València.

Giovanni Alves

Doutor em Ciências Sociais pela Unicamp, livre-docente em sociologia e professor da Unesp, *campus* de Marília. É pesquisador do CNPq com bolsa-produtividade em pesquisa e coordenador da Rede de Estudos do Trabalho (RET) e do Projeto Tela Crítica. É autor de vários livros e artigos sobre o tema trabalho e sociabilidade, entre os quais *O novo (e precário) mundo do trabalho: reestruturação produtiva e crise do sindicalismo* (Boitempo Editorial, 2000); *Trabalho e subjetividade: O espírito do toyotismo na era do capitalismo manipulatório* (Boitempo Editorial, 2011) e *Dimensões da Precarização do Trabalho* (Editora Práxis, 2013).

Henrique T. Novaes

Docente da FFC-Unesp Marília. Autor do livro "O fetiche da tecnologia – a experiência das fábricas recuperadas" (Expressão Popular;Fapesp, 2007 e 2010). Organizador do livro "O retorno do caracol à sua concha: alienação e desalienação em associações de trabalhadores" (Expressão Popular, 2011) e autor do livro "Reatando um fio interrompido – a relação universidade-movimentos sociais na América Latina" (Expressão Popular-Fapesp, 2012). Membro do Ibec, do Gapi-Unicamp e do Grupo Organizações e Democracia (Unesp-Marília). Contato: hetanov@yahoo.com.br

Jair Pinheiro

Professor do Depto. de Ciências Políticas e Econômicas da UNESP/ Marília. Pesquisa movimentos sociais e Estado desde a pós-graduação, com vários artigos sobre o tema; atualmente desenvolve uma pesquisa teórica sobre a crítica marxista do direito.

Solon E. A. Viola

Professor do programa de Pós-Graduação em Ciências Sociais da Universidade do Vale do Rio dos Sinos (UNISINOS).
E-mail: solonv@unisinos.br

Tânia Suely Antonelli Marcelino Brabo

Docente do Departamento de Administração e Supervisão Escolar, atuando no Curso de Pedagogia e no Programa de Pós-Graduação em Educação. Presidenta do Núcleo de Direitos Humanos e Cidadania de Marília e Vice-Coordenadora do Comitê Gestor do Observatório de Educação em Direitos Humanos da UNESP.
E-mail: tamb@marilia.unesp.br

Valeria Pall Oriani

Mestre em Educação e doutoranda do Programa de Pós-Graduação da FFC-UNESP-*campus* de Marília.
E-mail: valeriaoriani@gmail.com

SUMÁRIO

Apresentação, 15

CAPÍTULO 1

DIREITOS HUMANOS, ÉTICA E TRABALHO, 19

Apontamentos para uma crítica marxista do direito, 21
Jair Pinheiro

Formación profesional y aprendizaje a lo largo de la vida.
Derecho a la educación y al trabajo en España, 48
Fernando Marhuenda

Brasil nos Anos 2000: "Década inclusiva" e precarização do homem-que-trabalha [Notas críticas], 105
Giovanni Alves

CAPÍTULO 2

DIREITOS HUMANOS E O TRABALHO DAS MULHERES, 123

Uma *Face* dos Direitos Humanos e Culturais, 125
Ana Rita Santiago

Professores e Professoras na Educação Infantil: trabalho avaliado com dois pesos e duas medidas, 140
Valeria Pall Oriani

Mulheres-família-trabalho: generificando a *tenacidade* da mulher, 157
Tânia. S. A. M. Brabo
Elissandra M. Dall Evedove

CAPÍTULO 3

DIREITOS HUMANOS, ÉTICA, TRABALHO E EDUCAÇÃO, 173

O esgotamento da fase "civilizatória" do capital e a necessidade histórica de uma educação para além do capital, 175
Henrique T. Novaes

Ética e direitos humanos: a amizade na educação, 203
Alonso Bezerra de Carvalho

O *ethos* de uma educação para os Direitos Humanos, 220
Danilo R. Streck
Solon E. A. Viola

APRESENTAÇÃO

Na Declaração Universal dos Direitos Humanos está previsto que toda pessoa tem direito ao trabalho e à proteção contra o desemprego. No Pacto dos Direitos Humanos Econômicos, Sociais e Culturais, os Estados reconhecem o direito ao trabalho, que compreende o direito que todas as pessoas têm de ganhar a vida por meio de um trabalho livremente escolhido e o direito de todas as pessoas gozarem de condições de trabalho justas e favoráveis. Entretanto, constatamos que o aviltamento do direito ao trabalho e aos direitos trabalhistas (salário justo, férias, repouso etc.) são uma realidade.

Nas sociedades contemporâneas, a lógica excludente, inerente à produção capitalista, ganha novos contornos inaugurando novos obstáculos no processo de ultrapassagem da exclusão para a inclusão social. Esses obstáculos são agravados quando aliamos outras categorias (raça/etnia, gênero e diversidade sexual ou classe social) para a análise da conjuntura atual.

O desemprego que aflige grande parte de brasileiros e brasileiras é séria violação aos direitos humanos. Na Declaração Universal dos Direitos Humanos também está prevista que toda pessoa tem o direito à proteção contra o desemprego. Os documentos internacionais de direitos humanos, dos quais o Brasil é signatário, impõem o dever de tomar medidas para garantir o exercício do direito ao trabalho, fundamental para cada pessoa prover a própria vida.

Da mesma forma, o Brasil, como país membro da Organização das Nações Unidas, tem o dever de desenvolver políticas públicas e direcionar a educação escolar, em todos os níveis e modalidades de ensino para o desenvolvimento de temáticas relacionadas à questão dos Direitos Humanos e da Cidadania.

Nesta perspectiva, educar em Direitos Humanos deve ser compromisso das instituições de todos os níveis de ensino e de todas as áreas do conhecimento, como se constata nos documentos oficiais: Constituição da República Federativa do Brasil, Declaração Universal dos Direitos Humanos, Declaração e Programa de Ação de Viena; Planos Nacional e Estadual de Direitos Humanos, Plano Nacional de Educação em Direitos Humanos e nas Diretrizes Curriculares Nacionais para a Educação em Direitos Humanos.

Na tentiva de contribuir para o aprofundamento da análise da conjuntura atual, o Núcleo de Direitos Humanos e Cidadania de Marília, nesta publicação, pretende promover reflexões sobre as diferentes dimensões da exclusão social no que diz respeito ao mundo do trabalho e à educação sob diferentes perspectivas e, no limite, colaborar para a construção na escola, no mundo do trabalho e na sociedade como um todo da cultura dos direitos humanos.

Com este propósito, no primeiro texto, *Apontamentos para uma crítica marxista do direito,* Jair Pinheiro, por meio dos escritos da maturidade de Marx, discorre criticamente sobre elementos a serem considerados no que diz respeito à ideia de *direitos humanos* tecendo as linhas gerais da crítica ao direito na medida em que este "desconsidera a forma histórico-social determinada de produção/apropriação do excedente.

Na sequência, a realidade brasileira atual é analisada. Em "Brasil nos Anos 2000: 'Década inclusiva' e precarização do homem-que-trabalha. Notas críticas", Giovanni Alves reflete sobre os resultados de pesquisas da década de 2000 que mostram o Brasil com melhorias significativas nos indicadores, entretanto, ainda apontado como um dos doze países mais desiguais do mundo.

No terceiro texto, "Formación profesional y aprendizaje a lo largo de la vida." Derecho a la educación y al trabajo en España", Fernando Marhuenda analisa as políticas, as práticas e os discursos que estão em pauta na atualidade sobre a formação profissional na Espanha, voltadas à garantia do direito à educação e ao trabalho.

Em "Uma Face dos Direitos Humanos e Culturais", Ana Rita Santiago aponta que apesar de os direitos humanos estarem garantidos na legislação nacional, não tem ocorrido a democratização de bens sociais, civis e culturais, sobretudo às populações empobrecidas urbanas e rurais e às indígenas e negras. Relacionando direitos e trabalho estabelece correlações com o direito à autoria de mulheres negras como garantia dos Direitos Culturais.

No quinto texto, intitulado "Professores e Professoras na Educação Infantil: trabalho avaliado com dois pesos e duas medidas", Valeria Pall Oriani problematiza algumas questões relacionadas ao trabalho de mulheres e homens docentes na Educação Infantil, mostrando que há "diferentes perspectivas quanto à atuação dos professores e das professoras na Educação Infantil".

No quinto texto, "Mulheres-família-trabalho: generificando a tenacidade da mulher", em parceria com Elissandra Medeiros Dall Evedove discutimos a importância do movimento feminista para a concepção de gênero que temos hoje, destacando as relações entre mulheres, família e trabalho, salientando as transformações nessas relações.

No sexto texto "O esgotamento da fase "civilizatória" do capital e a necessidade histórica de uma educação para além do capital", Henrique T. Novaes reflete sobre a contrarrevolução mundial e o esgotamento da fase "civilizatória" do capital. Nesta perspectiva, reflete sobre as manifestações da barbárie nas escolas brasileiras defendendo "a necessidade histórica de uma educação para além do capital".

Em "Ética e direitos humanos: a amizade na educação" Alonso Bezerra de Carvalho, dedica-se à reflexão sobre o significado dos valores éticos no processo de convivência entre as pessoas na atualidade, em especial na escola, afirmando que a "ética, direitos humanos e educação não podem, jamais, deixar de caminhar juntos" tanto no processo de formação de profesores(as) quanto na prática pedagógica.

Finalizando as importantes discussões aqui realizadas e ressaltando a importância da educação para uma cultura de direitos humanos, Danilo R. Streck e Solon E. A. Viola iniciam suas reflexões com a questão: "O que seria, hoje, um *ethos* para a educação em direitos humanos?"

Esperando ter contribuído para as reflexões sobre o mundo do trabalho e as demandas para a educação na conjuntura atual, o Núcleo de Direitos Humanos e Cidadania de Marília, contemplado com o Prêmio Direitos Humanos 2012 na categoria Educação e Direitos Humanos pela Secretaria Nacional de Direitos Humanos, conclui esta obra mostrando uma de suas ações que é motivada pelo ideal de construção na escola, no mundo do trabalho e na sociedade como um todo, da cultura dos direitos humanos.

Capítulo 1

DIREITOS HUMANOS, ÉTICA E TRABALHO

Apontamentos para uma crítica marxista do direito

Jair Pinheiro

Introdução

A definição mais geral do direito é aquela segundo a qual ele é uma ideologia, ou seja, um sistema de crenças, normas e valores, daí resultando a importância dada à dimensão normativa, uma vez que neste sistema a norma desempenha papel prático e, as crenças e valores, o de motivação. A força dessa definição é testemunhada pelo fato de que ela é adotada inclusive pelos que pretendem uma abordagem crítica do direito.

Como meu propósito é esboçar as linhas gerais da crítica de Marx ao direito, ou estabelecer os elementos básicos para uma sociologia do direito neste autor, partirei de duas premissas: 1.ª) a de que não há uma crítica do direito sistematizada em sua obra, mas referências dispersas cuja lógica interna indica uma unidade que pode ser atingida pelo esforço de sistematização e; 2.ª) esta lógica é determinada

22

pela articulação do todo social (ALTHUSSER, 1996 e 1999). Por isso, como método, percorrerei a obra de maturidade de Marx destacando tais referências, explorando essa lógica e perseguindo esta unidade implícita; embora, advirta-se desde já, sem esgotar tais referências que, aliás, são muitas, limitando-me ao objetivo proposto.

Convém esclarecer que, dada a premissa e o método, nem *A Crítica da Filosofia do Direito de Hegel* nem *Sobre a Questão Judaica* cumprem a função de crítica sistematizada do direito, entre outros motivos, porque o primeiro texto é parte do esforço de acerto de contas do autor com sua antiga concepção filosófica e, por causa da crítica anunciada no título como objetivo, nela a ideologia jurídica ocupa um lugar do qual será deslocada com base em *A Ideologia Alemã*, deslocamento que será consagrado nas obras de crítica da economia política. No caso do segundo texto, embora a crítica filosófica seja substituída por uma questão política como objeto, a ideologia ocupa o mesmo lugar a partir do qual se adquire inteligência do todo social. Com isso, há diferentes interpretações sobre a obra de Marx que marcam em definitivo esta ruptura, debate no qual não entrarei.

A afirmação de Marx de que o direito não tem história própria não significa que não se possa escrever a história do direito (ALTHUSSER, 1996) nem que ele não seja inteligível como ferramenta operacional reguladora das relações sociais, em sua autonomia relativa, mas que tomar a determinação formal dos seus conceitos por *causa suis* implica absolutizar uma autonomia que é relativa por meio da introdução de um elemento místico, religioso[1], por isso a inteligência do direito[2] enquanto fenômeno social precisa ser procurada em outro lugar.

Se o poder é suposto como a base do direito, como fazem Hobbes etc., então direito, lei etc., são apenas sintomas, expressão de

---

1   A este respeito, ver o conceito de soberano em Kant (2005) e em Hegel (1997), a crítica ao jusnaturalismo de Kelsen (2002) e a crítica de Marx a Hegel.

2   Assinale-se que é inescapável o uso do termo direito com sentidos diversos. Este, como uma ciência referida a um fenômeno social específico é o mais geral, incluindo-se também os de ideologia como sistema de normas, crenças e valores e o de pretensão individual. Creio que o contexto deixará claro o sentido empregado em cada caso.

outras *relações nas quais se apoia o poder do Estado. A vida material dos indivíduos, que de modo algum depende de sua mera "vontade", seu modo de produção e as formas de intercâmbio que se condicionam reciprocamente são a base real do Estado e continuam a sê-lo em todos os níveis em que a divisão do trabalho e a propriedade privada ainda são necessárias, de forma inteiramente independente da* vontade *dos indivíduos.* (MARX e ENGELS, 2007, p. 317-318 – aspas e grifo no original)

Por isso, na crítica a Stirner, eles afirmam que

> [...] *ele poderia ter se poupado de todas as suas maquinações desengonçadas, já que desde Maquiavel, Hobbes, Spinoza, Bodin etc., na época mais recente, para não falar das anteriores, o poder foi apresentado como fundamento do direito, com o que a visão teórica da política se emancipou da moral e estava dado nada mais do que o postulado para um tratamento independente da política.* (Idem, ibidem, p. 310-311)

Com essa observação os autores descartam completamente qualquer pretensão de fazer do direito (como sistema de normas, crenças e valores) a fonte do poder (como fazem os liberais) e, com isso, conferir-lhe a mesma aura mística já conferida ao direito.

Onde Marx e Engels vão procurar a fonte deste poder, que é fundamento do direito, seguindo a pista aberta pelos autores que eles citam? Para ambos os autores, a reflexão de Stirner centrada na premissa do direito como *causa suis* não lhe permite "adquirir algum conhecimento sobre o modo de produção medieval, cuja expressão política é a prerrogativa, e sobre o modo de produção moderno, cuja expressão é o *direito* puro e simples, o *direito igual*" (Idem, ibidem, p. 316), ou seja, Marx e Engels localizam tanto a fonte do poder como a do direito nas relações sociais de produção.

Em *O Manifesto*, os autores interpelam o discurso burguês de acordo com a posição de classe que assumem:

Mas não discutais conosco aplicando à abolição da propriedade burguesa o critério de vossas noções burguesas de liberdade, cultura, direito etc. Vossas próprias ideias são produtos das relações sociais de produção e de propriedade burguesas, assim como o vosso direito não passa da vontade de vossa classe erigida em lei, vontade cujo conteúdo é determinado pelas condições materiais de vossa existência como classe. (1998, p. 54-55)

A forma discursiva de *O Manifesto* pode levar à suposição de que o direito é a vontade de uma classe erigida em lei e garantida pelo Estado, assentando o fundamento do direito na subjetividade do sujeito de direito, à maneira liberal, embora num caso este sujeito seja a classe e, no outro, o indivíduo. A definição de Stutchka, de que "O Direito é um sistema (ou uma ordem) de relações sociais que corresponde aos interesses da classe dominante e que, por isso, é assegurado por seu poder organizado (o Estado)." (2001, p. 76) é, no mínimo, ambígua quanto a este aspecto. A reflexão se torna ainda mais complexa quando nos damos conta de que esses elementos estão presentes na crítica de Marx e Engels, mas não nessa ordem de combinação, tampouco a racionalidade prática da ideologia tem autonomia completa para realizar essa combinação. O problema e limite da citação do parágrafo anterior estão no termo "vontade", que pode ser tomado como pura volição se não atentamos para o conteúdo a ele atribuído: as condições materiais de existência da burguesia enquanto classe, resultado do processo histórico, o que, certamente, inclui a vontade da burguesia enquanto sujeito político, mas constituído nas lutas de classes, não como ponto de partida unilateral e *a priori* de acordo com qual se possa deduzir a forma jurídica.

Problema e limite resolvidos por Marx na *Contribuição para a crítica da economia política*, em *O Capital* e nos *Grundrisse*, obras nas quais ele define as relações sociais de produção como relação jurídica. Tomando-se essa definição como ponto de partida, sugiro pensar o direito em Marx decompondo-o em três planos, que podem ser detectados na obra do autor, articulados na lógica da argumentação, mas não sistematizados como teoria: 1) relação de produção como relação jurídica, 2) as relações sociais institucionalizadas como forma jurídico-estatal socialmente reconhecidas como legítimas e 3) o direito como a ideologia jurídica (sistema de normas, crenças e valores segundo uma forma discursiva própria) que recobrem os dois elementos anteriores e lhes atribuem sentido e validade moral. Passo agora à exposição desses três planos.

I – Relação de produção como relação jurídica

Nos textos de crítica da economia política, as reflexões de Marx partem das relações sociais de produção, as quais articulam a superestrutura em duas instâncias distintas como pressupostos que operam na estrutura econômica por meio de categorias que lhe são próprias.

Marx afirma no *Prefácio à Contribuição Para Crítica da Economia Política* que "O conjunto dessas relações de produção constitui a estrutura econômica da sociedade, a base concreta sobre a qual se eleva uma superestrutura política e jurídica e à qual correspondem determinadas formas de consciência social." (MARX, 1971, p. 28. Grifos no original).

Sobre o desenvolvimento desse todo estruturado (Althusser, op. cit.), Marx afirma no mesmo prefácio que: "Em certo estádio de desenvolvimento, as forças produtivas materiais da sociedade entram em contradição com as relações de produção existentes, ou, o que é a sua expressão jurídica, com as relações de propriedade no seio das quais tinham se movido até então." (Idem, p.29). Essa afirmação indica onde deve ser buscada a inteligência do direito, as relações sociais de produção como relação jurídica[3] no sentido preciso de que ao direito de um corresponde a obrigação de outro segundo o lugar ocupado nessa relação.

Como citado na introdução, repito aqui para maior clareza do argumento, a comparação que Marx e Engels fazem como crítica a

---

3   Para efeito demonstrativo, destaque-se duas acepções do verbete relações jurídicas na teoria geral do direito: "1. Vínculo entre pessoas, em razão do qual um pode pretender um bem a que a outra é obrigada (DEL VECCHIO). 2. É a que indica a respectiva posição de poder de uma pessoa e de dever da outra, ou seja, poder e dever estabelecidos pelo ordenamento jurídico para a tutela de um interesse (SANTORO-PASSARELLI)", (DINIZ, 1998, p. 121.).

26

Stirner "sobre o modo de produção medieval, cuja expressão política é a prerrogativa, e sobre o modo de produção moderno, cuja expressão é o *direito* puro e simples, o *direito igual"*. Com isso, eles identificam a circulação como relação jurídica, porque

> *Na troca, defrontam-se em* primeiro lugar *como pessoas que mutuamente se reconhecem proprietários, e cuja vontade se propaga às mercadorias: para eles, a apropriação recíproca, resultado de uma alienação recíproca, só se dá devido à sua vontade comum, logo, essencialmente por intermédio do contrato. Aqui intervém o elemento jurídico da pessoa e da liberdade que lhe é implícita. Daí que no direito romano se encontra essa definição exata do* servus *(escravo): aquele que nada pode obter por troca.* (MARX, 1971, p. 289)

Para entender como essa relação jurídica comanda o conjunto das relações sociais, é preciso considerar que o modo de produção capitalista se caracteriza pela dialética necessária entre a esfera da circulação e a da produção, ou seja, a captura da segunda pela primeira, o que tem como premissa histórico-social a expropriação do produtor direto, sua separação dos meios de produção.

Em *O Capital*, após examinar a expropriação a que são submetidos os camponeses ingleses, desde o século XV, como uma medida que precedeu e criou as condições para a economia industrial, Marx expõe essa passagem no período da acumulação primitiva europeia, em cores vivas e imagens dramáticas.

> *Os ancestrais da atual classe trabalhadora foram imediatamente punidos pela transformação, que lhes foi imposta, em vagabundos e* paupers. *A legislação os tratava como criminosos "voluntários" e supunha que dependia de sua boa vontade seguir trabalhando nas antigas condições, que já não existiam.*
>
> *Na Inglaterra, essa legislação começou sob Henrique VII.*

Henrique VIII, 1530: Esmoleiros velhos e incapacitados para o trabalho recebem uma licença para mendigar. Em contraposição, açoitamento e encarceramento para vagabundos válidos. Eles devem ser amarrados atrás de um carro e açoitados até que o sangue corra de seu corpo, em seguida deve prestar juramento de retornarem a sua terra natal ou ao lugar onde moraram nos últimos 3 anos e "se porem ao trabalho" (to put himself to labour). *(...) Aquele que for apanhado pela segunda vez por vagabundagem deverá ser novamente açoitado e ter a metade da orelha cortada; na terceira reincidência, porém, o atingido, como criminoso grave e inimigo da comunidade, deverá ser executado.* (MARX, 1988. V. II, L I, p. 265)

Essa passagem da história é de conhecimento geral e o fato de a expropriação dos produtores diretos ter sido uma condição necessária para o desenvolvimento do capitalismo é amplamente admitida. A importância de citá-la não está, portanto, na informação; mas na relação causal entre o fato histórico e a universalização da forma jurídica igualitária, relação que é a forma social do movimento de autovalorização do capital e que o exame do direito com base na sua forma racional abstrata apaga devido à sua indiferença ao conteúdo, ou seja, desconsidera a forma histórico-social determinada de produção/apropriação do excedente.

Por isso, nas formações sociais onde domina o modo de produção capitalista plenamente desenvolvido,

(...) a categoria sujeito de direito é evidentemente abstraída do ato de troca que ocorre no mercado, é precisamente neste ato de troca que o homem realiza praticamente a liberdade formal de autodeterminação. (...). O objeto é a mercadoria, o sujeito é o proprietário de mercadorias que delas dispõe no ato de apropriação e de alienação. É precisamente no ato de troca que o sujeito manifesta, primeiramente, toda a plenitude de suas determinações. O conceito formalmente mais acabado, de sujeito, que doravante abrangerá apenas a capacidade jurídica, afasta-nos muito mais do significado histórico real desta categoria jurídica. É por isso que

é tão difícil aos juristas renunciar ao elemento voluntário ativo em suas construções dos conceitos de "Sujeito" e de "Direito subjetivo". (PACHUKANIS, 1989, p. 90)

Portanto, "A legalidade só se torna plena no capitalismo, e nele sua lógica ganha autonomia e se reproduz." (MASCARO, 2008, p. 21). Em resumo, tanto histórica como logicamente, à autonomização da categoria econômica valor corresponde a universalização da jurídica sujeito de direito e, esta, por isso, embora institucionalização de um sistema de domínio e exploração, aparece como a realização da liberdade implícita na pessoa, posto que no plano jurídico (ideal), ninguém está obrigado a nada senão em virtude da lei. Daí a força ideológica do direito, aspecto a que voltarei mais adiante.

Essa formulação de Pachukanis indica também o limite do postulado de Weber (1999) de que a indiferença da forma em relação ao conteúdo é garantia de estabilidade do sistema jurídico e calculabilidade por parte dos interessados particulares. Ora, essa indiferença é apenas aparente, que por portadora do paradoxo de exigir um conteúdo fixo e geral ao qual todos os conteúdos particulares possam ser referidos e, ao mesmo tempo, sirva de baliza geral aos procedimentos processuais; condição de estabilidade da forma (julgamento e procedimentos técnicos) e da calculabilidade dos resultados com alto grau de expectativa. Ou seja, para que o direito racional formal abstrato regule as relações sociais em geral e, especialmente, as mercantis, ele precisa de um conteúdo suficientemente geral e abstrato, além de mensurável, que permita que os conteúdos particulares das ações individuais nas relações mercantis ou, no caso das demais, os meios de que se servem, se relacionem sob a forma da troca igualitária.

Do ponto de vista lógico, conforme a formulação de Pachukanis, pode-se afirmar que o único conteúdo que serve a esse papel é o trabalho abstrato; todavia, tal relação lógica se torna possível, como Marx demonstra, porque é o resultado do processo histórico de desenvolvimento do capitalismo levado a cabo pela burguesia que, ao expropriar os produtores diretos dos instrumentos de produção lançou-os no mercado como vendedores de força de trabalho, que criou as condições para que todos os objetos da produção social (e necessários à satisfação das necessidades humanas) sejam trocados no mercado mediante operações de compra e venda, na forma contratual, portanto.

Corrobora essa perspectiva a interpretação que Naves faz de Pachukanis, segundo a qual:

> *Essa determinação do direito pela esfera da circulação é claramente sustentada por Karl Marx em seus comentários sobre o* Tratado de Economia de Wagner, *como lembra Pachukanis: Wagner, refletindo sobre um conjunto de elementos fundamentais do direito burguês, considera-os pressupostos da troca.* Marx objeta dizendo que isto é um erro; a troca vem antes, surgindo depois o direito correspondente (...). *[Marx] diz que [tais elementos]* nascem da troca (...). *Assim, Pachukanis pode apresentar a* relação jurídica *como "o outro lado da relação entre os produtos do trabalho tornados mercadorias" (...) e, da mesma forma que a sociedade capitalista se apresenta como uma imensa "acumulação de mercadorias", ela também se constitui em uma "cadeia ininterrupta de relações jurídicas (...).* (NAVES 2000, p. 54-55. Grifos no original e Notas do autor suprimidas)

No campo do marxismo, Poulantzas foi um crítico importante de Pachukanis. Para ele, "a pesar del valor teórico de un autor como Paschukanis, de alguna manera considera al derecho como un reflejo inmediato de la "base" económica." (POULANTZAS, 1969, p. 136), o que é, a seu ver, um tributo ao economicismo da II Internacional. Ainda segundo Poulantzas: "Liberdade, igualdade, direitos, deveres, reino da lei, Estado de direito, nação, indivíduos-pessoas, vontade geral; logo, palavras de ordem sob as quais a exploração burguesa de classe entrou e reinou na história, foram diretamente retiradas do sentido jurídico-político dessas noções, formadas pela primeira vez pelos jurisconsultos do contrato social da Baixa Idade Média nas universidades italianas." (POULANTZAS 1968, p. 228-229). Em sua última obra, já rompido com a tradição althusseriana, Poulantzas afirma que "O Estado edita a regra,

30

pronuncia a lei, e por aí instaura um primeiro campo de injunções, de interditos, de censura, assim criando o terreno para aplicação e objeto da violência." (POULANTZAS 1985, p. 86)

Numa análise de conjunto da concepção de direito na obra de Poulantzas, Motta afirma que:

> *A problemática do direito sofreu intensas alterações no conjunto da obra de Poulantzas. Essas transformações expressam diretamente as mudanças de paradigmas teóricos e filosóficos que inspiraram a sociologia política de Poulantzas. Se o direito era inicialmente associado aos valores e aos fatos, tendo como suporte a práxis crítica transformadora do homem na construção de seu projeto revolucionário e a defesa de um direito "natural" em oposição a um direito positivista conservador, no momento seguinte o direito começa a ser definido como uma instância fundamental do modo de produção capitalista. Seu resultado central passa a ser a reprodução de um efeito de isolamento, que tem como característica a construção de sujeitos individuais "livres" e "iguais", calcados em valores universais, o que omite a desigualdade e a exploração do capitalismo. (MOTTA, 2010, p. 395-396)*

A rigor, pode-se apontar pelo menos duas razões complementares, sem prejuízo de outras possíveis, para a refutação da formulação de Pachukanis por Poulantzas: 1) ele não examina o nexo causal entre a universalização da forma jurídica e a separação dos produtores diretos dos meios de produção; 2) nem a relação entre este nexo e seu conceito de *efeito de isolamento* produzido pela institucionalização estatal, embora sua teoria política contenha todos os elementos para tal exame. Consequentemente, essa institucionalização resta apoiada apenas nos princípios de liberdade e igualdade, sem nenhum elemento objetivo no qual se ancorar; a menos que se adote categorias como sujeito transcendental (kantiana) ou espírito absoluto (hegeliana), em tudo estranhas ao marxismo. Acrescente-se que apesar da refutação de Poulantzas, seu conceito de modalidade econômica de função do Estado exige um instrumento de intervenção do jurídico-político no econômico que não é outra coisa senão o valor de troca. Enfim, apesar da crítica de Poulantzas, sua teoria política mantém importantes pontos de contato com a teoria do direito de Pachukanis, aspecto que merece uma exploração mais detida, além desta nota.

II – Relações sociais institucionalizadas

As relações sociais de produção capitalistas, embora estruturantes do todo social e, por conseguinte, de uma dada formação social quando nela é dominante, vêm *a posteriori* na experiência dos indivíduos, ou seja, a primeira experiência de relação social dos indivíduos não são as relações sociais de produção, mas as formas socialmente institucionalizadas de interação entre os indivíduos enquanto membros dos mais variados grupos, pois na história pessoal de cada um, só após uma fase de formação moral e prática é que os indivíduos entram em relações sociais de produção propriamente ditas, já educados como indivíduos livre-cambistas.

Isto supõe uma ação organizadora, educadora e disciplinadora do conjunto das esferas da vida social segundo um princípio determinado e estabelecido. Portanto,

> *O Estado, também neste campo, é um instrumento de "racionalização", de aceleração e de taylorização; atua segundo um plano, pressiona, incita, solicita e "pune", já que, criadas as condições nas quais um determinado modo de vida é "possível", a "ação ou omissão criminosa" devem receber uma sanção punitiva, de alcance moral, e não apenas um juízo de periculosidade genérica. O direito é o aspecto repressivo e negativo de toda a atividade positiva da educação cívica desenvolvida pelo Estado.* (GRAMSCI, 2002, p. 28)

Aí reside a centralidade da função social de ordem (de coesão social), embora, para cumprir esta função, seja necessário considerar

32

o papel ambivalente do direito, descuidado por Gramsci: repressão e afirmação da autonomia. Por isso o Estado opera

> *(...) como fator de "ordem", como "princípio de organização", de uma formação social, não no sentido corrente de ordem política, mas no da coesão do conjunto dos níveis de uma unidade complexa, como fator de regulação de seu equilíbrio global, enquanto sistema.* (POULANTZAS, 1968, p. 44; aspas e grifos no original, tradução minha)[4]

Função tornada possível pela fixação do indivíduo livre-cambista como figura estruturante das instituições econômicas e premissa das não econômicas.

> *Como – afirma Marx – o Estado é a forma na qual os indivíduos de uma classe dominante fazem valer seus interesses comuns e que sintetiza a sociedade civil inteira de uma época, segue-se que todas as instituições coletivas são mediadas pelo Estado, adquirem por meio dele uma forma política. Daí a ilusão, como se a lei se baseasse na vontade e, mais ainda, na vontade separada de sua base real [realen], na vontade livre. Do mesmo modo, o direito é reduzido novamente à lei.* (2007, p. 76)

Assim, a figura do indivíduo livre-cambista pode realizar a dupla operação de articular os interesses comuns da burguesia, na medida em que é fixada pelo Estado como princípio ordenador de todas as relações sociais, e de dar sustentação à ilusão de que a lei se baseia na vontade livre, pois a partir de então para que as relações econômicas e sociais tenham livre curso é preciso que "(...) cada um apenas mediante um ato de vontade comum a ambos, se aproprie da mercadoria alheia enquanto aliena a própria." (MARX, 1988, V. I, p. 79).

---

4 Assinale-se que Poulantzas recusa a tese de que há uma problemática do indivíduo em Marx; isto porque, tal como Althusser, ele não explora a redução das relações sociais de produção às suas figuras mais simples, os indivíduos como personificação das categorias econômicas, como Marx define em O Capital. Entretanto, ambos oferecem importantes contribuições que servem a tal exercício teórico.

Desse modo, essa dupla operação é tanto mais eficaz na medida em que, numa dada formação social, por um lado, o modo de produção capitalista avança sobre espaços antes dominados por modos pré-capitalistas e, por outro, avança a judicialização das relações sociais por meio da formalização jurídica das categorias de pertencimento às esferas próprias da estrutura sócio-cultural (família, igrejas e formas associativas diversas que tenham por finalidade precípua a sociabilidade).

Além disso,

> *A troca, quando mediada pelo valor de troca e pelo dinheiro, pressupõe certamente a dependência multilateral dos produtores entre si, mas ao mesmo tempo* o completo isolamento dos seus interesses privados *e uma divisão do trabalho social cuja unidade e mútua complementaridade existem como uma relação natural externa aos indivíduos, independentes deles.* (MARX, 2011, p. 106 – grifos meus)

Como argumentei em outro lugar (PINHEIRO, 2009), nisso reside a tripla determinação — ideológica (sujeito de direito), econômica (proprietário) e política (membro da comunidade do povo-nação) — da categoria cidadão, que pode ser entendida como correspondente ao que Poulantzas denominou *"efeito de isolamento"* na medida em que as determinações política e econômica são subordinadas à ideológica; *efeito de isolamento* que consiste

> *"no fato de que as estruturas jurídicas e ideológicas, as quais, determinadas em última instância pela estrutura do processo de trabalho, instauram, ao nível dos agentes de produção distribuídos em classes sociais, na qualidade de "sujeitos de direitos" jurídicos e ideológicos, tem como efeito, sobre a luta econômica de classe, a ocultação, de forma particular, aos agentes, das suas relações enquanto relações de classe." (Poulantzas 1977, p. 126).*

Mais à frente, na mesma obra, Poulantzas acrescenta outros aspectos à questão ao examinar a relação entre o Estado e a ideologia:

34

Ora, constata-se que este efeito de isolamento é, no caso do capitalismo, o produto privilegiado da ideologia jurídico-política, mais particularmente, da ideologia jurídica. Pode-se dizer que, se o sagrado e a religião religam, a ideologia jurídico-política, em um primeiro movimento, separa, desliga no sentido em que Marx diz que ela "libera" os agentes dos "laços naturais". Trata-se, entre outras coisas, da constituição de "indivíduos-pessoas" políticos, de "sujeitos de direito" "livres" e "iguais" entre si etc.*, que tornam possível o funcionamento das estruturas jurídico-políticas, permitindo o contrato de trabalho – compara e venda da força de trabalho – a propriedade privada capitalista (o papel desta ideologia, como* condição de possibilidade *da relação jurídica de propriedade é* particularmente *importante), a generalização do intercâmbio, a concorrência etc.* (Idem, p. 231)

Desse modo, este *efeito de isolamento* leva os indivíduos a projetarem no Estado suas expectativas de eficácia da regulação jurídica enquanto cuidam da sua vida privada, pois enquanto indivíduos isolados e portadores de interesses particulares, a relação de uns com os outros é mediada pelo Estado, de modo que o "justo" sucesso dos interesses particulares aparece como função dessa mediação.

Não é ocioso destacar que este *efeito de isolamento* têm efeitos político-ideológicos diferentes para os indivíduos membros das classes trabalhadoras e para os da burguesia, enquanto personificações das categorias econômicas: os primeiros, proprietários de trabalho concreto cujo valor de uso é útil apenas aos segundos, proprietários de trabalho abstrato consubstanciado no dinheiro, categorias sob as quais se defrontam na esfera da circulação. Dado que essas diferentes propriedades supõem diferentes necessidades materiais de comparecer ao mercado – para os primeiros, sobrevivência; para os segundos, lucro – a subordinação material do trabalho ao capital já existe na esfera da circulação, antes de chegar à da produção; convívio de dominação/

subordinação naturalizada[5] pela ambivalência do direito que opera como mecanismo de ilusão/alusão (ALTHUSSER, 1999) quanto às possibilidades de conquista de independência pessoal.

Mais ainda: as diferentes propriedades do comprador e do vendedor de força de trabalho, numa economia capitalista, são portadoras de diferentes qualidades sociais. O primeiro possui dinheiro, de utilidade universal, o segundo, força de trabalho, útil apenas ao possuidor de dinheiro, não para ele mesmo; por isso, como assinalado no parágrafo anterior, a subordinação material do indivíduo que personifica a força de trabalho ao que personifica o capital existe já na esfera da circulação, antes mesmo do seu ingresso dramático na esfera da produção, como descreve Marx:

> *Ao sair dessa esfera da circulação simples ou da troca de mercadorias, da qual o livre-cambista* vulgaris *extrai concepções, conceitos e critérios para seu juízo sobre a sociedade do capital e do trabalho assalariado, já se transforma, assim parece, em algo a fisionomia de nossa* dramatis personae. *O antigo possuidor de dinheiro marcha adiante como capitalista, segue-o o possuidor de força de trabalho como seu trabalhador; um, cheio de importância, sorriso satisfeito e ávido por negócios; o outro, tímido, contrafeito, como alguém que levou a sua própria pele para o mercado e agora não tem mais nada a esperar, exceto o – curtume.* (1988. v. I, L. I, p. 145) (Grifos do autor)

Em resumo, a autonomia do indivíduo como princípio geral da ideologia jurídica está em contradição com a heteronomia material vivida pelo trabalhador, o que faz do direito não o reino da liberdade e da igualdade, como apregoam os liberais, mas o calvário da dominação e da desigualdade, ainda que se deva reconhecer nele espaço de liberdade de que servos e escravos não desfrutavam.

---

5 O verbo ocultar, frequentemente utilizado na análise da ideologia, não se aplica aqui, pois essa subordinação não escapa ao trabalhador, mas ela é *naturalizada* na medida em que na troca "intervém o elemento jurídico da pessoa e da liberdade que lhe é implícita.", como citação anterior de Marx.

36

Este caráter ambivalente do direito, contido no conceito de emancipação política (MARX, 2010), é desenvolvido no contexto da crítica ao conceito de cidadania de Marshall, por Saes, como dialética da forma sujeito-de-direito. Segundo este autor, uma vez investido de direitos civis, na busca de satisfação dos seus interesses materiais era

(...) perfeitamente plausível, do ponto de vista teórico, que as classes trabalhadoras se apoiassem sucessivamente, com base no reconhecimento estatal de um mínimo de liberdade civil, nos direitos efetivamente já gozados para conquistar novos direitos. De um modo geral, pode-se dizer que a postura das classes trabalhadoras diante da cidadania, numa sociedade capitalista, tende a ser uma postura dinâmica e progressiva. (2001 p. 8)

Enquanto a postura da burguesia é regressiva em face dos direitos de cidadania.

Por isso, Saes assinala que a conquista de novos direitos pelos trabalhadores não ultrapassa a forma da cidadania correspondente ao capitalismo (de dominação/subordinação), na medida em que permanecem proprietários da força de trabalho frente ao capital. Além disso, os direitos conquistados não são irreversíveis, como o demonstram as décadas do neoliberalismo.

III – Direito como ideologia jurídica

Do exposto até aqui, resulta que à categoria econômica do indivíduo livre-cambista corresponde a jurídico-política de cidadão e, esta, por sua vez, como a categoria mais geral de pertencimento ao povo-nação (Cf. POULANTZAS, 1968) é também a premissa geral das relações sociais dos indivíduos. A partir daqui se torna clara a inversão entre a ordem de estruturação das relações sociais e a percepção dessa ordem pelos indivíduos, pois se, como diz Marx, é por meio da ideologia que os indivíduos se tornam conscientes do seu mundo, este mundo lhes aparece invertido, primeiro, como efeito do caráter fetichista da mercadoria, uma vez que "O misterioso da forma mercadoria consiste, portanto, simplesmente no fato de que ela reflete aos homens as características sociais do seu próprio trabalho como características objetivas dos próprios produtos do trabalho, como propriedades naturais sociais dessas coisas e, por isso, também reflete a relação social dos produtores com o trabalho total como uma relação social existente fora deles, entre objetos." (MARX, 1988, v. I, p. 70); segundo, como efeito da produção das ideologias dominantes, enquanto as ideologias dominadas são apresentadas como disfuncionais e perigosas para a estabilidade social. Por isso, passo a um breve exame da ideologia jurídica e do lugar dela no conjunto das ideologias.

Assim, para um conceito de ideologia operacional para a análise da questão jurídica, utilizo o termo em três acepções estreitamente vinculadas: 1) concepção de mundo, frequentemente referida por visão social de mundo (GRAMSCI, 2001 e LÖWY, 1998 e 1999); 2) sistema de normas, crenças e valores; e 3) processo social de interpelação discursiva (ALTHUSSER, 1996 e THERBORN, 1980). A concepção de mundo não é um ponto de vista que se adota, entre outros possíveis, segundo um critério qualquer de racionalidade, crença ou valor, à semelhança de um quadro interpretativo específico ou dominante (SNOW et al., 1986), conceito ao qual recorro mais adiante. Longe disso, a concepção de mundo se refere à própria organização psicofísica — para tomar de empréstimo, não por acaso, a expressão de Gramsci — das potencialidades naturais dos indivíduos pela transmissão da cultura de uma época, conforme uma dada direção, isto é, um determinado modo de reprodução material e espiritual da vida social, ou seja, um modo social de produção.

Daí por que não se observa, numa dada formação social, um número de concepções de mundo equivalente ao de pretendentes à liderança social, mas frequentemente apenas aquelas que polarizam a sociedade, correspondentes às classes sociais fundamentais do modo social de produção dominante, e elementos de concepções relativas a classes de modos de produção subordinados, com fraca ou nenhuma

38

incidência sobre as instituições de ensino e de organização da cultura.
É por isso que o debate intelectual do século XX foi dominado pela
polarização entre o liberalismo e o comunismo, ainda que ambas as
correntes de pensamento apresentem diversas vertentes, à medida
em que o primeiro oferecia as bases da organização do processo de
reprodução física e psíquica da vida social e, o segundo, reivindicava
substituí-lo neste papel. Pelo mesmo motivo, a concepção de mundo é
a esfera mais geral da representação social do mundo e, porque opera
de modo subjacente como meio de apropriação simbólica da realidade
exterior, como uma espécie de *segunda natureza* ao lado da natureza
biológica, não é percebida como determinação histórico-social[6].

É neste contexto de representação do mundo que se insere a
problemática do direito como ideologia (no sentido de um sistema de
normas, crenças e valores, como se verá mais adiante). Como é comum
à área das humanidades em geral, também no âmbito do Direito, especificamente, há controvérsias quanto à sua definição, aspecto a que não
me deterei. Para efeito da crítica do Direito de acordo com a segunda
acepção do conceito de ideologia acima definido, pode-se considerar
duas grandes vertentes: a neokantiana e a positivista. A primeira, por
considerar que uma noção *a priori* de Direito é a condição de possibilidade
para o conhecimento da questão jurídica, toma como ponto de partida
a formulação de Kant (2005, p. 45) segundo a qual a questão sobre o

> (...) *justo e o injusto* (justum e injustum) *jamais poderá ser
> resolvida a menos que se deixe à parte esses princípios empíricos e
> se busque a origem desses juízos na razão somente (ainda que essas
> leis possam muito bem se dirigir a ela nessa investigação), para
> estabelecer os fundamentos de uma legislação positiva possível.*

Em oposição a esta perspectiva jusnaturalista, Kelsen (2002, p.
19) afirma que

---

[6] "É preciso desde logo estabelecer que não se pode falar de "natureza" como algo fixo, imutável e objetivo. Percebe-se que quase sempre "natural" significa "justo e normal" segundo nossa
consciência histórica atual; mas a maioria não tem consciência dessa atualidade determinada
historicamente e considera seu modo de pensar eterno e imutável." (GRAMSCI, 2001, v. 4, p. 51).

(...) a partir da perspectiva da cognição racional, existem apenas interesses e, consequentemente, conflito de interesses. Sua solução pode ser alcançada por uma ordem que satisfaça um interesse em detrimento de outro ou que busque alcançar um compromisso entre interesses opostos. (...). Somente isto pode ser objeto da ciência; somente isso é o objeto de uma teoria pura do Direito, o qual é uma ciência, não uma metafísica do Direito. Ela apresenta o Direito tal como ele é, sem defendê-lo chamando-o justo. Ou condená-lo denominando-o injusto. Ela busca um Direito real e possível não o correto. É, nesse sentido, uma teoria radicalmente realista e empírica. Ela declina de avaliar o Direito positivo.

Apesar das diferenças teóricas entre essas abordagens, ambas concebem o Direito positivo como um sistema formal e abstrato de normas cujo nexo central é o indivíduo proprietário, que dá suporte à categoria sujeito de direito, ou seja, uma ideologia no sentido de um sistema de normas, crenças e valores. Ambas as abordagens operam, por meio da abstração do indivíduo das relações que o constituem historicamente, como premissa epistemológica, um corte na história, transformando em efeito da ideologia o que é um resultado histórico. Como essa ideologia tem como figura central o indivíduo livre-cambista, isolado, ela corresponde à experiência da vida cotidiana deste indivíduo nas condições das relações sociais de produção capitalistas e a explica eficazmente, retirando daí sua força, validade moral e credibilidade.

Complementarmente, a ideologia jurídica (enquanto sistema de normas, crenças e valores) articula ideologias (como visões de mundo) inclusivo-existencial (religião), inclusivo-histórica (nacionalismo, por exemplo), posicional-existencial (gênero e ciclos da vida) e posicional--histórica (membros de família, comunidade, classes, praticante de um estilo de vida etc.), conforme a tipologia do "universo das interpelações ideológicas" (THERBORN, 1980, p. 23-25)[7], por meio da ideologia

---

[7] A definição desse universo das interpelações ideológicas é bastante extensa, por isso limita-me aos seus aspectos centrais aqui.

40

enquanto interpelação discursiva. As ideologias inclusivo-existenciais e inclusivo-históricas são articuladas à ideologia jurídica como preceitos e institutos legais (inclusive constitucionais), quando se adota valores tradicionais e/ou religiosos (porque já devidamente formalizados) compatíveis com a figura do indivíduo livre-cambista como princípio jurídico[8], por um lado, e, por outro, as ideologias posicional-existencial e posicional-histórica servem como critérios de formatação dos direitos individuais daqueles que pertencem aos segmentos identificados com tais ideologias. Assim, o indivíduo livre-cambista (no nível econômico) é investido do estatuto jurídico-político de acordo com formas de consciência moral e as tradições próprias do povo a que se aplica a legislação.

Para elucidar essa articulação entre as três acepções de ideologia convém expor algumas definições de Therborn e de Althusser. De acordo com o primeiro autor, o segundo "rompeu com a tradição de ver a ideologia como um corpo de ideias ou pensamento, concebendo-a como um processo social discursivo, ou "interpelações", inscrito na matriz material da sociedade." (THERBORN, 1980, p. 7. Tradução minha). Esta ruptura é importante para evitar, por um lado, uma visão abstrata de ideologia, de existência ideal (espiritual) da ideologia, descolada de qualquer matriz material, e, por outro, o estabelecimento de correspondência fixa entre determinado "corpo de ideias ou pensamento" a determinado lugar nas relações sociais de produção, independentemente das apropriações individuais ou coletivas e os efeitos que tais apropriações produzem sobre qualquer "corpo de ideias ou pensamento".

Contudo, à primeira vista, em decorrência dessa ruptura, a primeira e a terceira acepções (visão social de mundo e interpelações, respectivamente) de ideologia podem parecer incompatíveis. Löwy incorpora ao conceito de visão social de mundo a distinção entre ideologia e utopia de Mannheim, distinção que me parece teoricamente injustificável ou, no mínimo desnecessária, além de incluir Althusser entre os que, a seu ver, têm uma interpretação de Marx tingida de positivismo baseada

---

8 "Enunciado lógico, implícito ou explícito que, por sua grande generalidade, ocupa posição de preeminência nos vastos quadrantes do direito e, por isso mesmo, vincula, de modo inexorável, o entendimento e a aplicação das normas jurídicas que com ele se conectam (Roque Antonio Carrazza)." (DINIZ, 1998).

na "oposição entre ciência 'imparcial', "desinteressada" e ciência (ou pseudociência) submissa a interesses exteriores" (...)" (1998, p. 104, aspas no original). Althusser admite, em *Elementos de autocrítica* (Diniz, 1978), um desvio teoricista ao exagerar a distinção entre ciência e ideologia, exagero que relacionou à necessidade de demarcar posição no debate dos anos de 1960, jamais à negação do conflito de classes na ciência, conflito no qual, diz ele, toda representação do mundo (científica ou ideológica) está enraizada em última instância.

Feita esta ressalva, o núcleo do conceito de visão social de mundo como "(...) a perspectiva de conjunto, a estrutura categorial, o estilo de pensamento socialmente condicionado (...)" (Idem, p. 12), a menos que se admita a hipótese já descartada da existência ideal das ideias, é compatível com a afirmação de que existe como parte

> *(...) dos aparelhos ideológicos do Estado e de suas práticas, que eles são a realização de uma ideologia (a unidade dessas diferentes ideologias regionais – religiosa, moral, jurídica, política estética etc., assegurada pela subsunção à ideologia dominante). (...) uma ideologia existe sempre em um aparelho e sua prática ou suas práticas. Esta existência é material.*

> *Claro, a existência material da ideologia num aparelho e suas práticas não possui a mesma modalidade que a existência material de um paralelepípedo ou de um fuzil. (...). Diremos que a "matéria se apresenta de várias sentidos", ou ainda que ela existe sob diferentes modalidades, todas enraizadas em última instância na matéria "física".* (ALTHUSSER, 2006, p. 126/7, aspas no original)

Ou seja, qualquer visão de mundo é produzida em instituições formalmente constituídas e organizadas (entre as quais o Estado ocupa lugar central), circula em meios impressos e/ou eletrônicos e seu processo de produção (inclusive reprodução e reelaboração) se realiza por meio de rituais materiais (administrativos, solenes, litúrgicos, comemorações, militares etc.), de modo que ao

(...) considerar apenas um sujeito (tal ou qual indivíduo), a existência das ideias próprias da sua crença é material, pois suas ideias são seus atos materiais inseridos nas práticas materiais, reguladas por rituais materiais definidos pelo aparelho ideológico do qual derivam as ideias desse sujeito. (Idem, p. 129).

Como está descartada a existência ideal (espiritual) das ideologias, a fixação e permanência de qualquer visão de mundo depende da rotinização desses rituais materiais, o que inclui a criação de uma esfera pública de debate, em geral denominada opinião pública, normalmente apresentada como uma esfera autônoma em relação a outras esferas da vida social, na qual intervêm especialistas armados das suas ideias, valores e crenças. Assim, essa esfera pública adquire a aparência de completa autonomia, isenta de determinações materiais, uma vez que, nela, aparentemente contam apenas os argumentos e, estes, por sua vez, têm como núcleo central a noção de direitos individuais, já devidamente depurada dos vestígios históricos da heteronomia material entre capital e trabalho, supramencionado.

Este processo de abstração das ideologias das suas matrizes materiais, por meio da esfera pública, permite-lhe cumprir a função de prover legitimidade ao conjunto do sistema social por meio de uma unidade ideológica cujo elemento articulador da unidade é a ideologia jurídica, notadamente porque esta ideologia é a sede da noção de direitos individuais.

A este respeito, preocupado em assinalar as implicações funcionalistas do conceito de cultura política (ALMOND e POWELL, 1980), estreitamente vinculado ao de opinião pública, que supõe uma integração funcional na qual a defasagem entre as estruturas e os diferentes tipos de legitimidade são apreendidos como disfuncionalidade, Poulantzas adverte:

Sabe-se que a dominância desta ideologia se manifesta por intermédio do fato de que as classes dominadas vivem suas condições de existência política sob as formas do discurso dominante, o que significa que elas vivem, frequentemente, sua própria revolta contra o sistema de dominação no quadro de referência da legitimidade dominante. Essas observações podem ter um grande alcance, pois elas não indicam simplesmente a possibilidade de uma ausência de "consciência de classe" por parte das classes dominadas. Elas implicam que as ideologias "próprias" destas classes é frequentemente decalcadas do discurso da legitimidade dominante. (POULANTZAS 1968, p. 241. Aspas e grifos no original)

Embora, a meu ver, procedente a advertência de Poulantzas, não entrarei nos detalhes da questão; por ora, creio, basta assinalar que a esfera do debate público, ao oferecer modelos normativos, especifica tanto o tipo de sanção que deve sofrer o comportamento desviante como as vias de possibilidade de decalcar as ideologias dominadas da dominante.

Desse modo, os agentes (sujeito do discurso ideológico) são interpelados pelas ideias inscritas naqueles rituais materiais ao ingressar em qualquer instituição estatal ou, em diferentes medidas, reguladas pelo Estado[9], de acordo com "A dupla estrutura especular da ideologia", como um sistema quádruplo de interpelação.

Primeiro, eles são alvos da "interpelação como sujeito", segundo, tal interpelação supõe sua "sujeição ao Sujeito", o aparelho no qual está ingressando, terceiro, estes indivíduos experimentam "o reconhecimento mútuo entre os sujeitos e o Sujeito e entre eles mesmos enquanto sujeitos e, finalmente, o reconhecimento de si mesmo como sujeito" e, por fim, "a garantia absoluta de que tudo está bem assim e na condição de que os sujeitos reconheçam o que são e se conduzam de acordo, tudo estará bem: 'Amém, assim seja!'.", (*ALTHUSSER, 2006, p. 139.* Tradução minha).

Como, nesta estrutura, o sujeito aparece apenas como sujeição, o que não permite explorar a dialética da ideologia, intervém aqui a observação de Therborn de que a "(…) dialética já está indicada pela ambiguidade básica da palavra 'sujeito', tanto em francês como em

---

9   Neste ponto, não é ocioso assinalar que, devido ao fato de a relação entre os indivíduos livre-cambistas ser mediada pelo Estado, observa-se certa gradação da regulação estatal das instituições sociais segundo a maior ou menor proximidade que as funções precípuas dessas instituições mantêm com as relações econômicas.

44

inglês[10], como Althusser mesmo sugere sem trazer a questão à luz" (Idem, p. 16. Aspas no original). Embora retenha a díade interpelação--reconhecimento de Althusser, Therborn propõe substituir sujeição--garantia por *subjetivação-qualificação*, pois, "Embora qualificados pelas interpelações ideológicas, os sujeitos também se tornam qualificados para 'qualificar' estas, no sentido de especificar-lhes e modificar sua área de aplicação." (Idem, p. 17).

Este lugar de articulação das demais ideologias pela ideologia jurídico-política é designado por Poulantzas como "(...) um lugar dominante na ideologia dominante desse modo de produção, situando-se em lugar análogo ao da ideologia religiosa na ideologia dominante do modo de produção feudal.", (Idem, p. 137). Dominância resultante fundamentalmente do caráter formal e abstrato da ideologia jurídica, e da referência ao trabalho abstrato como seu conteúdo o que lhe permite se apresentar sob uma forma discursiva sem "a exploração de classe, *na medida em que todo traço de dominação de classe está ausente de sua linguagem própria".* (Idem, p. 232)

Formalismo e abstração que permitem ao Estado, na sua tripla função (legislar, operar e tutelar) relativa ao direito, se apresentar

> *(...) não diretamente como um aparelho de dominação de classe, mas como a "unidade", o princípio de organização e encarnação do "interesse geral" da sociedade, o que tem, aliás, incidências capitais no funcionamento concreto do aparelho burocrático: ocultação permanente do saber no interior deste aparelho por intermédio de regras hierárquicas e formais de competência, o que é possível apenas pela aparição da ideologia jurídico-política burguesa. A "racionalidade formal" do aparelho burocrático, com efeito, é possível apenas na medida em que a dominação política de classe dele está ausente, sendo substituída pela ideologia da organização[11].* (POULANTZAS 1968, p. 233-234)

---

10 Em português também, podemos acrescentar.

11 "É neste sentido que se pode reter a relação, estabelecida por Weber, entre a 'racionalidade' burocrática e o tipo de autoridade 'racional-legal', fundada no 'interesse geral' da nação." (Nota do autor).

Com efeito, resulta da conjugação deste lugar de dominação da ideologia jurídica, no conjunto das ideologias, com a tripla determinação da categoria cidadão certa polifonia em torno do conceito de cidadania. Embora este conceito designe precisamente o sujeito de direito, devido à polissemia da noção de cidadania, facilmente detectada pelas variações dos quadros interpretativos formulados pelas diversas forças políticas que buscam articular seus interesses à agenda estatal, através de "um esquema interpretativo que simplifica e condensa o 'mundo lá fora' (aspas no original), ao pontuar e codificar seletivamente objetos, situações, acontecimentos, experiências e sequência de ações num ambiente passado ou presente." (SNOW e BENFORD,1992, p. 137).

Com tais quadros interpretativos agrega-se ou exclui-se interesses da noção de cidadania, procura-se ampliar ou reduzir a abrangência deste conceito, ou seja, ampliação ou redução de direitos que segue o ritmo das lutas políticas. Diversamente, numa perspectiva revolucionária, opõe-se à visão social de mundo dominante uma outra visão alternativa, formulada a partir do lugar ocupado pelas classes dominadas nas relações sociais de produção, formulada por alguma dentre estas, capaz de postular a reorganização do Estado segundo novos critérios devido a seu lugar estratégico nas relações sociais de produção do modo social de produção dominante e a seu desenvolvimento intelectual, o que implica apropriação e reelaboração distintas de todas as ideologias localizadas no Universo das Interpelações Ideológicas.

Referências

ALMOND, Gabriel A. e POWELL Jr., G. Bingham. *Uma teoria de política comparada*. Rio de Janeiro: Zahar Editores, 1980.

ALTHUSSER, Louis. Idéologie et appareil idéologique d'État (notes pour une rechercher) sur la reproduction des conditions de production. In: *Collection Les Dossiers Pensée*, v. Louis Althussser. Pantin: Le Temps des Cerise Éditeurs, 2006.

46

_____. *Lire le Capital*. Paris: PUF, 1996.

_____. *Sobre a reprodução*. Petrópolis: Vozes, 1999.

_____. *Elementos de autocrítica*. In: *Posições I*. Rio de Janeiro: Graal, 1978.

DINIZ, Maria Helena. *Dicionário jurídico*. v. 4. São Paulo: Saraiva, 1998.

GRAMSCI, Antonio. *Cadernos do cárcere*. v. 3 e 4. Rio de Janeiro: Civilização Brasileira, 2001.

HEGEL, Georg W. F. *Princípios da filosofia do direito*. São Paulo: Ícone, 1997.

KANT, Emmanuel. *Doutrina do direito*. São Paulo: Ícone, 2005.

KELSEN, Hans. *Teoria geral do direito e do Estado*. São Paulo: Martins Fontes, 2002.

LÖWY, Michael. *As aventuras de Karl Marx contra o Barão de Münchhausen: marxismo e positivismo na sociologia do conhecimento*. São Paulo: Cortez, 1998.

_____. *Ideologias e ciência social: elementos para uma análise marxista*. São Paulo: Cortez, 1999.

MARX, Karl. *O capital*. v. 1. São Paulo: Nova Cultural, 1988.

_____. Prefácio. In: *Contribuição para a crítica da economia política*. Lisboa: Estampa, 1971.

_____. *Crítica da filosofia do direito de Hegel*. São Paulo: Boitempo, 2005.

_____. *Sobre a questão judaica*. São Paulo: Boitempo, 2010.

_____. *Grundrisse*. São Paulo: Boitempo, 2011.

MARX, Karl e ENGELS, Friedrich. *O manifesto comunista*. São Paulo: Boitempo, 1998.

_____. *A ideologia alemã*. São Paulo: Boitempo, 2007.

MASCARO, Alysson L. *Crítica da legalidade e do direito brasileiro*. São Paulo: Quartier Latin, 2008.

MOTTA, Luiz E. Poulantzas e o direito. In: *Dados*, v. 3, n. 2, Rio de Janeiro, 2010, p. 367-403.

NAVES, Márcio B. *Marxismo e direito: um estudo sobre Pachukanis*. São Paulo: Boitempo, 2000.

PACHUKANIS, E. B. *A teoria geral do direito e o marxismo*. Rio de Janeiro: Renovar, 1989.

PINHEIRO, Jair. Direito e política: uma relação mal-resolvida. In: *Revista Lutas Sociais*, n. 21-22, São Paulo, 2009.

POULANTZAS, Nicos. *Pouvoir politique et classes sociales*. Paris: François Maspero, 1968.

_____. *Hegemonía y dominación en El Estado moderno*. Córdoba: Ediciones Pasado y Presente, 1969.

_____. *O Estado, o poder, o socialismo*. Rio de Janeiro: Edições Graal, 1985.

SAES, Décio. Cidadania e Capitalismo (uma abordagem teórica). *IEA*: São Paulo: USP, 2001.

SNOW, David et. al. Frame Alignment Process, Micromobilization, and Movement Participation. In: *American Sociological Review*. Columbus, v. 51, n. 4, p. 646-481, August, 1986.

_____. e BENFORD, Robert. Master frame and cycles of protest. In: MORRIS, D. A. and MUELLER, C. M. In: *Frontiers in social movement theory*. New Haven: Yale University Press, 1992.

STUTCHKA, Piotr. *Direito de classe e revolução socialista*. São Paulo: Instituto José Luís e Rosa Sundermann, 2001.

THERBORN, Göran. *The ideology of power and the power of ideology*. London: Verso, 1980.

WEBER, Marx. *Economia e Sociedade*. v. 2. Brasília, DF: Editora da UnB, 1999.

48

Formación profesional y aprendizaje a lo largo de la vida. Derecho a la educación y al trabajo en España[12]

Fernando Marhuenda

Este texto quiere sentar las bases sobre las políticas, las prácticas y los discursos que hay en la actualidad sobre la formación profesional. Para conseguirlo, se contempla el carácter propio de la formación profesional en relación al resto de enseñanzas del sistema educativo, y se trata de justificar el carácter sustancialmente diferente que tienen los debates sobre la educación en España y los que afectan a la formación profesional específica.

Se retrata también la normativa que legisla la formación profesional, pero no se pretende realizar una aportación de carácter informativo, habida cuenta de que se trata de legislación al alcance de cualquiera. Más bien, se apuntan a las múltiples posibilidades que cada una de esas normas, generadas en los últimos treinta años,

---

12 Este texto fue terminado de redactar en julio de 2012.

50

han abierto para la modernización y la expansión de la formación profesional. Se señalan también, como no podría ser de otra manera, los principales obstáculos que pueden encontrarse en el proceso de plasmación de esas normas en prácticas educativas.

Y todo ello se hace desde dos parámetros, dos supuestos que se tratan de argumentar en el desarrollo del texto: Por un lado, que son muchos los agentes que participan del diseño de la formación profesional y esto provoca que, en ocasiones, la última responsabilidad no quede patente. Por otro, que el Estado de las Autonomías no siempre es un elemento que favorece la modernización de la formación profesional y puede llegar a aplicar criterios diferentes a los que se han acordado ampliamente a nivel estatal. Todo ello constituye el punto de partida que sienta las bases para los análisis que se realizan en el resto del volumen.

1. El debate político y social y la ausencia de pacto sobre la educación en España

Si hay un punto de desencuentro entre los principales partidos políticos en la historia reciente de la democracia española, podría decirse que ése es precisamente el de la educación. Es el asunto que más transformaciones legislativas ha sufrido, seguramente con la excepción del de la inmigración pero, a diferencia de ésta, cuando se trata de la educación encontramos desacuerdos entre los partidos en lo sustancial, mientras que las transformaciones legales respecto a la inmigración caminan todas ellas en la misma dirección y corresponden a un cambio de sentir tanto de los políticos como en parte de la sociedad.

En el caso de la educación, todas las leyes se han aprobado con mayorías suficientes en las cámaras de representantes pero sin el apoyo del principal partido de la oposición, que ha esperado siempre a su llegada de nuevo al Gobierno para introducir transformaciones de gran calado en las normas previamente aprobadas. Esta sucesión de reformas legislativas ha producido un enorme desgaste entre el profesorado, algo de desconcierto entre madres y padres de estudiantes, y mucho enconamiento entre la clase política: Parece que es la educación, y su fuerte sustrato ideológico, el único tema en torno al cual se pueden apreciar diferencias sustanciales entre los grandes partidos, allí donde otras cuestiones parecen suscitar diferencias menores. Ni la política económica, ni la de inmigración, ni la sanitaria, ni siquiera la judicial suscitan tanta controversia.

Prácticamente no ha transcurrido un lustro, desde 1985, en el que no se haya generado una nueva norma aprobada por el Parlamento y que haya pretendido alterar la estructura del sistema; en una dirección democratizadora y de participación social en primer lugar, y con una inversión hacia propuestas más profesionalizadoras con el paso del tiempo. Muchas de estas reformas han querido contar con un periodo previo de debate, pero con frecuencia las soluciones parecían decantadas con anterioridad a esos debates. Por su parte, el paso de ministros y ministras por el gabinete de Educación apenas sí ha sido brillante, tal vez salvo el primer período, cuando la cartera fue ocupada por José María Maravall; desde entonces, el ministerio ha sido con cierta frecuencia lugar de paso y sus inquilinos han oscilado entre introducir sus propias reformas o bien tratar de pasar desapercibidos.

A las diferencias entre los grandes partidos políticos cabe sumar también las que se producen entre el propio Ministerio y las distintas Comunidades Autónomas. La descentralización de competencias en materia educativa es de tal calado que hoy en día el Ministerio apenas sí tiene responsabilidad salvo para las ciudades autónomas de Ceuta y Melilla, que se convierten así en el baluarte de sus propuestas y actuaciones ejemplificadoras; en tanto que el resto de las Comunidades van aprobando incluso sus propias leyes educativas, siempre en el marco de la normativa estatal pero con un margen de maniobra lo suficientemente amplio como para encontrar diferencias significativas entre las distintas regiones y sus sistemas escolares.

2. La formación profesional como excepción: El consenso social y político

Sin embargo, podemos encontrar una excepción a semejante confrontación política y territorial. En efecto, la formación profesional puede considerarse una excepción. Tal vez por su carácter relativamente marginal, tal vez por su grado de especialización, tal vez porque lo que importe en primer lugar a las clases dirigentes sea la formación de las clases medias y profesionales –las que cursan los bachilleratos y acuden a las universidades – y no tanto la formación de las clases trabajadoras; el caso es que la formación profesional no suscita apenas diferencias de opinión.

Una vez superada la mala imagen y el desprestigio social que la formación profesional reunió en torno a sí durante los años Setenta y los primeros Ochenta; la formación profesional ha contado con el acuerdo mayoritario de un amplio espectro de actores: Los distintos partidos políticos con representación parlamentaria –tanto en el parlamento nacional como en los autonómicos-, con la única excepción de Izquierda Unida; los sindicatos mayoritarios –los que mayor representación tienen tanto en todo el Estado como también en aquellas comunidades autónomas en las que hay sindicatos con orientación territorial más que de clase-, con la excepción más destacada de la Confederación General del Trabajo; las federaciones y asociaciones empresariales –las de las grandes empresas y también las que representan a las pequeñas y medianas empresas así como también las Cámaras de Comercio-.

En efecto, desde comienzo de los años Noventa, desde que la LOGSE sentara unas nuevas bases para la formación profesional, no ha habido apenas voces disidentes respecto a la orientación que deberían tener las políticas en materia de formación profesional. Con distintos ritmos según cada uno de los territorios, con las adaptaciones particulares a las economías características de cada una de las comunidades autónomas; todas ellas han emprendido caminos similares –y han hecho frente a dificultades también parecidas – a la hora de dinamizar la formación profesional.

Una formación que, no se puede olvidar, es postobligatoria, tiene una fuerte orientación profesionalizadora –y quedó desprovista ya en 1990 de aditivos de formación no ajustados a las estrictas pretendidas demandas de un mercado que deseaba fundamentalmente especialización frente a una mayor formación de base – y, además, resulta una opción minoritaria frente a la consecución de estudios académicos postobligatorios: Hasta la fecha, aproximadamente dos tercios de la población que continuaba estudiando lo hacía en las modalidades de los Bachilleratos, frente a un sólo tercio en Formación Profesional; unas cifras que ponían de manifiesto las diferencias importantes entre España y los países de su entorno y que sólo muy recientemente, en una combinación de campañas publicitarias y sobre todo la crisis económica, se va corrigiendo.

2.1. Los objetivos

Sin duda alguna, la formación profesional es el aspecto menos necesitado de dicho acuerdo, ya que cuenta con él desde hace al menos tres lustros. Sin embargo, se presenta como uno de los elementos relevantes de la propuesta.

Varios de los objetivos propuestos por las reformas más recientes tienen una indudable relación con la formación profesional. Así, el primero de ellos, 'adoptar las medidas necesarias para que todos los estudiantes finalicen la educación obligatoria con los conocimientos, competencias básicas y valores necesarios para su desarrollo personal y profesional'. O el tercero, 'fomentar que todos los estudiantes continúen su formación, como mínimo hasta los 18 años, flexibilizando las diferentes ofertas formativas y ofreciendo alternativas que permitan compatibilizar formación y empleo'. Y, evidentemente, el cuarto, 'ampliar y flexibilizar la oferta de formación profesional, tanto para los jóvenes en edad escolar como para la población adulta, y adoptar medidas que permitan compatibilizar formación y empleo, para

54

incrementar los niveles de formación y las posibilidades de empleabilidad del conjunto de la población'.

Encontramos en ellos demandas distintas e incluso contradictorias de la formación profesional: Respecto al primero de los objetivos, que ya la educación obligatoria dote de las competencias básicas para el desarrollo no sólo personal sino también profesional; no podría ser de otra forma cuando está así recogido entre las finalidades del sistema educativo desde su inclusión en 1990 y posteriormente en las otras dos leyes orgánicas que han modificado aquélla, tanto en 2002 como en 2006. Que esa competencia equivalga a una formación profesional de base es cuestión diferente.

La escuela obligatoria no puede preparar para el trabajo, desde luego no lo puede hacer en esta época, quizá sí durante gran parte del siglo XX, cuando la escolarización proporcionaba una socialización básica en elementos indispensables para la respuesta adecuada de la población trabajadora en un contexto industrial de corte taylorista primero y fordista posteriormente. Ahora bien, esa disposición de los trabajadores no era tanto fruto del curriculum oficial prescrito cuanto del curriculum oculto del que el sistema escolar es portador, unas enseñanzas que quizá hoy estén mostrando su relativa inutilidad, ante la magnitud de los cambios en el sistema laboral, y que sin embargo la escuela no es capaz de quitarse de encima, tan impregnada está en su arquitectura y organización de este curriculum.

Respecto al tercero de los objetivos, es grande el esfuerzo que se espera que la formación profesional sea capaz de realizar en su oferta de estudios de grado medio: compartir el tiempo de los estudiantes con el trabajo remunerado. Una escuela a tiempo parcial. No es imposible, pero sí requiere una transformación sustancial de la escuela, también de la postobligatoria: El sistema, su disposición, la oferta, el profesorado, están concebidos de forma que el estudiante se encuentre inmerso en el mismo, el funcionamiento del sistema depende en parte de la colonización del tiempo de los jóvenes, de la definición de su carácter: Ser estudiante, adscribirse en primer lugar a la escuela, encontrar en ella el principal elemento definitorio.

La flexibilidad que se pide de la escuela, por su parte, conlleva también la flexibilidad que, como contrapartida y en beneficio del joven, debe proporcionar también la empresa, en términos de un horario y una carga de trabajo que sean compatibles con su continuación en la formación, que no es mera asistencia a la escuela durante unas horas sino que, muy probablemente, requiera también de un ejercicio de estudio, preparación, reflexión y experimentación.

La historia de la escuela muestra su resistencia a flexibilizarse, su carácter fuertemente homogeneizador, su incapacidad para atender adecuadamente a las necesidades individuales. Pero la historia de la empresa, en especial la historia más reciente, muestra también que la capacidad de reinventarse y reorganizarse ha sido con demasiada frecuencia a costa de forzar a los trabajadores a ser flexibles en lugar de mostrarse ella comprensiva ante sus demandas y requerimientos de adaptación a sus necesidades.

Tanto en la escuela como en la empresa, son los individuos quienes salen perdiendo, quienes deben adaptarse, acoplarse, ponerse a disposición de las demandas que le vienen del exterior, ajustarse a ritmos, horarios, formas de organización e instrucciones que no se han formulado pensando en ellos ni en su desarrollo sino en sujetos tipo, en patrones a los que deben asemejarse. La originalidad, el desarrollo personal, el despliegue de las capacidades que uno tiene, no son elementos valorados por la escuela ni por la empresa. El esfuerzo de flexibilización, la búsqueda de alternativas de funcionamiento ordinario (y no sólo a las formas que esos modos han adoptado en las épocas más recientes), está pues íntegramente por demostrar. No es que no resulte deseable, lo que se señala aquí es la dificultad que conlleva y las resistencias que deberá vencer.

En lo relativo al cuarto objetivo, llama la atención que se descargue sobre el sistema de formación profesional el peso de incrementar las posibilidades de empleabilidad del conjunto de la formación. Si es una demanda comprensible el que la formación profesional contribuya al incremento de los niveles de formación, no lo es tanto que se le pida que contribuya a la empleabilidad cuando ésta no depende sólo de los individuos ni tampoco de su formación, sino de las posibilidades de empleo que se les ofrecen.

La empleabilidad, como se da cuenta con más detalle en otro lugar de este trabajo, es una dimensión relacional, no un rasgo particular que se pueda predicar de un individuo. La mejora de la empleabilidad depende tanto de la oferta de empleo que se hace como de la capacidad de satisfacer sus requisitos por parte de los potenciales demandantes. Es una cuestión de ajuste, no de acoplamiento de uno de los dos factores (el individuo, el demandante de empleo, el sujeto formado y capaz) al otro (el empleo, fijo, delimitado, que requiere disponer de unas capacidades y no hacer uso de otras de las que uno tal vez disponga y que convenga ocultar o al menos no emplear).

2.2. Las medidas

Hechas estas precisiones sobre los objetivos, se pasa a continuación a analizar con más detalle algunas de las medidas concretas que se contienen en la propuesta de pacto y mediante las que se trata de poner de manifiesto que el desarrollo de la formación profesional en el porvenir más cercano no está exento de alguna de las dificultades que en el pasado reciente le han aquejado y han tenido como consecuencia su estancamiento, suponiendo un lastre en su modernización.

Si bien la industrialización de la sociedad requirió la generalización en el acceso a la educación obligatoria y una alfabetización básica identificable con la educación primaria, está por demostrar aún que el advenimiento de la sociedad de la información requiera una universalización del acceso a la educación secundaria postobligatoria. En primer lugar, porque la educación postobligatoria es diversa, no proporciona a todas las personas la misma educación, si ésta es dispar, también lo será su contribución al tránsito hacia la sociedad del conocimiento.

Si nos atenemos a la tradición asentada en España, eso significa en realidad que habrá una ampliación de los estudios postobligatorios de carácter académico, ya que la matrícula en estos siempre ha sido muy superior a la de formación profesional y, en consecuencia, la oferta de formación en bachillerato (y los centros en que se imparte y el profesorado en condiciones de impartirla) es mucho mayor que la de formación profesional.

Dicho de otra forma, poco se puede esperar de la formación profesional para aumentar la preparación de la población para la sociedad del conocimiento; la formación profesional no es relevante en este sentido, y mucho tendrían que cambiar las cosas (la planificación de la oferta postobligatoria) así como mucho tendría que cambiar también la mentalidad de la sociedad, los valores culturales asentados, para dar mayor valor a la formación profesional que a los bachilleratos con los que tendría que competir. Tal vez la clase política esté algo convencida de ello, pero no lo están ni el empresariado ni las familias ni los jóvenes que deciden seguir estudiando al término de la educación obligatoria.

Quienes quieren continuar, además, lo hacen con las miras puestas en recibir formación universitaria, tanto quienes acceden a ella por la vía de los bachilleratos como quienes contemplan esa posibilidad desde su perspectiva de desarrollo profesional dando continuidad así a sus estudios de formación profesional. No en vano, las llaves que les dan acceso a la formación profesional de grado superior se lo abren también a la educación universitaria.

Que tanto jóvenes como personas adultas sean conscientes de la capacidad que han de mostrar para aprender más a lo largo de su vida, para adaptarse a los requerimientos, aún desconocidos, del sistema productivo; que sean conscientes de las limitaciones e insuficiencias de sus conocimientos y aprendizajes durante la formación inicial (ya se trate de bachillerato o de formación profesional), no quiere decir que este panorama resulte para ellos deseable, quizá sí inevitable. Cuando la formación a lo largo de la vida se pone al servicio del desarrollo personal, de la expansión de los intereses y capacidades de uno, de la decisión personal del rumbo que tomar, sin duda resulta apetecible. Pero si, por el contrario, formación a lo largo de la vida es una necesidad que se ha de resolver bajo la amenaza de la redundancia en el empleo, la pérdida de de poder adquisitivo, de prestigio profesional, de capacidad de negociación, en este caso la formación permanente no es sino una carga más de las que acompaña a la vida laboral y profesional, una carga que se ha de llevar con resignación pero sobre la que uno decide bien poco, ni tan siquiera la orientación, en definitiva, una de las nuevas servidumbres del trabajo en la condición postmoderna. En este caso no hay coincidencia entre profesionalidad y ciudadanía, entre desarrollo económico y progreso social, como se aborda con más detalle en otro lugar en este texto.

El documento de propuestas del Ministerio de Educación en busca del pacto educativo parece apuntar en esta última dirección, al vincular la formación a lo largo de la vida a la consecución de un 'nuevo modelo de crecimiento (económico)'. La educación no puede tener carácter instrumental.

Eso no quiere decir que la formación no deba preparar para el empleo, sin duda que debe hacerlo, no cabe esperar de ella otra cosa, pero no se pueden ignorar las necesidades de las personas que se forman, que se han de anteponer a los deseos de cambio económico que, por otra parte, no dependen tan sólo de la planificación de un gobierno sino que están sometidos a los funcionamientos de los mercados, fluctuantes y difíciles de controlar por un gobierno en un contexto globalizado como el que nos rodea.

Tampoco se puede confundir la satisfacción de las necesidades de las personas con una capacidad de elección que, con demasiada frecuencia, sólo es aparente. Las personas pueden elegir una trayectoria formativa, pero no son los ciudadanos quienes eligen empleo, sino que son las empresas quienes eligen a sus trabajadores. No se trata de un proceso equilibrado, sino de una situación desigual en la que sólo las personas con una alta cualificación pueden verdaderamente ejercer esa capacidad de elección, el resto deben competir por un puesto de trabajo con otras personas con las que comparten mucha de su formación y no es ésta preferentemente la que va a marcar las diferencias, sino que hay otras variables menos moldeables.

Hace ya más de dos décadas que la investigación socioeconómica dejó claro que, entre personas cuya cualificación es media o baja, la formación mejora la posición de los demandantes de empleo en las colas del paro pero no les proporciona un empleo ni les hace más libres para elegir un puesto de trabajo. Al igual que en el caso de la elección de centro educativo por parte de los padres, aquí también nos encontramos con que es la organización de destino, la que ofrece los puestos (de empleo en un caso, escolar en el otro), la que elige a las personas que los van a ocupar, sabiendo además que tendrá posibilidades de encontrar reemplazo si hubiera errado en esa elección. La formación desempeña un papel defensivo.

Esto se aprecia claramente en las personas de menor cualificación y, por lo tanto, de mayor vulnerabilidad. No tienen capacidad de elegir empleo, como tampoco la tienen de elegir formación, no hay oferta suficiente de cualificación para ellos y, aun en aquellos casos en que podría haberla, no se dan las condiciones apropiadas (de planificación, publicidad ni orientación) para poder disponer de suficientes criterios (de calidad de la formación ni de acierto en el diseño de la propia carrera) con los que realizar la elección. La oferta de formación de baja cualificación no es suficiente para toda la población que potencialmente podría acudir a ella; es decir, no hay cualificación profesional para toda la población que la necesita, como tampoco hay oferta de empleo suficiente para toda la población demandante.

Pese a las buenas intenciones de los gobernantes, en un sistema competitivo como el que existe no es posible evitar que haya situaciones de marginación, exclusión de la formación, exclusión social ni exclusión económica; ya que se trata de elementos inherentes al propio sistema. Si bien la estrategia de formación a lo largo de la vida puede contribuir a que haya personas que, individualmente, consigan cambiar su situación, esto ocurrirá a cambio de que sean otras personas las que resulten desplazadas por no poder aprovechar las opciones que brindan esas estrategias, unas opciones que no están al alcance de todos porque no resultan suficientes.

En este sentido, medidas como las que propone el Ministerio de Educación para flexibilizar el acceso a la formación o de establecer pasarelas entre opciones no sustituyen a otras, tan necesarias como éstas, de garantizar una oferta capaz de satisfacer la demanda de formación. Son medidas apropiadas, no cabe duda, pero también son incompletas.

Entre esas propuestas, podemos distinguir al menos tres tipos: Por un lado, las referidas al reconocimiento de los aprendizajes y saberes en forma de titulaciones, certificaciones y convalidaciones. Por otro, las referidas a la oferta de formación, ya sea directamente con carácter profesionalizador o bien preparatoria para el acceso a la formación especializada; ya sea presencial, a distancia o mixta. En tercer lugar, las referidas a las posibilidades de formación asociadas a la contratación laboral, ya sea mediante los contratos de formación u otros de carácter similar, ya sea mediante la participación en modalidades de contratación subvencionadas como las Escuelas Taller o las Casas de Oficio.

Hay también un cuarto tipo de propuesta cuyo impacto aparenta ser mucho menor pero de gran relevancia: la necesidad de llevar a cabo una evaluación de políticas públicas que proporcione información suficiente tanto para la toma de decisiones en el corto y medio plazo como para la realización de estudios que proporcionen información adecuada y consistente en el largo plazo.

2.3. La formación profesional como instrumento para la construcción de otro modelo de crecimiento económico

Al igual que en páginas anteriores del documento de propuestas para el pacto educativo, son más las declaraciones de intención que las constataciones de hechos: Por más que se quiera, la formación profesional en España no es todavía 'uno de los pilares fundamentales de la educación' (MEC, 2010: 18), sin que eso suponga que España no sea una sociedad moderna.

No puede ser la formación profesional, todavía no, 'un instrumento clave para avanzar hacia un nuevo modelo de crecimiento económico sostenible y diversificado' (MEC, 2010: 18). Ni el alcance de la oferta es suficiente, ni está suficientemente articulada en el territorio, ni responde a una planificación ni una estrategia de desarrollo previamente definida. Todavía hoy, la oferta de formación profesional es más bien el fruto de la capacidad de oferta de los centros de la red del sistema de formación profesional reglada.

En este sentido, son muchas las posibilidades de desarrollo, varias de ellas estaban contempladas en el documento de propuestas para el pacto, algunas de las cuales no consisten sino en dar cumplimiento a actuaciones que ya hace años que se están realizando y que son el fruto del amplio acuerdo en torno a la Ley de las Cualificaciones y la Formación Profesional. Entre éstas, se encuentran las siguientes:

1. Completar la red de Centros de Referencia Nacional e incrementar la red de Centros Integrados de formación profesional.
2. Adecuar el Marco Nacional de Cualificaciones al Marco Europeo –que quedó establecido en ocho niveles en lugar de los cinco con los que se construyó el Marco Nacional-.
3. Activar y extender la convocatoria de pruebas de acreditación en todas las familias profesionales y en todas las comunidades autónomas, hasta dar abasto a la población que potencialmente se puede beneficiar de esta medida y que supera los tres millones de personas.
4. Disponer lo necesario para que quienes hayan conseguido acreditar parte de su conocimiento adquirido mediante la experiencia puedan completar la formación requerida para acceder así a los títulos que les permitan mejorar su posición en el mercado de trabajo.
5. Desarrollar la normativa prevista para que los jóvenes que tienen un contrato de formación, amparándose en él, puedan cursar los estudios necesarios para la obtención de la titulación correspondiente a la formación básica y, si ya se dispusiera de ella, a formación profesional inicial o cualificación profesional.

Todas estas medidas son posibles con o sin el pacto, por lo que no debe preocupar que no se alcanzase acuerdo alguno; al fin y al cabo, la Formación Profesional suscita acuerdo y consenso en España, es el espacio por excelencia del pacto educativo, dentro y fuera del Parlamento, así como también cuenta con la aquiescencia de todas las Comunidades Autónomas.

No obstante, alguna de estas medidas no son posibles sin la introducción de cambios organizativos de tanta importancia que solo serán posibles si se modifica la propia organización del sistema escolar del que la formación profesional forma parte. Éste es sin embargo, uno de los aspectos más ignorados en cualquier declaración sobre la formación profesional, ya sea de carácter político, de interlocución social, técnico o académico. La formación profesional dentro del sistema escolar no está preparada para incorporar algunos de estos cambios, que afectan a cuestiones tan cruciales como la dedicación del profesorado, la planificación de las enseñanzas, las pruebas de evaluación o los horarios escolares.

Pero también hay algunas otras propuestas que resultan novedosas, ya que o no se han planteado en el pasado o, si en algún momento fueron anunciadas, no se tomaron las medidas oportunas para convertirlas en procedimientos efectivos; y aquí sí es necesario confirmar cierto grado de acuerdo, ya que no se ha expresado anteriormente. Una vez más, pues, o se trata de llevar a término estas propuestas haciendo cómplices para ello a todos los actores involucrados. De lo contrario, será la enésima ocasión en que la formación profesional se utiliza como cajón de sastre al que van a parar tanto asuntos pendientes como causas perdidas; y el acuerdo en torno a la formación profesional no será sino mera declaración de intenciones sin operativización alguna. Aquí se encuentran éstas propuestas:

1. Procurar la cooperación entre administraciones (entre administraciones con responsabilidades en distintas materias, cabría señalar, así como entre administraciones de la misma materia pero con distintas competencias territoriales: Estatales,

autonómicas y locales). Sin esta cooperación, ninguna de las siguientes propuestas puede llevarse adelante.

2. Procurar la cooperación entre administraciones, empresas e interlocutores sociales para planificar las enseñanzas de formación profesional.

3. Establecer observatorios que han de ser a la par territoriales y sectoriales. La recolección de esta información, su procesamiento y su difusión es fundamental para poder planificar una oferta de formación profesional que pueda satisfacer tanto las necesidades de desarrollo económico como de desarrollo profesional de cuantos ciudadanos deseen acudir a ella. Esta información es también imprescindible para que los servicios de información y asesoramiento puedan desarrollar con propiedad su cometido. Además, si bien la obtención de la información tiene su origen en cada territorio, en un contexto de potenciación de la movilidad como el que marcan las aspiraciones gubernamentales debería considerarse en un marco más amplio, escapando incluso a las competencias de las comunidades autónomas –uno de los puntos más conflictivos en la actualidad–.

4. Agilizar el diseño de nuevos títulos, cualificaciones y certificados y actualizar los ya existentes.

5. Acercar la formación profesional a las personas que carecen de titulaciones académicas y de cualificaciones profesionales a fin de garantizar su derecho a la educación que la escolarización obligatoria no se ha mostrado capaz de satisfacer en el pasado. A estas personas se les niega el acceso a la oferta ordinaria de formación profesional, bien por los requisitos de entrada, bien por la rigidez del sistema, bien sea porque no pueden competir con el resto de candidatos a la formación. Para ellas, el gobierno incide en proponer medidas que se han venido desarrollando ya en la última década aunque con un alcance muy limitado: la planificación de itinerarios individualizados (que, a diferencia de lo que plantea la propuesta

gubernamental, no pueden ser sólo formativos ya que han de incorporar tanto la posibilidad de tener experiencia real de trabajo como de ingresar un salario que lo sea, no un subsidio) así como la oferta de formación específica, incluso no conducente a cualificaciones reconocidas pero sí ajustada a las necesidades de las personas y que les ponga en disposición de poder cursar, más adelante, formación acreditada.

6. Posibilidad de intercambio entre los distintos niveles de formación profesional así como con el resto de la educación secundaria.

7. La propuesta anterior guarda relación con otra que ya ha recibido su apoyo en tiempos recientes, como es la apertura del acceso de los estudios de formación profesional de grado superior a la formación universitaria. Si acaso, llama la atención que haya tenido que ser la vicepresidencia del gobierno y no el ministerio de educación quien haya tenido que resolver dicha medida. Sí que es novedad el que se trate de rentabilizar los recursos de universidades y centros de formación profesional mediante 'entornos de formación superior vinculados a las necesidades de la economía local' (MEC, 2010: 21). Aunque no lo es tanto si se tiene en cuenta que ya hace casi medio siglo se pusieron en marcha en distintos lugares de España universidades laborales.

8. La configuración de un sistema integrado de información y orientación profesional repercute sobre la importancia de la cooperación interterritorial, algo que hace veinte años apenas tenía importancia dado el escaso nivel de descentralización por un lado así como la escasa movilidad por otro; pero que hoy en día resulta crucial para evitar problemas generados por el desarrollo del Estado de las autonomías así como por el panorama económico cambiante, en que la oferta de servicios y producción de bienes está sometida a unas fluctuaciones que en el pasado se plasmaban en décadas mientras que en el presente transcurren en espacios muy breves de tiempo.

9. La cooperación interterritorial es igualmente importante en el caso de los planes de formación del profesorado, la diversificación de la oferta de formación profesional es tal que es imprescindible emprender acciones que permitan el intercambio más allá de las demarcaciones administrativas que establecen las comunidades autónomas. El efecto de la formación se ha de apreciar en el territorio de origen, pero la actualización, si quiere ser efectiva, debe probablemente cruzar la frontera del territorio más cercano.

Poco se decía en el documento de propuestas para el pacto, sin embargo, respecto a la formación del profesorado, a los materiales para la enseñanza en la formación profesional, al desarrollo didáctico de estas enseñanzas y la introducción de innovaciones metodológicas, o al establecimiento de una formación profesional adaptada que permita el progreso formativo de quienes han disfrutado en la educación obligatoria de los beneficios de una educación inclusiva. Y, pese a ello, se apuntan algunos elementos ante los que conviene extremar la precaución, debido al impacto que han tenido ya en otros momentos de la historia reciente de las reformas escolares. Entre estos se encuentra la elaboración de 'materiales didácticos autosuficientes', también conocidos como materiales a prueba de profesores, así como el desarrollo de la educación a distancia mediante el empleo de plataformas virtuales.

Ambos pueden resultar útiles en la formación en altos niveles de cualificación y para los que los aprendices han desarrollado ya importantes capacidades de aprendizaje; si bien cada vez son más los argumentos a favor de la combinación de estas modalidades con las presenciales, de modo que el profesorado continúe realizando su labor de enseñanza, incluso hoy en día, ante el empeño por hacer desaparecer este término reemplazándolo por su contraparte, el aprendizaje.

En las páginas siguientes se abordan estas cuestiones de actualidad junto a otras de mayor calado y trascendencia. No en vano, la mayor parte de las propuestas del pacto están en realidad previstas en la ley de las Cualificaciones y la Formación Profesional así como en los desarrollos que dicha ley ha tenido hasta la fecha. Este hecho y sus consecuencias se abordan en las secciones que vienen a continuación.

3. La dispersión legislativa de la formación profesional

La normativa que regula la formación profesional está repartida en normas de rango variado y aprobadas en momentos distintos. A diferencia del resto de las enseñanzas, cuya normativa se encuentra agrupada y en las que la organización jerárquica es clara, en el caso de la formación profesional es difícil identificar esa jerarquía. La normativa sobre formación profesional, además, está publicada por distintos ministerios: Obviamente, el de Educación se lleva la palma; pero también el de Trabajo –en sus diferentes denominaciones – y, más recientemente, también el de Presidencia del Gobierno. Todos ellos han mostrado su capacidad de legislar sobre una materia que parece situarse en la intersección entre departamentos, con competencias cuya ubicación parece no estar clara o, incluso estándolo, no deja de ser un terreno de disputa. Una disputa en la que es la propia formación profesional la que sale perdiendo. No cabe duda de que es difícil atribuir a la formación profesional el carácter de transversalidad que tienen otras políticas –igualdad sería un caso paradigmático-; la formación profesional tiene suficiente entidad propia, tradición, así como una misión bien delimitada que cumplir en el progreso y desarrollo económico.

No se puede obviar, tampoco, el hecho de que la formación profesional no tiene pleno reconocimiento en tanto que valor de cambio en el mercado de trabajo. De este modo, se pueden encontrar por una parte ocupaciones para cuyo ejercicio no es necesaria formación profesional alguna junto a otras que exigen una acreditación que no otorgan las autoridades educativas sino las de industria, sanidad o agricultura; y que no son por lo tanto credenciales educativas sino pruebas, exámenes, carnés y acreditaciones profesionales en mano de los cuerpos reguladores de la profesión, incluso cuando estos son entidades profesionales. Los casos de conductores de ambulancias, instaladores de aire acondicionado, gas o instaladores eléctricos se encuentran entre estos.

En algunos casos porque no es necesario un título de formación profesional reglada y en otros porque el título no es suficiente, se dan situaciones paradójicas y atípicas en las que se pone de manifiesto, sin duda, la falta de correspondencia entre las regulaciones de la formación y las demandas del mercado de trabajo. Todo ello, por supuesto, sin entrar a la falta de correspondencia de la formación con lo que estipulan la mayor parte de convenios colectivos, de nuevo relegando la formación a otras consideraciones más relevantes para la articulación del propio mercado de trabajo.

No se pueden negar, sin embargo, los avances que se han producido a lo largo de las tres últimas décadas. En 1990, con la aprobación de la LOGSE, se modernizó la formación profesional en España y se sentaron las bases de la formación que tenemos hoy en día. En el año 2002 se aprobó una nueva norma que pretendía derogar la anterior, la LOCE, y en ella apenas sí había cambios referidos a la formación profesional, dejando intacta la estructura y ordenación que estaban vigentes desde 1990. Sin embargo, también en el año 2002 se aprobó otra ley, igualmente con carácter orgánico, previamente a la aprobación de la LOCE: La Ley de las Cualificaciones y de la Formación Profesional.

Desde entonces, conviven en España dos leyes orgánicas que afectan y regulan la formación profesional, con referencias cruzadas entre sí pero dejando al objeto de su regulación, la formación profesional, en una situación atípica en el ordenamiento jurídico. Además, se da la circunstancia de que hay dos reales decretos que, a su vez, dan desarrollo normativo a cada una de estas leyes: Por una parte, el que regula la ordenación de la formación profesional que tiene lugar dentro del sistema educativo; por otro, el que regula el subsistema de formación para el empleo.

No es de extrañar, dado que la realidad que se está regulando también ha tenido orígenes distintos en el tiempo y, de hecho, han llegado a coexistir tres subsistemas paralelos, sin ninguna conexión entre ellos, de formación profesional. En este sentido, la Ley de las Cualificaciones es la que está destinada a señalar el horizonte de la formación profesional en España, trazando el rumbo de un único sistema integrado de formación.

Es preciso, mientras llega ese momento, dar un repaso a cada una de las normas que en la actualidad están vigentes y definen el quehacer de la formación profesional, buscando en ellas las tendencias a las que se apunta en la actualidad y prestando atención a las posibilidades que encierra cada una de ellas. Habrá que mirar también con detenimiento cuáles son las dificultades que se derivan de esta situación legal y que hacen que los progresos de la formación profesional sean más lentos de lo que podría pensarse.

Son todas ellas normas que salen al paso de coyunturas particulares –como la de la más reciente crisis financiera y económica-; y normas que, en definitiva, adaptan realidades que se han ido configurando –y en algunos casos legislando mediante normativa de rango menor – a lo largo de las dos últimas décadas. Se trata de las siguientes normas, a las que se dedican las páginas siguientes –al comentario de las mismas, no a la reproducción de su articulado, al que se puede acceder sin esfuerzo alguno desde las referencias que se mencionan-:

1. Ley Orgánica 5/2002, de 19 de junio, de las Cualificaciones y de la Formación Profesional.
2. Ley Orgánica 2/2006, de 3 de mayo, de Educación.
3. Real Decreto 1147/2011, que sustituye al Real Decreto 1538/2006, de 15 de diciembre, por el que se establece la ordenación general de la formación profesional del sistema educativo.
4. Real Decreto 395/2007, de 23 de marzo, por el que se regula el subsistema de formación profesional para el empleo.
5. Real Decreto 1224/2009, de 17 de julio, de reconocimiento de las competencias profesionales adquiridas por experiencia laboral.
6. Ley 2/2011, de Economía Sostenible y disposiciones normativas que la desarrollan.

3.1. La Ley de las Cualificaciones y de la Formación Profesional

Un hecho merece sin duda destacarse de esta ley por encima de todos los demás: Se trata de la única ley educativa de consenso en la historia contemporánea en España. Sólo esto bastaría ya para dedicarle toda la atención, tratando de identificar qué es lo que hay en ella que la deja al margen de controversias partidistas.

Es, en efecto, la única ley que ha recibido los votos favorables de gobierno y oposición, lo que la deja a salvo de cualquier cambio de gobierno y le augura un futuro más prometedor que el resto de leyes educativas. De hecho, en el año 2002, cuando fue aprobada, otras dos leyes orgánicas recibieron también el visto bueno del Parlamento, la Ley Orgánica de Universidades y la Ley Orgánica de Calidad de la Educación. La primera de ellas sigue vigente hoy en día tras haber sufrido la correspondiente reforma en 2007; mientras que la LOCE fue derogada antes de llegar a ver desarrollos normativos en el BOE, al aprobarse en 2006 la LOE. Sin embargo, la Ley de las Cualificaciones sigue hoy en día vigente, sin que nadie haya solicitado su reforma, derogación ni aplazamiento. Es una ley con futuro.

Una ley de consenso también. Consenso no sólo entre las principales fuerzas políticas, que lo tiene, sino consenso también de los agentes sociales, que la suscribieron y le dieron la bienvenida. No en vano, se trata de una ley que se estuvo gestando durante casi una década, al amparo de los sucesivos Planes Nacionales de la Formación Profesional, que trazaron los objetivos hacia los que deberían dirigirse los tres subsistemas así como los principios rectores de la integración entre ellos.

Una ley con futuro y de consenso, pero es también una ley mínima: Apenas cuenta con 17 artículos que no ocupan más de seis páginas del Boletín Oficial del Estado. Sin duda alguna, a pesar de lo reducido de su articulado tiene un impacto mucho mayor sobre la configuración y la práctica de la formación profesional que las otras leyes educativas, mucho más elaboradas. A ello contribuye también el hecho de que no haya leyes que la precedan en la regulación de esta realidad, lo que la deja libre de vicios del pasado, de normativas que hay que contemplar, satisfacer o derogar, de disposiciones incorporadas por periodos transitorios.

Una ley que define y articula un sistema integrado y nacional de formación profesional. Una ley que, por lo tanto, se sitúa por encima de los gobiernos y parlamentos autonómicos, para pergeñar la articulación, en toda España, de un modelo único –no en vano, se trata de una ley que define los títulos de formación profesional y el modo de obtenerlos – y para la que cabe esperar la colaboración de las propias Comunidades Autónomas, dado el apoyo que ha tenido tanto por parte de los principales partidos políticos de carácter nacional como también por bastantes de los partidos políticos de mayor implantación regional.

Se puede hacer una última consideración sobre esta norma: El que el título sea el que es. En efecto, se trata de una ley que regula, en primer lugar, las cualificaciones profesionales, los títulos, el reconocimiento de los saberes y, solo después, la formación conducente a estos mismos títulos. Quizá ahí radique parte de su valor y también de su éxito, en que se antepongan los títulos a la formación, el valor de cambio a la pretensión educativa, la demostración de los saberes a los procesos de adquisición de los mismos. Dicho en términos que son hoy en día moneda en curso, el triunfo del aprendizaje sobre la enseñanza, de la evaluación sobre la prescripción del *curriculum*. Todo ello, claro está, en perfecta consonancia con la defensa del papel del aprendizaje a lo largo de toda la vida, al que esta ley dedica parte de su preámbulo.

Son cuatro los elementos sobre los que se asienta esta ley, en su pretensión de ir trabando un sistema integral de formación profesional, en adelante y gracias a la ley denominado Sistema Nacional de Cualificaciones Profesionales. A cada uno de ellos le corresponde, en el texto de la ley, cada uno de los títulos en que está organizada.

1. El primero de estos pilares es el Catálogo Nacional de Cualificaciones Profesionales (https://www.educacion.es/iceextranet/). Por la definición que el articulado de la propia ley hace de las cualificaciones, se trata de un catálogo de títulos. Un catálogo en el que se quieren recoger todos los títulos de formación profesional posibles, en el que se incorpora toda la formación profesional no reglada organizada en torno a familias profesionales, títulos y niveles de cualificación de dichos títulos, en la escala de uno a cinco que se marcó en su momento el Gobierno de España.

Quizá sea éste el rasgo más destacable del catálogo, que quiere ser un catálogo completo, omnicomprensivo, en el que tengan cabida todas las titulaciones existentes y en el que se puedan alojar también todas las titulaciones posibles pero que hoy en día no existen. De ahí lo lento de su construcción, pero también de ahí la importancia del propio catálogo, su utilidad, su razón de ser incluso. En adelante, y ante la existencia del catálogo, toda la formación encontrará un hueco en él, y no habrá formación profesional que carezca de reconocimiento ya que no formará parte del catálogo.

Es por ello que el catálogo es también de carácter nacional, en él han de figurar todas las cualificaciones se impartan donde se impartan, aun cuando solo sean posibles en algunas de las regiones. El catálogo tiene pretensión universal y para eso debe ser el mismo para todas y cada una de las comunidades autónomas.

Bien es cierto que no forman parte de este catálogo los títulos de formación profesional reglada, pero sí que tienen posibilidad de asimilarse al mismo debido a que se organizan en torno a las mismas familias profesionales, se definen también por títulos a los que corresponde un nivel de cualificación –el grado medio equivale al nivel dos y el grado superior al nivel tres-. Al fin y al cabo, los títulos de formación profesional reglada ya estaban elaborados al amparo de la LOGSE desde comienzos de los años Noventa, cuando en 1993 comenzaron a aprobarse y promulgarse los primeros en el Boletín Oficial del Estado, y después se han continuado elaborando bajo el manto de la LOE, desde el año 2006, a lo que corresponden los títulos más recientes.

Ésa es pues la diferencia entre títulos y cualificaciones, que los títulos son potestad reservada al Ministerio de Educación –de ahí también su carácter nacional – mientas que las cualificaciones corresponden también al mismo Ministerio, pero al amparo del Instituto Nacional de las Cualificaciones, el INCUAL. Títulos y cualificaciones están condenados a entenderse dentro del Sistema Nacional de Cualificaciones y Formación Profesional, sin que la formación inicial haya perdido su peso en cuanto al control de los títulos reservados a quienes cursan la formación inicial, preferentemente al término de la educación obligatoria pero también, y cada vez más en algunos sectores de ocupación, tras haber tenido unos años de experiencia profesional.

2. La formación profesional es el segundo de los pilares del nuevo Sistema. Engloba este título de la ley toda la formación conducente a ocupaciones que requieren alguna cualificación, aunque se trate de la mínima posible –la de nivel 1, la más escasa en cuanto a oferta a la vista del catálogo-, y correspondiente a cualquiera de los tres subsistemas de formación: la reglada, la ocupacional –la ley no utiliza este término, sino el de inserción y reinserción laboral de los trabajadores – y la continua.

Hay que destacar de este punto el que la norma especifique tanto las condiciones de la oferta de formación como la calidad de los centros en los que se ha de impartir.

Por lo que respecta a 'las ofertas' –ya que la ley las menciona en plural-, la norma pone empeño especial en cuidar que todas aquellas que sean sostenidas con fondos públicos –la mayoría por tanto, ya que tanto las ofertas de formación profesional inicial como las de formación continua, al igual que la mayor parte de las ofertas de formación para personas desempleadas – rindan cuentas a las administraciones, faciliten la información necesaria para su evaluación y seguimiento y se asegure la coordinación en aras de rentabilizar el conjunto de la inversión.

Se trata, sin duda, de una de las medidas más novedosas del sistema y absolutamente necesaria, como se pone de manifiesto en los capítulos dos y tres; ya que viene a dar cobertura a una de las principales carencias de la formación profesional en España, la necesidad de coordinación y la planificación de la oferta.

Lamentablemente, todavía no hay articuladas medidas específicas para dar cumplimiento a esta parte del articulado de la ley y se trata, por lo tanto, de una de las cuestiones a las que habrá que prestar especial atención en el futuro inmediato, ya que parte del potencial de la ley se encierra aquí.

Sí que hay avances más concretos, sin duda, en todo lo relativo a la configuración de los centros en los que se han de llevar a cabo las ofertas de formación. La novedad más destacada en este caso es la de que ha correspondido al Ministerio de la Presidencia –y no a Educación ni a Trabajo – la regulación de los dos tipos de centro que se diferencian de los Institutos de Educación Secundaria: Por un lado, los Centros Integrados de Formación Profesional y por otro los Centros de Referencia Nacional. No deja de llamar la atención que, pese a que su regulación por Real Decreto corresponde a Presidencia, es el Ministerio de Trabajo e Inmigración el que se ha encargado de promulgar, posteriormente, las órdenes que permiten dar cumplimiento a lo establecido en el Real Decreto.

Sin embargo, tanto estas normativas como los efectos que están produciendo, mediante la ampliación de la red de centros que cuentan con uno u otro reconocimiento, es uno de los logros principales de la modernización de la formación profesional en España. Un logro que, por otro lado, sitúa también a esta formación en los márgenes del sistema educativo. Todo esto se verá con más detalle en el capítulo 6, al abordar los retos que tiene ante sí la formación profesional.

No se puede cerrar el comentario sobre la oferta formativa, sin embargo, sin hacer referencia a los artículos doce y trece de la ley: Por lo que respecta al artículo 12, se plantea la posibilidad y deseabilidad de que se pueda adaptar la oferta formativa a grupos con dificultades especiales de integración laboral. Se llega incluso a definir dichos grupos: 'Jóvenes con fracaso escolar, discapacitados, minorías étnicas, parados de larga duración y, en general, personas con riesgo de exclusión social'. Toda una ley orgánica sobre cualificaciones y formación profesional establece una catalogación de colectivos –no personas individuales – para los que se establece la necesidad de llevar a cabo adaptaciones. Sin duda, si hubiera que cuantificar estos colectivos estaríamos hablando de cerca de un 40% de los jóvenes a su salida del sistema escolar así como de casi una cuarta parte de la población activa en la actualidad.

Nada desdeñable; aunque todavía no ha habido ninguna norma de rango inferior que haya establecido los procedimientos por los que estas adaptaciones –que no son genéricas, sino a cada uno de los colectivos en particular – pueden llevarse a cabo. Dada la coyuntura y el horizonte a medio plazo, convendría no demorar mucho la articulación de estos procedimientos. Además, se especifica el papel preponderante de las administraciones, en especial las locales, para llevar a efecto esta adaptación; por lo que es necesario disponer de esas normas, así como también contar no sólo con la experiencia de estas administraciones sino también de todas las organizaciones especializadas que han estado trabajando en la formación –básica y profesional – de estos colectivos a lo largo de las tres últimas décadas.

Por lo que respecta al artículo trece, resulta sorprendente y son dos las lecturas posibles del mismo. Este artículo habilita la posibilidad de que exista oferta formativa no vinculada al Catálogo Nacional de Cualificaciones Profesionales. Resulta chocante que, justamente en la norma que trata de zanjar el desorden existente en la formación en las últimas décadas y que procura el reconocimiento de toda la formación, se permita la formación al margen del Catálogo. O bien se está pensando en desarrollar una oferta que el mercado de trabajo ha identificado y que se pueda ofertar mientras se van desarrollando los trámites legales hasta encontrar su reconocimiento de pleno derecho e incorporarla al Catálogo; o bien se trata de tolerar la existencia de una formación de segundo orden, sin reconocimiento alguno, que pueda seguir ofertándose en lo que vendría a ser, de hecho, al margen de la ley. Si se trata de este segundo caso, es ciertamente preocupante.

3. El tercero de los pilares sobre los que se quiere asentar la nueva formación profesional es el que menos se ha desarrollado y probablemente uno de los más complicados: Se trata del sistema de información y orientación profesional

Un catálogo que se pretende universal y omnicomprensivo de cualificaciones y con una oferta de formación adecuada para la consecución total o parcial de las acreditaciones necesarias sólo es efectivo si hay quien sepa manejarlo. Esta función le corresponde a los servicios de información y orientación profesional. Son conscientes los legisladores de las dificultades que esto entraña, pues si ya hemos señalado la dispersión de la oferta formativa en razón de los subsistemas bajo los que se amparaba hasta la fecha; más confuso y también más precario resulta el panorama de la orientación.

Se pueden encontrar aquí administraciones educativas y también de trabajo ofreciendo estos servicios, habitualmente con pretensiones bien diferenciadas y destinados a audiencias también separadas. Junto a ellos, encontramos también la oferta de orientación que realizan tanto los agentes sociales –las antenas camerales, las fundaciones sindicales y las de las organizaciones empresariales – así como las que llevan a cabo tanto las entidades locales –en servicios independientes o mancomunados – y las de distintas organizaciones sin ánimo de lucro. La oferta de información es amplia, pero está demasiado dispersa, lo que supone un reto que también se abordará en el capítulo seis.

Baste ahora con mencionar que sin servicios adecuados de orientación, sin disponer de toda la información convenientemente actualizada, el Sistema Nacional de Cualificaciones y Formación Profesional puede resultar muy efectivo para una mayoría considerable de la formación pero también extremadamente perjudicial para colectivos como los que se mencionan en el artículo doce de la Ley, forzando así trayectorias erráticas y sin sentido.

4. Por último, no podría ser de otra forma, el cuarto pilar del Sistema de Cualificaciones y Formación Profesional lo constituye el conjunto de mecanismos de garantía de calidad que velan por el desarrollo adecuado de la norma y, cabe esperar, por la consecución eficaz y eficiente de los efectos que pretende. Poco se dice en la norma al respecto y apenas sí se han promulgado actuaciones que establezcan estos mecanismos; más allá de los que van procurándose los centros de formación en la medida en que aspiran a acreditarse para constituirse en centros de referencia nacional o bien en centros integrados de formación profesional.

En definitiva, si se contempla el conjunto de aportaciones de esta ley, se puede apreciar que pese a su brevedad tiene un gran calado y en ella están encerradas y a punto para desplegarse muchas de las opciones de la modernización de la formación profesional en España.

Se trata, sin duda alguna, de un hito histórico; y es responsabilidad de todos –partidos políticos, comunidades autónomas, agentes sociales – el activar todo su potencial y responder, mediante apoyos reales –más allá de los formales que pudiera haber recabado en su proceso de aprobación parlamentaria-, a las necesidades de cualificación de la población española en la actualidad y mirando al futuro.

La integración de los tres subsistemas que se ha buscado en la ley mediante el Sistema Nacional gracias a la configuración del Catálogo de Cualificaciones Profesionales supone la corrección de una trayectoria de los distintos subsistemas que en las tres últimas décadas han ido, con la única excepción de la formación profesional reglada, a la deriva, malversando la autonomía de la que estaban dotados. No es fácil conseguir esta corrección y, sin embargo, es imprescindible. La Ley de las Cualificaciones y la Formación Profesional es, sin ninguna duda, una buena ley, capaz de ordenar el panorama y de darle un sentido al conjunto de actuaciones e inversiones que se vayan a poner en la misma.

Quizá, si hubiera que advertir de algunos riesgos en la ejecución de esta ley, podríamos contemplar la lentitud con la que se va avanzando –pese a que es esa misma lentitud la garantía de que se van acometiendo con éxito y con los apoyos suficientes las reformas necesarias-; la necesidad de actualizar el Catálogo que es una de las tareas pendientes, como ya se puso de manifiesto en el desarrollo de la formación profesional reglada al amparo de la LOGSE; así como los puntos ya señalados respecto a la tolerancia de la ley con elementos que se sitúan en su margen, mediante lo anunciado en el artículo trece. Dificultades que, sin duda, la ley y sus defensores están capacitados para afrontar.

3.2. La Ley Orgánica de Educación y el Real Decreto 1147/2011, que establece la ordenación general de la formación profesional reglada

Esta Ley, promulgada en el año 2006, toma como referencia, para todo lo que se refiere a la formación profesional, la Ley de las Cualificaciones y la Formación Profesional: Se refiere a los centros previstos en aquella; a la vinculación de los títulos que otorga con el Catálogo Nacional de Cualificaciones Profesionales; así como a su contribución a disponer a la población joven de manera favorable a la continuación de su formación a lo largo de la vida, con las miras puestas en el perfeccionamiento profesional. En definitiva, sitúa la formación profesional reglada en el marco de un conjunto más amplio y ambicioso de formación profesional a lo largo de la vida.

De este modo, pese a que forma parte del sistema educativo y así se establece en el capítulo V de la LOE, la formación profesional se ubica igualmente en el terreno de intersección entre el sistema educativo y el Sistema Nacional de Cualificaciones y Formación Profesional, constituyéndose en la pieza inicial de dicho Sistema y en el punto de apoyo sobre el que se construirá el resto de la formación profesional. La formación profesional que se define en la LOE está, pues, a caballo entre dos mundos, entre dos Sistemas: El Escolar y el de Cualificaciones. Se trata, sin duda, de una ubicación privilegiada y que hace de la formación profesional una pieza fundamental en la forma de entender el derecho a la educación en la actualidad, en el siglo XXI, que no puede quedar ya limitado al derecho a la educación obligatoria.

En este sentido apunta también el artículo cinco de la propia LOE, al señalar que 'el sistema educativo debe facilitar y las Administraciones públicas deben promover que toda la población llegue a alcanzar una formación de educación secundaria postobligatoria o equivalente'. Son dos las opciones posibles en materia de educación secundaria postobligatoria; los Bachilleratos y la Formación Profesional. Y no cabe duda de que ésta última tiene mayor valor de cambio que la primera en miras tanto al desarrollo profesional como también al personal.

Porque ésta es otra de las novedades de la formación profesional reglada: Pretende no sólo la capacitación profesional para el ejercicio responsable de una profesión, sino también contribuir a 'facilitar su adaptación a las modificaciones laborales que pueden producirse a lo largo de su vida, así como contribuir a su desarrollo personal y al ejercicio de una ciudadanía democrática', tal y como recoge el artículo 41.2. Sin este énfasis, sería impensable esperar que la formación profesional preparase no sólo desde una perspectiva técnica y estrictamente orientada al desempeño del empleo sino, de forma más ajustada a la construcción de una sociedad basada en el conocimiento, promover 'la participación activa en la vida social, cultural y económica' (art. 41.1), unas metas hasta la fecha reservadas principalmente para quienes cursaban estudios académicos al término de la escolaridad obligatoria.

La regulación de la formación profesional inicial recoge también algunos de los éxitos de esta formación desde 1990, auspiciados por la experimentación llevada a cabo desde mediados de los años Ochenta: La incorporación de forma obligatoria de la realización de prácticas en centros de trabajos como parte del currículo que han de cursar los estudiantes; la organización modular de las enseñanzas y la regulación variable de su duración, en función de las necesidades derivadas de cada una de las titulaciones establecidas en el marco de las distintas familias profesionales; la colaboración de los agentes sociales en el diseño de los títulos así como en la programación de la oferta de formación que corresponde, como responsabilidad, a las administraciones.

Sin embargo, y al igual que ya sucediera en anteriores ocasiones, quedan algunos flecos que tienen mucho que ver con la formación profesional y que el articulado de la ley ubica en otros ámbitos de la misma.

1.   El primero de ellos, el que se refiere a las enseñanzas artísticas de carácter profesional, y que se ubica, pese a la alusión directa a la consideración profesional, dentro del capítulo VI. Se trata, en realidad, de una ampliación, una tercera opción, de las enseñanzas postobligatorias; una opción que persigue sin reparos, tal y como señala el artículo 45, 'garantizar la cualificación de los futuros profesionales de la música, la danza, el arte dramático, las artes plásticas y el diseño'. Toda una serie de ocupaciones que queda en cierto modo al margen del Sistema Nacional de Cualificaciones y Formación Profesional, que cuenta al mismo tiempo con una larga tradición y, por supuesto, con su propia red de centros altamente especializados, ya que se trata de una formación que ha discurrido en paralelo al resto de las enseñanzas postobligatorias durante mucho tiempo, potenciando, eso sí, cursar estos estudios a la vez que otros.

2. En el mismo caso se encuentran las enseñanzas deportivas reguladas por el capítulo VIII de la LOE, para las que también se determina un carácter profesionalizador –a diferencia de las enseñanzas de idiomas, que figuran en el capítulo VII y que tienen un marcado componente de complementariedad con otras enseñanzas postobligatorias-. Así se especifica, sin ninguna duda, en el artículo 63.2.b: 'Garantizar la cualificación profesional de iniciación, conducción, entrenamiento básico, perfeccionamiento técnico, entrenamiento y dirección de equipos y deportistas de alto rendimiento en la modalidad o especialidad correspondiente'.

Si para el caso de las enseñanzas artísticas se crea por la Ley el Consejo Superior de Enseñanzas Artísticas; en este caso se alude también al Consejo Superior de Deportes, ya existente, así como también al Sistema Nacional de Cualificaciones y Formación Profesional. De cuáles tengan que ser las relaciones entre estos Consejos y el Consejo General de la Formación Profesional, nada se dice en el texto de la ley.

3. También guarda relación con la formación profesional pero viene regulada en otro apartado de la misma la Educación de Personas Adultas, en el capítulo IX, recogiendo la ambivalencia de ésta, al contribuir tanto al desarrollo personal como al profesional. Con todo, este capítulo de la Ley parece más orientado a la continuación de estudios de carácter académico que a los de carácter profesionalizador –quizá al dejar éstos en manos del subsistema de formación

80

para el empleo y, por lo tanto, fuera del control del sistema educativo. Eso sí, se hace mención explícita a la importancia de la colaboración de la Administración Laboral con la Educativa, en su artículo 66.2., refiriéndose también a la colaboración de entidades municipales y de agentes sociales. De las personas adultas, así como de la formación profesional a distancia, se ocupa de manera específica el Real Decreto que regula la ordenación de la formación profesional reglada; en el que por otra parte se da desarrollo y cumplimiento tanto a la definición de los títulos y el currículo como a la organización de los centros que la pueden impartir.

4. Otro tanto podría decirse del Título II de la Ley, el que trata de la equidad en la educación, y que se refiere principalmente a las necesidades educativas especiales. En este sentido, merece especial mención el artículo 75, en el que se regula la integración social y laboral de personas con estas necesidades y se organiza esta atención tanto en el periodo obligatorio (75.1) como en el acceso específico a la formación profesional (75.2): '1. Con la finalidad de facilitar la integración social y laboral del alumnado con necesidades educativas especiales que no pueda conseguir los objetivos de la educación obligatoria, las Administraciones públicas fomentarán ofertas formativas adaptadas a sus necesidades específicas. 2. Las Administraciones educativas establecerán una reserva de plazas en las enseñanzas de formación profesional para el alumnado con discapacidad'.

5. Finalmente, vale la pena también detenerse en otra dislocación que se produce en la ley con respecto a la formación profesional, y que no es otra que la de los Programas de Cualificación Profesional Inicial. Su regulación figura en el artículo 30, en el capítulo correspondiente a la educación secundaria obligatoria y justo antes del artículo treintaiuno, en que se define el título de Graduado en Educación Secundaria Obligatoria.

Se reiteran así algunas de las características que ya formaban parte de sus predecesores, los Programas de Garantía Social, y que son especialmente valiosas pero también arriesgadas: Por un lado, se trata de una oferta que pretende facilitar, entre otras finalidades, el que el estudiante pueda conseguir una cualificación profesional de nivel uno, dentro del Sistema Nacional de Cualificaciones Profesionales. Se trata, por lo tanto, de una formación declaradamente profesionalizadora –si bien de baja cualificación – pero que sucede dentro del periodo de educación obligatoria. Una brecha que ya abrieron los PGS y que permanece hoy en día, y que supone una forma de entender la educación obligatoria que entiende que no sólo cuenta la formación de carácter académico.

Además, el empeño en facilitar la transición desde la educación al mundo del trabajo queda de manifiesto tanto en la formulación de los objetivos como en la definición y estructura de los módulos, siendo que tiene carácter obligatorio el conducente a la cualificación profesional pero no así el que puede dar lugar a la obtención del título en GESO; a pesar de que ambos sólo pueden alcanzarse tras la realización exitosa de las pruebas pertinentes.

Por último, se trata de una oferta de educación obligatoria en la que pueden participar no sólo los centros del sistema escolar, sino también, como señala el artículo 30.5, 'las corporaciones locales, las asociaciones profesionales, las organizaciones no gubernamentales y otras entidades empresariales y sindicales, bajo la coordinación de las Administraciones educativas'. Cierto que las autoridades educativas se reservan sus prerrogativas, pero dan aquí, en el mismo articulado de la ley, muestras de una apertura y una flexibilidad que no aplican en muchos otros ámbitos de la misma. La variedad de agentes externos que pueden contribuir a la formación obligatoria se multiplica frente al monólogo del profesorado y los centros escolares al que el propio sistema está habituado, en una dinámica monopolista más propia del siglo pasado que de éste.

En definitiva, y reconociendo los muchos avances que se plantean en la Ley Orgánica de Educación para la mejora del sistema escolar, por lo que respecta a la formación profesional se aprecia una riqueza mucho mayor de lo que engañosamente podría pensarse si se hiciera

82

una lectura ceñida al capítulo V; así como también se constata una variedad de formaciones profesionales –artísticas, deportivas, de personas adultas y de programas de cualificación profesional inicial – dispersas a lo largo del texto legal y que son un claro indicativo de una complejidad mucho mayor que la que encierran las enseñanzas de corte académico.

3.3. El Real Decreto 395/2007, que regula el subsistema de formación profesional para el empleo

Es éste un decreto largamente esperado, que junta por primera vez en la historia de España bajo el mismo marco legal a la formación ocupacional y a la continua, que a partir de este momento pasarán a denominarse de forma diferente, aunque su uso persista todavía hoy día entre la población en general y entre quienes trabajan en la formación para el empleo en particular: Formación de demanda y formación de oferta.

Pero no es el cambio de denominación el rasgo principal de esta norma, sino su alusión a otra de mayor rango que entra en escena por primera vez en este momento pero que guarda una estrecha relación con el conjunto de la formación profesional: Se trata de la Ley 56/2003 de Empleo, que dispone que, si no toda la formación profesional –la reglada o inicial queda al margen-, al menos la formación profesional para el empleo están al servicio precisamente del empleo.

Aparece pues un nuevo actor, un elemento más a considerar, el sistema de empleo, relativo al mercado de trabajo, regido por su propia lógica y que históricamente ha puesto de manifiesto las dificultades para dialogar con el sistema educativo, al menos en España. Tal vez la modernización del país traiga consigo consecuencias positivas en este sentido, rompiendo así con una tradición que había resultado viciada.

Por si no fuera poco, y habida cuenta de los abusos que padeció la formación continua a lo largo de la década de los Noventa, de los que se da cuenta en el capítulo dos, se hace también mención explícita en el preámbulo de este Real Decreto a otro documento legal, la Ley 38/2003, General de Subvenciones.

El preámbulo del Decreto es clarividente en plantear las finalidades del subsistema de formación para el empleo no sólo en la consecución de empleo ni en la cualificación profesional necesaria para su desempeño, 'sino también para el desarrollo personal y profesional de los trabajadores'. Y pone la formación no sólo al servicio de éstos, sino también 'con el objeto de promover la formación entre trabajadores y empresarios'.

Estas finalidades se ponen de manifiesto en el artículo 2, al indicar que la formación para el empleo está en clara sintonía con la promoción del aprendizaje a lo largo de la vida; que está también al servicio del fomento de la empleabilidad de los trabajadores; que pretende contribuir a la mejora de la productividad y la competitividad de las empresas; y que tenderá a la acreditación de los saberes. Se trata, por lo tanto, de rentabilizar e incluso de capitalizar la formación. O, como se podría plantear en términos económicos, de comenzar a considerar la formación como una inversión más que como un gasto, si bien una inversión costeada en parte gracias a subvenciones.

A este respecto, el decreto distingue las tres modalidades de formación: La formación de demanda, dirigida a los trabajadores ocupados y a las empresas en activo, financiada con fondos públicos. La formación de oferta, dirigida preferentemente a los trabajadores desocupados, aunque también pueden acudir a ella trabajadores ocupados. Y, en tercer lugar, la formación en alternancia con el empleo, una modalidad escasa en España y que contempla la formación en aquellos tipos de contrato –para la formación, o bien los programas de empleo-formación como son las Escuelas Taller y Casas de Oficio así como algunos Talleres de Empleo – en los que la formación es también, al menos parcialmente, objeto del contrato. Estas tres modalidades, con distinto peso y alcance en el panorama de la formación profesional en España, están desde la aprobación de este Real Decreto condenadas a entenderse, a referirse las unas a las otras, a buscar un reconocimiento mutuo, del que habían carecido hasta la fecha.

Otro elemento novedoso de este Decreto es la definición de destinatarios preferentes para la formación. Como ya hiciera la Ley de las Cualificaciones y la Formación Profesional, en este caso figura una definición mucho más precisa de lo que son trabajadores con dificultades severas de inserción laboral, como recoge el artículo 5.3.: 'Los desempleados pertenecientes a los siguientes colectivos: Mujeres, jóvenes, personas con discapacidad, afectados y víctimas del terrorismo y de la violencia de género, desempleados de larga duración, mayores de 45 años y personas con riesgo de exclusión social,... b) Los trabajadores ocupados pertenecientes a los siguientes colectivos: Trabajadores de pequeñas y medianas empresas, mujeres, afectados y víctimas del terrorismo y de la violencia de género, mayores de 45 años, trabajadores con baja cualificación y personas con discapacidad...'.

Es cierto que el Decreto redirige la definición de estos colectivos a lo que se establezca en los Planes Nacionales de Empleo –de carácter anual – así como también a la Estrategia Europea por el Empleo –con la mirada puesta en el largo plazo-. Pero también lo es que, con la excepción de los jóvenes –para quienes parece reservar la formación profesional inicial en sus distintas modalidades-, se pone la formación profesional al servicio de la inclusión social y laboral de colectivos con especiales dificultades que ya han tenido acceso a una formación inicial.

Se puede añadir a lo anterior lo que está previsto en el artículo 25 del decreto, la oferta de 'acciones formativas dirigidas prioritariamente a trabajadores desempleados' y que, por lo mismo, pueden conllevar características distintivas frente al resto de la oferta, como puede ser la recepción de becas o subvenciones por participar en la formación; o bien la inclusión de un sistema de tutorías y seguimiento del que el resto de la formación de este subsistema por lo general carece.

Además y con carácter general, se refiere el Decreto a las condiciones que deberán reunir los centros y otras entidades que vayan a impartir formación para el empleo, contemplando tanto los Centros de Referencia Nacional como los Centros Integrados de Formación Profesional pero abriendo también la posibilidad, como no podría ser de otro modo, a organizaciones empresariales y sindicales, a empresas y centros privados, así como a entidades estrictamente de formación; todos ellos bajo la competencia del Ministerio de Trabajo, que se obliga, mediante el Servicio Público de Empleo Estatal, a mantener 'permanentemente actualizado un Registro estatal de centros y entidades de formación, de carácter público' (artículo 9.2.).

Una mejora sustancial sobre la reciente historia de la formación para el empleo –la formación ocupacional, hasta la fecha – es la de la elaboración de una planificación plurianual de la oferta formativa. Se encuentra recogida en el artículo 21 y resulta novedosa porque el carácter plurianual, largamente reivindicado por muchos de los gestores y actores de la formación, era sistemáticamente negado hasta la fecha, en virtud de la tradición establecida por los Planes de Formación e Inserción Profesional. Más llamativo es, si cabe, lo que señala el artículo 22 respecto al ámbito estatal de la programación; si bien su alcance es aparentemente menor pese a referirse, de nuevo, a colectivos con especiales dificultades para la integración en el mercado de trabajo: Personas con necesidades formativas especiales, personas en situación de privación de libertad, personas contratadas temporalmente por las Fuerzas Armadas o programas dirigidos a trabajadores inmigrantes en sus países de origen. Colectivos específicos con medidas específicas, el único espacio en el que las Comunidades Autónomas aún no han podido hacerse con las competencias.

Todo ello, no cabe duda alguna, son avances respecto a la situación existente previa esta legislación de la formación para el empleo, y no se podría señalar ninguna dificultad salvo, tal vez, la derivada del articulado relativo a los certificados de profesionalidad: En efecto, y pese a hacer referencia al Catálogo Nacional de Cualificaciones Profesionales, el decreto mantiene vigente el trámite de aprobación de certificados de profesionalidad que se incorpora al Repertorio Nacional de Certificados de Profesionalidad que, si bien guarda correspondencia con el Catálogo Nacional, no deja de ser un registro paralelo y que se ha seguido alimentando desde la publicación de este Real Decreto: Junto a cualificaciones aprobadas e incorporadas al Catálogo en el año

2007 –y con anterioridad-, todavía en el año 2009 se puede encontrar en el Boletín Oficial del Estado la publicación de nuevos certificados de profesionalidad. Dos vías paralelas para un único fin; a pesar de que hace ya casi una década que se sentaron las bases para poner rumbo hacia un único sistema integrado de formación profesional.

También cabría señalar, al igual que ha sido el caso al abordar normas anteriormente, que entra aquí en escena un nuevo consejo, en este caso el Consejo General del Sistema Nacional de Empleo, principal órgano de consulta y participación en todo lo relativo a la formación profesional para el empleo; si bien tiene también que actuar en coordinación con el Consejo General de la Formación Profesional (art. 33.1 y art. 33.2.f.). Un nuevo órgano de gestión que deja ahora en segundo plano al órgano que se había mostrado como competente hasta el momento. Una dificultad añadida, pues, en la integración de la formación profesional y en su gestión y aplicación territorial.

3.4. El Real Decreto 1224/2009, de reconocimiento de las competencias profesionales adquiridas por experiencia laboral

Siete años y la mediación de Presidencia del Gobierno han sido necesarios para que viera la luz uno de los cuatro pilares de la Ley de Cualificaciones y Formación Profesional y, sin duda alguna, el más novedoso de todos ellos; ya que viene a generar un procedimiento inexistente hasta la fecha y, sin embargo, muy esperado.

Detrás de esta normativa se vislumbra la voluntad europea de promover la movilidad de los trabajadores que, si bien se encuentra a años luz de la que afecta al capital, cumple ya casi tres décadas de esfuerzos, desde que en los Ochenta del siglo pasado el CEDEFOP comenzara a trabajar sobre la equiparación de titulaciones entre los distintos países miembros, cuando eran entonces la mitad que ahora, doce en lugar de veinticinco.

Al mismo tiempo, en Gran Bretaña se extendió un movimiento para dar cuenta de los saberes profesionales de los trabajadores que no podían acreditar formación reconocida, consecuencia de la ausencia de un sistema de formación profesional así como de la importante crisis de la industria que por entonces comenzó a hacerse patente. Así pues, propuestas como las de los *National Vocational Qualifications* (NVQs) llegaron a afectar al propio sistema de educación formal, dando lugar más tarde a la constitución de la *Qualifications and Curriculum Authority* (QCA); organismo gubernamental encargado de gestionar las titulaciones –según el tradicional sistema británico orientado a resultados-.

Este debate se vivió de otra forma en Europa, debido a que las tradiciones de formación profesional son no sólo variadas sino incluso divergentes, y el sistema dual de formación de países como Alemania, Austria o Suiza ha tenido un peso considerable en el conjunto de la Unión Europea. En el año 2008 se acordó una recomendación que establece un Marco Europeo de Cualificaciones que pretende ser un mecanismo capaz de garantizar el reconocimiento de títulos entre los distintos países, así como también de orientar las posibilidades de acceder a la formación y de acreditar los saberes, incluso aquellos procedentes de la experiencia profesional y no necesariamente de procesos formativos. A ello han contribuido los debates a lo largo de más de un lustro y que han recogido, por encargo de las instituciones europeas, Winterton, Delamare y Stringfellow (2006), de tal manera que el mencionado Marco es un instrumento que recoge un conjunto de definiciones consensuadas –si bien no siempre respetadas – sobre lo que es el conocimiento, la destreza, la cualificación, la competencia y los resultados de aprendizaje.

En este contexto hay que entender el Real Decreto de acreditación de la experiencia laboral, publicado en el BOE en verano de 2009, al amparo de la Presidencia del Gobierno y no de las administraciones de educación ni de trabajo.

Su gestación ha sido larga y compleja: La conveniencia de alcanzar un acuerdo asumible por los agentes sociales; la necesidad imperiosa de satisfacer los requisitos de la Administración Educativa –la única garante de los títulos profesionales con reconocimiento oficial – así como también de consensuar esos requisitos con los de la Administración de

Trabajo –con experiencia de más de una década ya en la elaboración y promulgación de certificados de profesionalidad-.

A estas dificultades, ya de por sí considerables, se une también el esfuerzo por mantener el equilibrio entre un sistema que tiene la pretensión de ser estatal y las competencias en materia de educación y trabajo que acumulan ya muchas de las comunidades autónomas. Por último, también ha sido complicado concretar acuerdos sobre elementos tan delicados como son los mecanismos concretos de evaluación, reconocimiento y acreditación de los saberes adquiridos dentro o fuera de cualesquiera procesos más o menos formales de educación y formación profesional.

Así pues, este Real Decreto ha conseguido fijar un procedimiento de evaluación externo al sistema educativo –tan externo que no ha sido el Ministerio de Educación quien lo ha promulgado – pero con su misma validez. Una de las finalidades del procedimiento es la de permitir a una cantidad considerable de la población activa, ocupada o no, la acreditación de sus saberes profesionales a fin de facilitar el aumento de la cualificación del conjunto de la población española. Sin duda, esto contribuiría a mejorar la imagen del país en las comparaciones internacionales.

Más allá de esta legítima pretensión se encuentra también la aspiración de muchas personas de reconocer y ver reconocido su saber; de tal manera que se pueda emplear como carta de presentación y como moneda de cambio en las relaciones laborales. Se trata de dar respuesta, por lo tanto, a una nueva necesidad generada por el contexto de desregulación de las políticas de empleo, de precarización, aumento de la movilidad y la flexibilidad en el que los principales perjudicados son los trabajadores incapaces de acreditar su saber por falta de titulaciones.

El procedimiento establecido se rige por varios principios: Respeto a los derechos individuales, fiabilidad, validez, objetividad, participación de los agentes sociales, calidad y coordinación, tal y como los reconoce el artículo seis.

Al tratarse de un procedimiento de evaluación, establece también las pautas con las que poder fijar elementos tan variados como las convocatorias de evaluación, la matrícula, la accesibilidad, el asesoramiento, la acreditación o el registro; algunos de los cuales interesa garantizar desde la perspectiva de las instituciones mientras que otros constituyen salvaguardas de los derechos individuales de quienes se someten a dicho proceso, sin que ninguno de ellos prejuzgue, obviamente, el resultado del mismo.

Un aspecto igualmente importante del Decreto y que ha conseguido salvar las reservas que muchos tenían en el mismo consiste en haber fijado de forma clara las condiciones que deben cumplir quienes vayan a ser tanto evaluadores como asesores, los agentes del procedimiento, especificando también cuáles son sus cometidos así como en qué centros pueden llevar a cabo esta labor.

Se trata de un sistema de gran complejidad, que se ha venido experimentando de forma tentativa desde comienzos de la década y que ha generado muchas expectativas. Un procedimiento que se ha aprobado con un enorme retraso respecto a las previsiones iniciales y que, en su implantación, va a ser mucho más lento, limitado y costoso de lo que nadie pudiera prever; todo ello en aras de cumplir con las garantías necesarias que semejante sistema debe ofrecer a los ciudadanos y a las instituciones en un estado de derecho.

Bienvenido sea, pues, este mecanismo tan complejo como poco ágil –sin duda se pueden predicar de él ambos rasgos, en especial en comparación con otros procesos de evaluación, ya se trate de la obtención prácticamente universalizada del carné de conducir o de la participación en pruebas suficientemente estandarizadas de segundas lenguas-.

Se puede dudar también sobre si será un procedimiento suficiente para la demanda potencial existente, tanto por parte de los trabajadores como de las ocupaciones para las cuales sea necesario el obtener una acreditación. Algunas voces señalan la precipitación en la promulgación de normas que exigen acreditaciones para las cuales aún no se han habilitado los mecanismos oportunos según la norma.

En definitiva, está en juego la virtud de este decreto para satisfacer a la vez, como parece ser su pretensión, las garantías de los títulos frente a las garantías de los trabajadores que aspiran a disponer de esos títulos.

Apenas ha transcurrido un año desde su promulgación y ya hay alguna experiencia que da cuenta de sus posibilidades y también de los obstáculos a los que hace frente, contando con el soporte de la Universidad Nacional de Educación a Distancia: http://www.acredita-t. gob.es. Todo ello dista mucho de satisfacer las altísimas expectativas a las que el procedimiento ha dado lugar y que la propaganda alentó en los meses previos a su aprobación.

No obstante, hay que confiar en que esta maquinaria complicada vaya realizando su rodaje; al fin y al cabo no hay tradición previa sobre la que descansar, lo que supone fundamentalmente ventajas, ya que no hay elementos que corregir sino, sobre todo, prudencia que aplicar en la aplicación de lo que tanto ha costado gestar. Son muchos los beneficios que se derivarán del proceso y el coste institucional es muy alto, a fin también de que el coste para los trabajadores individuales sea el menor posible.

Es complicado, sin duda, tener que habilitar semejante procedimiento justo en una época de crisis en la que la demanda del mismo será mucho mayor de lo que cabría haber esperado apenas un par de años antes. No puede ponerse en marcha tampoco al mismo ritmo para las distintas familias profesionales, una diversidad que hay que respetar y que el mecanismo ha tratado de contemplar sin menoscabar igualdad en los criterios procedimentales aplicables a todo el proceso.

Queda, por último, la duda de si el mercado de trabajo será lo suficientemente generoso como para reconocer el valor de las acreditaciones, si el reconocimiento no se quedará en manos del trabajador sino que también tendrá un valor de cambio expresado en términos de condiciones laborales y salariales. En una sociedad que se proclama del conocimiento, no cabría duda alguna al respecto.

3.5. La ley 35/2010, de medidas urgentes para la reforma del mercado de trabajo

Si tiene sentido traer aquí esta norma que en principio afecta –de nuevo – a la reforma del mercado de trabajo, es debido a que alguna de las medidas que presenta tienen repercusiones directas sobre la formación profesional: Éste es el caso del capítulo III, en el que se proponen 'medidas para favorecer el empleo de los jóvenes y de las personas desempleadas' así como también del capítulo IV, con 'medidas para la mejora de la intermediación laboral y sobre la actuación de las empresas de trabajo temporal'.

Por lo que respecta al capítulo que pretende la contratación de los jóvenes, no se puede olvidar que las reformas anteriores han provocado –bien es cierto que en periodos de expansión económica – el que no pocos jóvenes abandonaran los sistemas de formación para incorporarse al mercado de trabajo –habitualmente de escasa cualificación – y generar así sus propios ingresos. Éste podría ser de nuevo el caso en cuanto que se otorgan bonificaciones, una vez más, a las empresas que contraten a personas jóvenes.

Sin embargo, la causa por la que se aborda esta ley en este capítulo se encuentra en sus artículos once y doce, en los que se abunda en los contratos de formación. Estos contratos ya están previstos desde la primera redacción del Estatuto de los Trabajadores, allá por 1980, y se han mantenido a lo largo de las distintas revisiones que ese texto ha sufrido en su historia, muchas de ellas motivadas por las distintas reformas laborales que se han sucedido a lo largo de este tiempo.

Los contratos para la formación, a diferencia de los contratos en prácticas, van dirigidos a personas sin estudios, ni de tipo profesional ni de finalización satisfactoria de la educación obligatoria. Son los únicos contratos en España –hasta la entrada en escena de las empresas de inserción social, también reguladas por ley en el año 2007 – que tienen por objeto, tal y como están definidos, completar la formación de los trabajadores que lo suscriben: Ésa es su finalidad principal, cumplimentar una formación que el trabajador necesita para, en el futuro y disponiendo de ella, poder competir en mejores condiciones por otras modalidades de contratación más propias de la vida adulta.

La clave de estos contratos radica en que su objeto es dejado de lado con demasiada frecuencia, de tal manera que una vez se ha firmado el contrato se procede, tanto por parte del trabajador como de la empresa, como si de cualquier otro contrato se tratara, procurando el desempeño profesional por encima de consideraciones de otro tipo. No obstante, como señala la Ley, recordando el texto refundido del Estatuto de los Trabajadores, 'el contrato para la formación tendrá por objeto la adquisición de la formación teórica y práctica necesaria para el desempeño adecuado de un oficio o de un puesto de trabajo que requiera un determinado nivel de cualificación'. Para ello, estos contratos se dirigen a jóvenes entre 16 y 21 años que carecen incluso de certificado de profesionalidad alguno.

Asimismo, y tal y como señala el texto, 'cuando el trabajador contratado no haya finalizado la educación secundaria obligatoria, la formación tendrá por objeto prioritario la obtención del título de graduado en Educación Secundaria Obligatoria'. Una declaración de intenciones de la que no cabe ninguna duda y que, dado el límite de edad de estos contratos, así como su duración –entre seis meses y dos años – debería ser suficiente para facilitar el retorno a la educación de tantas personas a las que el propio mercado, por medio de otras bonificaciones, ha sacado del sistema educativo.

Bien es cierto que en estos contratos la formación profesional es secundaria si se atiende al objetivo prioritario de obtener el graduado en educación obligatoria, pero también lo es el carácter absolutamente atípico de esta posibilidad, contemplada ya en el año 1980, cuando nadie pensaba siquiera en la posibilidad de aspirar a una sociedad del conocimiento.

Sin embargo, los treinta años de historia transcurridos desde entonces no permiten albergar demasiadas expectativas ni tener un exceso de confianza en lo que se recoge en esta nueva reforma: La historia pone de manifiesto que, pese a la denominación con que fueron bautizados, estos contratos son más bien contratos para personas sin formación, contratos que ignoran la formación, contratos que toman la formación como excusa y que, en la mayoría de los casos, llegan a matricular a los jóvenes en centros de formación –con demasiada frecuencia centros a distancia – de modo que las formalidades contractuales queden satisfechas pero sin buscar que la formación suceda de hecho.

Así pues, los contratos para la formación se convierten en contratos sin formación real, y quienes los firman se convierten también en aprendices que apenas reciben enseñanza alguna, más allá de desempeñar puestos de trabajo escasamente cualificados: Interesa el mercado de trabajo más que la formación, preocupa más la producción que no el objeto del contrato.

No cabe duda de que en este posible fraude –desde luego no formal, ya que la inspección de trabajo estaría en condiciones de advertirlo-, desempeñan un papel los centros que imparten formación y que matriculan a los jóvenes con estos contratos. Sería posible quizás un mayor control, la articulación de algún sistema de garantías que pudiera facilitar el que se cursara la formación, que se cursara con ciertas garantías de éxito, que los jóvenes quisieran recuperar la tarea de estudiar al tiempo que la compaginan con la otra tarea –quizá más pesada – de trabajar.

Pero también es evidente que el objeto del contrato es muy difícil de conseguir: Pretender que jóvenes que acaban de salir del sistema escolar sin haber culminado con éxito los estudios vuelvan a retomarlos porque así lo contempla el contrato, más si cabe ante la falta de control que se ejerce sobre este aspecto, es una situación demasiado ideal para ser cierta.

En el mejor de los casos, se cursará formación profesional –para el empleo – orientada a la adquisición y mejora de las cualificaciones que se han de ejercer en el puesto de trabajo o, al menos, en esa misma familia profesional. Al menos, en estos casos, se trata de una formación diferente a la cursada durante años de escolaridad. Pero la obtención del título de GESO queda relegada, no es un objetivo realista para las empresas –con una perspectiva fijada en el corto plazo y en la obtención de rentabilidad inmediata del contrato – ni tampoco para los jóvenes trabajadores.

Sería deseable, no obstante, que se realizasen esfuerzos conjuntos por parte de las inspecciones de educación y trabajo para garantizar el correcto cumplimiento de esta modalidad de contratación que ha resistido a las sucesivas reformas sin apenas ser alterada. Sería deseable que se estimulara e hiciera posible la formación, en tanto que objeto del contrato. El ejemplo de aplicación de las cláusulas sociales a la contratación pública ya comienza a darse en España, y quizá los contratos para la formación podrían caminar en esa misma línea, incorporando la formación como la cláusula principal del contrato y concretando en el propio contrato la forma de llevarla a cabo.

3.6. La Ley 2/2011, de Economía Sostenible, y las disposiciones que la desarrollan

A fin de expresar la dispersión legislativa que afecta a la formación profesional, se cierra esta sección del capítulo mostrando las repercusiones que tiene una ley de difícil trámite parlamentario –más lento de lo inicialmente previsto-, para el que el gobierno ha creado un espacio propio y del que la formación profesional constituye un elemento a regular, dándole de nuevo un tratamiento transversal.

Esta ley pretende modificar legislación, entre otros asuntos, de los organismos reguladores, los mercados financieros, la contratación pública, la financiación de la colaboración entre lo público y lo privado, la responsabilidad social, la competitividad, el régimen de tributación, la actividad catastral, las tecnologías y la sociedad de la información, la ciencia y la innovación, el modelo energético, la reducción de emisiones, el transporte y la movilidad, la rehabilitación y la vivienda; dispone también todo un capítulo, el VII, dentro del título II –la competitividad – específicamente dedicado a la formación profesional.

La ubicación elegida para abordar esta cuestión es claramente intencionada, y supone una nueva declaración, un paso más, que ilustra cuál es el papel que se le quiere otorgar a la formación profesional en la España del siglo XXI. Para ello, la ley dictamina cinco artículos, una disposición adicional y dos disposiciones finales. Éstas últimas consisten en sendas propuestas de modificación de la Ley de las Cualificaciones y la Formación Profesional y de la Ley Orgánica de Educación –plasmadas en la Ley Orgánica 4/2011-; mientras que la disposición adicional trata de los centros de formación profesional y de su incardinación en los campus de excelencia internacional que, hasta este momento, eran prerrogativas de las instituciones universitarias.

Los artículos, por su parte, inciden en aspectos que ya están, de hecho, si no regulados al menos sí previstos o tolerados desde la legislación vigente: Los objetivos de la formación profesional, su calidad, la participación de los agentes sociales, la colaboración de las empresas –privadas – y los centros, sus instalaciones y equipamientos para las enseñanzas profesionales.

Un análisis de los objetivos que esta ley añade a los que ya tiene asignados la formación profesional permite detectar que se atribuye a la formación profesional una capacidad de resolver problemas cuyo origen se sitúa fuera de ella que es tan encomiable como difícil de llevar a cabo:

1. Se pretende una 'adecuación constante' de la oferta de formación a las demandas de cualificaciones –'competencias profesionales' – que expresa el sistema productivo. No sólo se reclama esta capacidad de respuesta, que además ha de ser permanente –o 'constante', por usar de nuevo la cita textual-; sino que se pretende que se ejecute con agilidad. Se abordará esta problemática con más detenimiento en el capítulo cinco de este libro; pero se puede apuntar ya que, en definitiva, el que se pueda ofrecer esa respuesta depende, principalmente, de que exista la capacidad real de presentar de forma concreta –y ágil, y constante – esa demanda.

2. También se pretende mejorar la conexión entre la formación profesional y el resto de enseñanzas del sistema educativo. En cierto modo, esto supone un implícito: Que la formación profesional se

encuentra relativamente desconectada, al margen, aislada del resto de enseñanzas. No sólo la formación para el empleo, sino también la formación profesional reglada, la que tiene carácter inicial.

Esta separación ha sido una constante histórica entre nosotros, como se indica en el capítulo dos, y sólo en el último cuarto del siglo XX se trató de corregir. Pero el giro adoptado en la última década ocurrió de tal manera que, en la actualidad, parte del prestigio que ha ido adquiriendo la formación profesional viene precisamente por plantearse como un elemento claramente diferenciado del resto de las enseñanzas.

En parte, se encuentran argumentos de peso en la elevación de los requisitos de acceso y en su equiparación, en el nivel, al resto de las enseñanzas secundarias postobligatorias.

El reto siguiente en el que se encuentra inmersa la formación profesional desde los años Noventa y que se pone de manifiesto, con más claridad que en ningún otro momento en esta ley, es el de facilitar los canales de acceso, de reconocimiento y de equiparación allí donde corresponda entre la formación profesional –de grado superior y también la de carácter especializado – y las enseñanzas universitarias; que han ido sufriendo también en las dos últimas décadas una presión considerable para profesionalizarse en detrimento del carácter académico del que estaban históricamente revestidas.

3. Se añade también algún objetivo nuevo: La articulación de medidas conducentes a la recuperación, para el sistema educativo, de todos cuantos lo abandonaron de forma temprana. De este modo, se vuelve a otorgar a la formación profesional un carácter compensador de algunas desigualdades y una función socializadora y alfabetizadora que debe cumplir en poco tiempo, pese a que el sistema escolar obligatorio no ha podido cumplir con esas funciones, que son las que le corresponden, en sus diez años de trabajo al que el alumnado ha estado obligado.

En una línea similar, también se indica como objetivo el que las personas adultas puedan acceder a la formación profesional mediante ofertas flexibles que permitan conciliar el aprendizaje con el resto de su vida. La conciliación de la vida laboral –con la personal y familiar – ha sido uno de los empeños que se han realizado en estos últimos años y ahora parece extenderse también a los estudios profesionales; si bien los mayores obstáculos a la conciliación no se encuentran en la formación –que también, debido a la rigidez que acompaña de suyo a los sistemas educativos-, sino principalmente en el mercado de trabajo, en las políticas de empleo, en las relaciones laborales.

4. El resto de objetivos que se plantean tienen clara relación con los pilares sobre los que se sustenta el Sistema Nacional de Cualificaciones y Formación Profesional: La integración de las ofertas de formación; la puesta en marcha de los procedimientos de evaluación, acreditación, reconocimiento y registro de las competencias profesionales; o la mejora del acceso a los servicios de información y orientación.

En definitiva, se trata de objetivos valiosos y plausibles, no podría ser de otro modo, pero que ponen mayor énfasis en cuestiones relativas al acceso que no al progreso, la permanencia y la rentabilidad a medio y largo plazo de los esfuerzos realizados en materia de formación profesional por parte de los trabajadores, ocupados o no, que la vayan a cursar.

Si se desplaza la atención de los objetivos que se atribuyen a la formación profesional a las medidas específicas que se recogen en el resto de objetivos, se puede constatar el empeño en dar cabida, en las decisiones que afectan a la formación, tanto en su diseño como en su ejecución, a multitud de agentes con capacidad de intervenir en ella: El Estado –administraciones educativas y laborales – y las Comunidades Autónomas –un elemento al que, dada su relevancia, se dedica la sección siguiente de este capítulo-; los interlocutores sociales –cuyo papel en la detección y comunicación de las necesidades de formación es crucial y, sin embargo, es prácticamente un terreno virgen – y, especialmente –a ello le dedica todo un artículo – las empresas privadas; así como en menor medida a las entidades locales.

La ley avanza, por lo tanto, en la dirección que ya se abriera en la segunda mitad de los Ochenta y que se plasmó de forma muy efectiva en la definición de los títulos y los currículos de formación profesional durante los años Noventa: La participación en todo el proceso de toma de decisiones de representantes de empresas y de trabajadores, junto a la administración. Esta dirección parece la más adecuada y es la que mejores logros ha conseguido en países de nuestro entorno; sin embargo, es una tarea ardua y compleja debido a la tradición española de separación entre el mundo laboral y el mundo educativo, a la culpabilización mutua y a la falta de diálogo que, en definitiva, es muestra también de una falta de confianza que se encuentra anclada en la historia social y económica de España en los dos últimos siglos. Conviene alegrarse, por lo tanto, de que la ley de economía sostenible incida en esta pieza que parece fundamental, y que evidencia que la administración educativa concede a las empresas la posibilidad de no ser meros demandantes sino actores en la configuración de la formación profesional, para lo cual se requiere, evidentemente, una mucho mayor implicación.

Desde ahí es posible plantear la posibilidad de impartir módulos, crear y gestionar instalaciones de formación, vincular la formación a la empresa y ambas a los polos de investigación, innovación y desarrollo generados en torno a las instituciones universitarias; la mejora de la formación del profesorado de formación profesional mediante su capacitación teórica y en la práctica, en estrecha dependencia de la investigación pero también del desarrollo metodológico. Desde ahí es posible perseguir que la formación profesional sea, por fin, un elemento estratégico de inversión y desarrollo económico y, por lo tanto, al servicio de los ciudadanos, de la constitución de una clase trabajadora que sea partícipe de la construcción de un país en el que el conocimiento, su generación y transmisión, se pongan al servicio del progreso social.

Si esta ley fue lenta en su trámite, su desarrollo ha resultado ágil, plasmándose, en lo que a la formación profesional respecta, en tres disposiciones normativas a las que ya nos hemos referido: La Ley Orgánica 4/2011, el Real Decreto 1146/2011 sobre la educación secundaria obligatoria y el Real Decreto 1147/2011 que ordena el sistema de formación profesional.

El Real Decreto 1146/2011 aporta, entre sus novedades, una ampliación y flexibilización de la oferta dirigida al alumnado de quince años al término de la escolaridad obligatoria, algo que se traduce en la introducción de tres nuevas materias, de las cuales dos están claramente vinculadas al mundo del trabajo: 'Ciencias aplicadas a la actividad profesional', y 'orientación profesional e iniciativa emprendedora'. Se modifica, además, alguno de los aspectos normativos de los Programas de Cualificación Profesional Inicial, en el sentido en el que se plantea en el capítulo segundo de este libro: Una diferenciación de los tipos de módulo cursado así como el reconocimiento en forma de certificación oficial de los estudios cursados, reconocimiento que encuentra su correspondencia en forma de códigos de la Clasificación Internacional Normalizada de la Educación (CINE, de 1997, de la UNESCO); lo que incrementa el valor de mercado de esta formación.

El Real Decreto 1147/2011 ahonda en este reconocimiento de los Programas de Cualificación Profesional Inicial, mediante su integración –la de sus módulos profesionales – en la ordenación de la formación profesional y su consiguiente reconocimiento también en la CINE. Además, también se flexibiliza la oferta formativa mediante cursos especializados, el establecimiento de pruebas orientadas a promover el acceso a los estudios de Grado Medio y Grado Superior; así como la oferta de otros programas formativos que dan a entender que la formación profesional ya no es sólo una formación dirigida a jóvenes, sino también a personas adultas; no dirigida exclusivamente a estudiantes sino a trabajadores, mediante la alternancia y un mayor reconocimiento de los contratos para la formación; la especificación de la oferta de formación a distancia o, como ha sucedido ya en el año 2011, las convocatorias de proyectos de innovación aplicada que ha dado lugar a redes de trabajo interterritoriales con un gran potencial de mejora de la calidad de la formación.

Todo ello, unido a los más de 130 títulos y más de 660 cualificaciones profesionales; así como la reciente publicación del mapa de la formación profesional en España (http://www.educacion.gob.es/dctm/

100

ministerio/horizontales/prensa/documentos/2011/10/mapafp-infor-
mecompleto?documentId=0901e72b80fa19b2) muestran la dirección
acordada e inequívoca que debe mantener la formación profesional.

4. La coordinación entre el Estado y las Comunidades Autónomas en materia de formación profesional

Una vez se han puesto de relieve los múltiples avances que se han dado a escala estatal, en los últimos treinta años, para promover el progreso, el prestigio, la calidad y el retorno a la sociedad de la formación profesional, en la última sección de este capítulo se quieren presentar algunos elementos relativos a la descentralización de las políticas educativas –y de formación profesional – que denotan riesgos e incertidumbres, a tenor de lo que apuntan las normativas trazadas anteriormente así como a la vista de los análisis más recientes sobre esta formación (Homs, 2009; Rocha, 2010).

Lo primero que cabe señalar, en este sentido, es que la cesión de competencias a las Comunidades Autónomas no conlleva necesariamente una mejor respuesta del territorio a las necesidades de la formación. La descentralización autonómica no es siempre equivalente a descentralización territorial. Esto resulta evidente en el caso de la formación profesional, donde las Comunidades Autónomas no proponen sus propios decretos de currículo para cada uno de los títulos de formación profesional, debido al excesivo coste que esto supondría para el alcance, con frecuencia limitado, que tiene la oferta de la mayor parte de los títulos de formación profesional.

Como se ha puesto de manifiesto en algunas comunidades autónomas, la asunción de plenas competencias en materia de educación –formación profesional-, así como la de competencias parciales en materia de empleo –intermediación laboral y formación para el empleo; a excepción de Euskadi, que en enero de 2011 asumirá plenas competencias también en lo referido a este ámbito – se ha traducido, en no pocos lugares, en la réplica y reproducción a escala autonómica de organismos que ya existen con carácter estatal. Si bien esto tiene pleno sentido en algunos casos, como serían los Consejos de Formación Profesional; no parece tan evidente que sea igualmente razonable en otros, tales como los Institutos de Cualificaciones: Dentro del Sistema Nacional de Cualificaciones y Formación Profesional, y desde la perspectiva del Catálogo Nacional de Cualificaciones, los Institutos Autonómicos podrían tal vez limitarse a gestionar las propuestas emanadas desde el INCUAL, al que bien podrían contribuir todas y cada una de las comunidades autónomas. Pero tal vez no esté plenamente justificado el que cada comunidad autónoma tenga su propio Instituto de Cualificaciones, o que las funciones que les hayan de competer merezcan la constitución de tales institutos.

Como se ha podido ver en la sección anterior, la variedad legislativa que rodea a la formación profesional en sus distintas modalidades reclama una ordenación imprescindible para que sea posible el reconocimiento que se reclama. Reclama, también, aunar esfuerzos para poder establecer unas directrices políticas compartidas que apuesten por la formación como un elemento importante en la transformación del sistema productivo.

El que se ponga tanto empeño en solicitar dicha coordinación, un marco común, un espacio de participación compartida para la toma de decisiones, pone claramente de relieve que dicho espacio no existe. No es, desde luego, el Consejo General de la Formación Profesional, órgano consultivo con cierta influencia en las políticas ministeriales, pero no así en las autonómicas que, por su parte, no siempre asumen las propuestas ministeriales y en ocasiones, incluso, tratan de contrarrestarlas. Es ésta una cuestión en la que apenas se ha avanzado en los dos últimos decenios, en los que se puede apreciar una clara cesión de competencias hacia las comunidades autónomas en detrimento no ya de la centralización, sino que también se arriesgan las posibilidades de coordinación y planificación a largo plazo, que tiene mayor sentido a escala estatal que no autonómica.

Una planificación semejante sólo es posible si hay previamente acceso a la información a escala territorial así como un diagnóstico que se pueda entender no como comparación interterritorial sino como la base para la toma de decisiones acertadas para la mejora de la situación diagnosticada. Tal vez se haya incurrido en el error de considerar que el territorio equivale a la Comunidad Autónoma, cuando los estudios sobre geografía humana y económica dejan bien de manifiesto que esto no es así. La movilidad y el desarrollo local no se atienen estrictamente a las fronteras políticas que demarcan las comunidades autónomas, sino que se ven afectadas por otras variables.

De ahí que sería quizá más apropiado avanzar en la descentralización a escala local para poder tener en cuenta esas variables y aportar la información necesaria para de forma cooperativa –y no competitiva entre territorios – se pudiera disponer la formación profesional al servicio de los intereses de desarrollo social y económico. Desgraciadamente, son muchos los ejemplos de iniciativas y propuestas de infraestructuras variadas, con un impacto económico sobre el territorio muy importante, que no van acompañadas de una estrategia de formación que les dé soporte y garantice su sostenibilidad: Se pueden identificar aquí tanto el desarrollo de infraestructuras de transporte como desarrollos urbanísticos, deportivos, polígonos industriales, parques tecnológicos, polos de innovación, etc.

Téngase en cuenta que, además, la descentralización de las decisiones –que no del acopio de información – puede conllevar la exigencia de renegociar a otras escalas acuerdos que tan complejos resultan de alcanzar entre distintas administraciones, de educación y de trabajo cuando menos. Así, se recrean polos de posibles conflictos entre administraciones central y autonómica –por diferencias de poder político-, entre éstas últimas y administraciones locales y, a su vez, dentro de cada uno de los niveles de descentralización, de nuevo entre los distintos departamentos implicados, que se van ampliando conforme se desciende en el nivel de descentralización: Educación, trabajo, hacienda, industria y servicios sociales suelen figurar entre estos departamentos.

También se reproducen, en cada uno de los niveles territoriales, las complicadas articulaciones entre los agentes sociales y las administraciones, movidos por intereses distintos y sin que la formación profesional sea un elemento considerado prioritario por prácticamente ninguno de ellos. Quizá una buena muestra de esta complejidad y de la dificultad de manejar el ámbito territorial se encuentra en los ejemplos variados de planes autonómicos para el impulso de la formación profesional o de los pactos locales por el empleo y la formación; muchos de los cuales son muy costosos de trazar y encuentran después un refrendo mínimo cuando se trata de su ejecución y de plasmar en términos presupuestarios y en políticas concretas –y no transversales – las actuaciones previstas.

Quizá en todo este juego se haya perdido la capacidad de ejemplificar que el Gobierno de la nación pudo haber tenido en el pasado, al no disponer más que de Ceuta y Melilla para llevar a cabo sus actuaciones, tratándose éstas de dos autonomías atípicas respecto al resto. Tal vez por ello se reitere en la legislación que se ha analizado en la sección anterior la importancia, conveniencia y necesidad de coordinación entre las distintas administraciones y con los interlocutores territoriales, lo que supone a nuestro juicio la ausencia de un marco conjunto que, sin embargo y como veremos en los capítulos siguientes, sería muy recomendable para el desarrollo adecuado de la formación profesional.

Referencias

COMUNIDADES EUROPEAS (2009). *Marco europeo de las cualificaciones profesionales.* Luxemburgo: Oficina de Publicaciones Oficiales de las Comunidades Europeas. http://ec.europa.eu/education/pub/pdf/general/eqf/broch_es.pdf.

HOMS, O. (2008): *La formación profesional en España. Hacia la sociedad del conocimiento.* Fundación La Caixa, Barcelona.

LEY 2/2011, de 4 de marzo, de Economía Sostenible. http://www.boe.es/boe/dias/2011/03/05/pdfs/BOE-A-2011-4117.pdf.

LEY 38/2003, de 17 de noviembre, General de Subvenciones. BOE de 18 de noviembre de 2003. http://www.boe.es/boe/dias/2003/11/18/pdfs/A40505-40532.pdf.

LEY 44/2007, de 13 de diciembre, para la regulación del régimen de las empresas de inserción. https://www.boe.es/boe/dias/2007/12/14/pdfs/A51331-51339.pdf.

LEY 56/2003, de 16 de diciembre, de Empleo. BOE de 17 de diciembre de 2003. http://www.boe.es/boe/dias/2003/12/17/pdfs/A44763-44771.pdf.

LEY ORGÁNICA 2/2006, de 3 de mayo, de Educación. BOE de 4 de mayo de 2006. http://www.boe.es/boe/dias/2006/05/04/pdfs/A17158-17207.pdf.

LEY ORGÁNICA 4/2011, de 11 de marzo, complementaria de la Ley de Economía Sostenible, por la que se modifican las Leyes Orgánicas 5/2002, de 19 de junio, de las Cualificaciones y de la Formación Profesional, 2/2006, de 3 de mayo, de Educación, y 6/1985, de 1 de julio, del Poder Judicial. http://www.boe.es/boe/dias/2011/03/12/pdfs/BOE-A-2011-4551.pdf.

LEY ORGÁNICA 5/2002, de 19 de junio, de las Cualificaciones y de la Formación Profesional. BOE de 20 de junio de 2002. http://www.boe.es/boe/dias/2002/06/20/pdfs/A22437-22442.pdf.

MARHUENDA, F. (2012). *La formación profesional: Logros y retos*. Madrid, Síntesis.

MEC (2010). *Pacto social y político por la educación*. Madrid, MEC.

MEC (2011). Mapa de la oferta de formación profesional en España. Madrid, MEC. http://www.mecd.gob.es/dctm/ministerio/horizontales/prensa/documentos/2011/10/mapafp-informecompleto?documentId=0901e72b80fa19b2.

REAL DECRETO 1128/2003, de 5 de septiembre, por el que se regula el Catálogo Nacional de Cualificaciones Profesionales. BOE de 17 de septiembre de 2003. http://www.boe.es/boe/dias/2005/12/03/pdfs/A39854-39855.pdf.

REAL DECRETO 1146/2011, de 29 de julio, por el que se modifica el Real Decreto 1631/2006, de 29 de diciembre, por el que se esteblecen las enseñanzas mínimas correspondientes a la Educación Secundaria Obligatoria, así como los Reales Decretos 1834/2008, de 8 de noviembre, y 860/2010, de 2 de julio, afectados por estas modificaciones. http://www.boe.es/boe/dias/2011/07/30/pdfs/BOE-A-2011-13117.pdf.

REAL DECRETO 1147/2011, de 29 de julio, por el que se establece la ordenación general de la formación profesional del sistema educativo. http://www.boe.es/boe/dias/2011/07/30/pdfs/BOE-A-2011-13118.pdf.

REAL DECRETO 1224/2009, de 17 de julio, de reconocimiento de las competencias profesionales adquiridas por experiencia laboral. BOE de 25 de agosto de 2009. http://www.boe.es/boe/dias/2009/08/25/pdfs/BOE-A-2009-13781.pdf.

REAL DECRETO 1416/2005, de 25 de noviembre, por el que se modifica el Real Decreto 1128/2003, de 5 de septiembre, por el que se regula el Catálogo Nacional de las Cualificaciones Profesionales. BOE de 3 de diciembre de 2005. http://www.boe.es/boe/dias/2003/09/17/pdfs/A34293-34296.pdf.

REAL DECRETO 1538/2006, de 15 de diciembre, por el que se establece la ordenación general de la formación profesional del sistema educativo. BOE de 3 de enero de 2007. http://www.boe.es/boe/dias/2007/01/03/pdfs/A00182-00193.pdf.

REAL DECRETO 1558/2005, de 23 de diciembre, por el que se regulan los requisitos básicos de los Centros integrados de formación profesional. BOE de 30 de diciembre de 2005. http://www.boe.es/boe/dias/2005/12/30/pdfs/A43141-43146.pdf.

REAL DECRETO 229/2008, de 15 de febrero, por el que se regulan los Centros de Referencia Nacional en el ámbito de la formación profesional. BOE de 25 de febrero de 2008. http://www.boe.es/boe/dias/2008/02/25/pdfs/A11069-11072.pdf.

REAL DECRETO 395/2007, de 23 de marzo, por el que se regula el subsistema de formación profesional para el empleo. BOE de 11 de abril de 2007. http://www.boe.es/boe/dias/2007/04/11/pdfs/A15582-15598.pdf.

REAL DECRETO 564/2010, de 7 de mayo, por el que se modifica el Real Decreto 1558/2005, de 23 de diciembre, por el que se regulan los requisitos básicos de los Centros integrados de formación profesional. BOE de 25 de mayo de 2010. http://www.boe.es/boe/dias/2010/05/25/pdfs/BOE-A-2010-8320.pdf.

ROCHA, F. (coord.) (2010): *Jóvenes, empleo y formación en España. Mensajes clave.* Fundación 1º de Mayo, Madrid.

WINTERTON, J.; DELAMARE, F. and STRINGFELLOW, E. (2006): *Typology of Knowledge, Skills and Competences: clarification of the concept and prototype.* CEDEFOP Reference Series, 64. Office for Official Publications of the European Communities. Luxembourg.

Brasil nos Anos 2000: "Década inclusiva" e precarização do homem-que-trabalha [Notas críticas]

Giovanni Alves

Na década de 2000, denominada a "década inclusiva" no comunicado 155 do IPEA (Instituto de Pesquisa Econômica Aplicada), divulgado em setembro de 2012, o Brasil apresentou melhorias significativas nos indicadores sociais com a redução da pobreza e desigualdade social por meio de políticas de transferência de renda (IPEA, 2012). Apesar disso, o Brasil continua sendo um dos 12 países mais desiguais do mundo. Na verdade, a década de 2000, década do *boom* da economia global e também, década do seu *crash* financeiro em 2008, foi, para o Brasil, uma década de crescimento da economia capitalista, com o País contornando a crise financeira global que atingiu o núcleo orgânico do sistema mundial do capital (EUA, União Europeia e Japão). Por exemplo, a taxa média de crescimento do PIB do Brasil da década de 2000 foi de 3,61% em comparação com 2,54 da década de 1990 e 1,57% da década de 1980 (apesar disso, é importante salientar que a taxa média de crescimento do PIB da década de 2000 ficou muito aquém das taxas médias das décadas de 1960 e 1970, com 6,17% e 8,53%, respectivamente) (Banco Central do Brasil, 2013). Embora em 2009 o Brasil tenha enfrentado dificuldades relativas no crescimento do PIB, a economia brasileira conseguiu retomar o crescimento em 2010, mantendo, ao mesmo tempo, a trajetória de bons indicadores do mercado de trabalho com a adoção de políticas econômicas heterodoxas voltadas para o aumento do crédito e dinamização do mercado interno, tendência inversa, por exemplo, das políticas neoliberais no centro capitalista que, diante da crise financeira, adotam a austeridade e redução da demanda interna. Na verdade, a opção macroeconômica adotada pelo Brasil fez a diferença na resposta à crise do capitalismo global. A "década inclusiva" foi produto social do novo modelo de crescimento da economia brasileira denominado "neodesenvolvimentismo" ou "pós-neoliberalismo".

Crescimento Acumulado do PIB – Brasil (2005-2010)

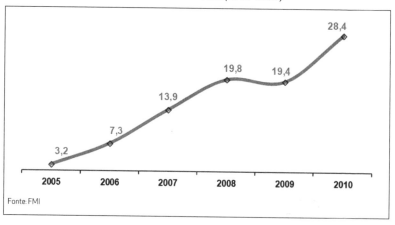

Fonte: FMI

Ao mesmo tempo, o mercado de trabalho na "década inclusiva" acompanhou a tendência dos bons indicadores sociais, com a queda do desemprego aberto nas regiões metropolitanas e o aumento da taxa de formalidade no mercado de trabalho, reduzindo-se, de modo significativo, a informalidade laboral no Brasil (OIT, 2012).

A precarização do homem-que-trabalha no Brasil da "década inclusiva"

A questão que se coloca na década de 2000 com respeito ao mundo do trabalho no Brasil é a seguinte: pode-se falar de precarização do trabalho no Brasil na "década inclusiva"? A década de 1990 foi considerada por uma série de autores, a década de desmonte do trabalho (OLIVEIRA, 1999; POCHMANN, 2001). Ao mesmo tempo, como vimos acima, a década de 2000 é considerada a "década inclusiva", com indicadores sociais favoráveis do mercado de trabalho e significativa redução das desigualdades sociais. Mas as hipóteses que adotaremos neste pequeno ensaio são as seguintes:

1. A precarização do trabalho no Brasil assumiu outras formas na década de 2000, tendo em vista a própria natureza do processo de reestruturação produtiva e a nova morfologia social do trabalho. Ela não se caracteriza apenas pela precarização salarial, utilizada por economistas e sociólogos do trabalho para aferir a degradação do trabalho no Brasil (por exemplo, taxas de emprego, formalização do emprego, remuneração média do trabalho etc). A precarização do trabalho que se impõe a partir da primeira década do século XXI no Brasil se caracteriza por aquilo que denominamos "precarização do homem-que-trabalha" (PHT), a precarização do homem como ser humano-genérico que se caracteriza pela corrosão da vida pessoal pelas pressões laborais, assédio moral e invasão do tempo de vida pelo tempo de trabalho. A PHT é um elemento compositivo da superexploração da força de trabalho que caracterizou o desenvolvimento capitalista no Brasil (trabalho intenso, longa jornada de trabalho, degradação salarial em termos relativos). A PHT se manifesta, por exemplo, em sua dimensão aguda, nos casos de transtornos e adoecimentos mentais de homens e mulheres que trabalham. Nossa hipótese é que esta é a forma predominante da precarização do

trabalho nas condições do capitalismo global sob dominancia financeira (ALVES, VIZZACCARO e MOTA, 2011).

2. Os indicadores usuais do mercado de trabalho utilizados nas estatísticas sociais são incapazes de apreender as novas formas de precarização do trabalho baseada na precarização do homem-que-trabalha (PHT). O que significa que se torna necessário adotar uma perspectiva metodológica capaz de identificar as formas ampliadas e intensas de alienação/estranhamento. que se disseminaram na década de 2000. A nova metodologia de aferição da PHT implica adotar nas investigações do mundo do trabalho, não apenas a perspectiva da economia ou mesmo da morfologia social, mas a perspectiva do metabolismo social do trabalho.

Para aferirmos o grau de precarização do homem-que-trabalha (PHT), é importante compor um indicador baseado, por exemplo, na relação *tempo de vida/tempo de trabalho* e no grau de envolvimento com atividade do trabalho assalariado. A relação tempo de vida/tempo de trabalho expressa o grau de invasão do tempo de vida pessoal pelas determinações do trabalho estranhado. Por outro lado, a redução do tempo de vida a tempo de trabalho é função do grau de pressão laboral exercida sobre o homem-que-trabalha no processo de produção do capital (a manifestação da pressão laboral ocorre, por exemplo, por meio do assédio moral nos locais de trabalho). Portanto, nesse caso, teríamos a equação P → I → R (onde P é a pressão laboral, I é a invasão da vida pessoal pelo trabalho e R é redução do tempo de vida a tempo de trabalho ou grau de envolvimento laboral). A questão é como traduzir estes índices categoriais em indicadores capazes de aferir a PHT. Não temos pretensão neste pequeno ensaio de discutir a construção metodológica de um indicador da PHT que vai exigir irmos além da perspectiva quantitativista da vida social.

Não existem indicadores diretos capazes de aferir, com veracidade e confiança, a dimensão da precarização do homem-que-trabalha (PHT). O que está em questão na nova forma de precarização do trabalho não é diretamente a degradação dos parâmetros salariais, mas sim a *qualidade de vida do sujeito que trabalha*. Na verdade, podemos aferir indiretamente a perda da qualidade de vida dos homens e mulheres que trabalham por meio dos indicadores de adoecimento laboral. Nossa hipótese é que, apesar dos indicadores satisfatórios do mercado de trabalho na década de 2000, aumentaram, nesse período de modernização capitalista no País, as ocorrências de adoecimento laboral, o que significa que aumentou a precarização do trabalho no Brasil no sentido de precarização do homem-que-trabalho (PHT).

Para países capitalistas com imenso quadro de miséria social como o Brasil, a melhoria de indicadores sociais é um fato positivo no que diz respeito à qualidade de vida relativa das populações pobres, homens e mulheres imersos na precariedade extrema cronicamente estrutural. Milhões de brasileiros estão alienados do progresso da modernidade salarial baseada no consumo e padrão de vida decente com acesso à educação e saúde de qualidades. A ideia de "inclusão" pressupõe camadas sociais de trabalhadores pobres excluídos do progresso civilizatório do capital e alienados do mercado de consumo. Ao incluí-los no mercado de consumo por meio de programas de renda mínima ou acesso ao emprego formal, tem-se a percepção de progresso social e desenvolvimento humano vinculado à inclusão na sociedade de consumo.

Entretanto, a lógica de desenvolvimento humano e qualidade de vida como inclusão no mercado de trabalho formal e acesso à renda mínima é incisivamente limitada e míope. Na verdade, ela oculta novas formas de degradação social do trabalho no sentido de novas modalidades de alienação sutis e destrutivas no plano da saúde do trabalhador e qualidade de vida de homens e mulheres que trabalham. É o que salientamos como sendo a degradação do homem como ser genérico.

Esta nossa reflexão crítica implica irmos além da visão da economia do trabalho que utiliza o fetiche da estatística social e o privilegiamento da quantidade ao invés da qualidade na análise científica (por exemplo, salienta-se a *quantidade* de emprego criada ou ainda o aumento da taxa de formalização do mercado de trabalho e não a *qualidade* do emprego). O viés estatístico da economia do trabalho oculta a dimensão do trabalho humano. O que significa que, torna-se hoje necessária, mais do que nunca, uma nova crítica da economia política que oculta a dimensão humana do sujeito que trabalha. É claro que o aumento da quantidade de riqueza, no plano da economia, é um dado pressuposto necessário para a melhoria da qualidade de vida dos produtores. Esta é a percepção do caráter civilizatório do capitalismo, modo de produção historicamente vitorioso em acumular riqueza, mas historicamente incapaz em redistribuí-la, proporcionando o desenvolvimento humano e a qualidade de vida da classe trabalhadora.

A síndrome da superexploração da força do trabalho no Brasil

Um dos traços atávicos do capitalismo brasileiro – capitalismo dependente de extração colonial-prussiana baseado na superexploração da força de trabalho – é sua notável capacidade em acumular riqueza e, ao mesmo tempo, incapacidade em redistribuí-la; pelo contrário, a concentração de riqueza é um traço estrutural do capitalismo brasileiro. A superexploração da força de trabalho é uma característica da exploração laboral da classe operária e trabalhadores manuais historicamente imersos na precariedade salarial cronicamente estrutural. Entretanto, ao disseminar-se a lógica da superexploração do trabalho pelo mundo social do trabalho, não apenas da indústria, mas dos serviços e inclusive a administração pública, mesmo camadas sociais do proletariado melhor posicionadas na estratificação social e trabalhadores de "classe média" que participam dos lucros e resultados, isto é, camadas sociais com rendimentos salariais acima da média nacional, apropriando-se de parcela da riqueza e aumentando a capacidade de consumo, na maior parte das vezes pelo acesso ao crédito, sofrem a corrosão e perda da qualidade de vida e a deterioração do equilíbrio sociometabólico em virtude da superexploração do trabalho vivo.

A medida que a superexploração da força de trabalho sob o espírito do toyotismo como novo método de gestão da produção capitalista, universalizou-se e generalizou-se no plano do capitalismo mundial, aumentou-se a incongruência entre produção de riqueza social e qualidade de vida e bem-estar das individualidades pessoais de classe. É claro que a incongruência entre produção social e qualidade de vida pessoal é um traço sócio-ontológico do capitalismo histórico salientado, por exemplo, por Karl Marx, quando, em 1844, observou que "o trabalhador se torna tão mais pobre quanto mais riqueza produz, quanto mais a sua produção aumenta em poder e extensão." (MARX, 2003)

Entretanto, na Europa do século XIX, a condição de proletariedade era apenas um atributo existencial do proletariado industrial, camada social ainda emergente do mundo do trabalho manual. O restante do mundo do trabalho era composto, em sua maior parte, por artesãos, profissionais liberais, funcionários públicos e camponeses, parte deles apenas imersos na subsunção *formal* do trabalho ao capital (no caso do Brasil, país capitalista de extração colonial-escravista, a condição de proletariedade assumiu, desde sempre, uma dimensão mais ampla tendo em vista à presença da massa de ex-escravos e homens livres pobres imersos em relações de subalternidade estrutural aos grandes proprietários de terra).

Nas condições do capitalismo manipulatório da última metade do século XX, universalizou-se e generalizou-se a condição de proletariedade, com a desefetivação humana assumindo dimensões contraditórias e perversas, tendo em vista que estamos num grau avançado de desenvolvimento das forças produtivas do trabalho e das capacidades humanas que não se traduzem em desenvolvimento pleno da personalidade humana. Na verdade, este é o tema do *estranhamento social* desenvolvido pelo filósofo marxista húngaro Georg Lukács (LUKÁCS, 2013). Mais uma vez, no século XIX, Karl Marx, com genial perspicácia teórico-crítica, apreendeu o significado da desefetivação humano-genérica nas condições do capitalismo histórico, identificando-a com o "esvaziamento" dos "indivíduos universalmente desenvolvidos", expressão utilizada por Marx para o homem-que-trabalha. Essa *alienação radical* significa que as relações dos indivíduos universalmente desenvolvidos, enquanto relações que lhe são próprias e comuns, se contrapoẽm a eles como potências independentes (o fetichismo social). Na verdade, o capitalismo global explicita hoje à exaustão, o problema do estranhamento que contém em seu cerne a candente contradição entre a universalidade da alienação dos indivíduos para consigo mesmo e para com os outros (o fetichismo social) e a universalidade e a generalidade das suas relações, capacidades e faculdades que tornam possível esta individualidade (processo civilizatório) (MARX, 2012). Na verdade, a solução necessária e urgente é o controle social da sociedade pelos produtores organizados, isto é, a democratização radical da sociedade.

Deste modo, a era da precarização estrutural do trabalho implica o desenvolvimento não apenas da precarização salarial, mas também – e principalmente – da PHT ou precarização do homem-que-trabalha, ou, como disse Marx, o "esvaziamento dos indivíduos universalmente desenvolvidos", condição de estranhamento mais difícil de aferir pelas estatísticas sociais. A PHT, síndrome invisível que afeta hoje o mundo do trabalho, se manifesta, por exemplo, na pletora de adoecimentos laborais, tema crucial que expressa o desmonte do homem. Não se trata apenas das camadas sociais pobres, mas inclusive de camadas médias do proletariado de serviços e administração pública, melhor posicionadas no mercado de trabalho, operários e empregados das grandes empresas do setor privado ou setor público, à mercê das novas práticas de organização da produção do capital.

A disseminação da lógica do trabalho abstrato hoje é maior do que nunca. A "década inclusiva" no Brasil foi uma década de intensa modernização capitalista no País. O neodesenvolvimentismo significou neomodernização capitalista, implicando a reposição da superexploração da força de trabalho no Brasil. O que significa que a precarização do homem-que-trabalha (PHT) atinge principalmente o âmago do "trabalho decente" no Brasil – trabalhadores assalariados com direitos – contribuindo para a degradação da qualidade de vida e desenvolvimento humano de amplas camadas do mundo do trabalho imerso na precariedade salarial regulada.

A PHT é função da pressão laboral que propicia a invasividade da vida pessoal pelos parâmetros do trabalho estranhado e a redução do tempo de vida a tempo de trabalho (como salientamos na equação da PHT). A lógica da pressão laboral – pressão por metas e assédio moral – cresceu bastante na década de 2000, tornando-se um traço compositivo das novas formas de gestão sob o espírito do toyotismo. O capitalismo global é o capitalismo manipulatório que tem como ideologia orgânica da produção de mercadorias, o toyotismo, um dos métodos de gestão mais perversos na intensificação do trabalho humano em toda história. O espírito do toyotismo permeia hoje a totalidade social (ALVES, 2011). A partir de meados da década de 1990 dissemina-se pelos *locis* de produção capitalista no País, o toyotismo sistêmico, isto é, o espírito do toyotismo como ideologia do neoprodutivismo global. Na verdade, no caso do Brasil, perpetua-se, mesmo com o crescimento da economia e a melhoria dos indicadores sociais, a síndrome da superexploração do trabalho que caracteriza nosso capitalismo dependente e, hoje, universalizada e generalizada no sistema do capitalismo global.

A *síndrome da precarização do trabalho* implica um conjunto de características em que se articulam mais-valia relativa (trabalho intenso) e mais-valia absoluta (longas jornadas) e ainda arrocho salarial, na forma da redução do salário real e salário relativo (ao mesmo tempo, aumenta-se o crédito para compensar a perda salarial). Temos ainda incremento da manipulação no consumo e na política como um quadro de perversidade salarial que adoece personalidades singulares.

Síndrome da superexploração do trabalho no Brasil

Trabalho intenso (mais-valia relativa)
Longas jornadas de trabalho (mais-valia absoluta)
Arrocho salarial (Redução do Fundo de Consumo)
Autoritarismo das *personas* do capital
Redução do valor de reprodução da força de trabalho
Controle biopolítico do trabalho vivo
Riscos à saúde e acidentes de trabalho

Mais exploração e mais doenças mentais

O jornal "Brasil de fato", de 8 a 14 de novembro de 2012, publicou uma longa reportagem intitulada "Mais exploração e mais doenças mentais". A reportagem assinada por Michelle Amaral, expressa o que indicamos acima. É um texto emblemático dos resultados humanos da "década inclusiva". Na verdade, a articulação orgânica entre mais-valia relativa e mais-valia absoluta, significando, desse modo, maior exploração. Trata-se, na verdade, nas condições do arrocho salarial e manipulação, da superexploração da força de trabalho, síndrome salarial que ocasiona, por conseguinte, mais adoecimentos laborais.

No bojo da máquina de extração de mais-valor, reside a lógica do toyotismo sistêmico, baseado na "captura" da subjetividade e na pressão laboral por metas e produtividade sob o estigma do medo – medo de perder o emprego, fonte de renda salarial necessária para pagar suas dívidas. Ao mesmo tempo, a degradação salarial oculta pela estabilização monetária, torna-se compensada, em parte, pelo acesso ao crédito. O que significa que o homem superexplorado é o homem endividado.

As características radicais da PHT são o desânimo, apreensão e angústia. Para aqueles que vivem a insatisfação com a função exercida e as pressões do trabalho, trabalhar torna-se uma tortura. Como observou a reportagem, de acordo com a Organização Mundial da Saúde (OMS), a depressão será a segunda causa da incapacidade para o trabalho até 2020. Atualmente, segundo dados do Instituto Nacional de Seguridade Social (INSS), os transtornos mentais e de comportamento ocupam o terceiro lugar em número de benefícios concedidos. Vejamos o gráfico a seguir:

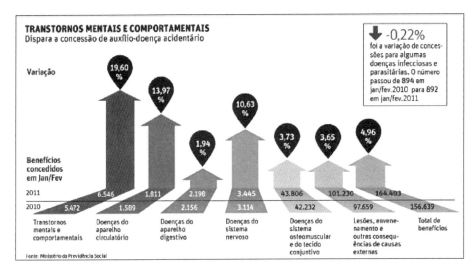

Na verdade, os transtornos mentais, como as depressões, têm sido uma das principais causas de afastamento do trabalho no Brasil. Em 2011, a Previdência Social concedeu mais de 15 mil aposentadorias por invalidez a trabalhadores vítimas de adoecimento mental. Já os auxílios-doença concedidos por causa de quadros depressivos chegaram a 82 mil em todo o país (entre 2010 e 2011, os benefícios concedidos para transtornos mentais e comportamentais cresceram cerca de 19,60%).

A concessão de auxílios-doença por causa de transtornos mentais e comportamentais em 2011 foi 20% maior do que em 2010, conforme dados da Previdência Social. No entanto, segundo especialistas, as notificações deste tipo de adoecimento ainda estão aquém do número real de casos. Na verdade, é bastante difícil estabelecer a relação entre o transtorno mental (efeito) e as condições de trabalho (causa). O adoecimento mental de trabalhadores ainda é um assunto tabu dentro das empresas, cercado de preconceitos, medos e desconhecimentos. Um detalhe: as profissões mais estressantes são as dos bancários; docentes; teleoperadores; condutores de ônibus; profissionais da área da saúde, da extração de minério de ferro, de confecções de roupas íntimas e do comércio em geral.

A invisibilidade social da PHT

Discutir a precarização do homem-que-trabalha hoje implica enfrentar uma densa névoa de invisibilidade permeada de preconceitos sociais. Por exemplo, muitas vezes, ao perguntar se na empresa há problemas de transtornos mentais, a resposta padrão é; não. Entretanto, logo percebe-se que o problema existe. Dessa forma, grande parte dos casos de adoecimento mental não é como acidente de trabalho e a maioria dos empregados acaba se afastando sem essa caracterização. Consequentemente, esses trabalhadores são privados do benefício previdenciário devido, mesmo nos casos em que há a notificação ao Instituto Nacional de Seguridade Social (INSS). Muitas vezes, os trabalhadores têm o tratamento médico adequado negligenciado. No momento do afastamento, os pacientes já recebem um prognóstico do tratamento, com o tempo para o retorno ao trabalho estabelecido.

Entretanto, quando se trata de problema mental não dá para se fazer um prognóstico. Instaura-se, desse modo, uma situação dramática para o trabalhador, que adoece por causa da atividade profissional, tendo em vista que se tem uma grande dificuldade de caracterizar o caso como doença do trabalho, além de receber um benefício de 120 dias no máximo e saber que depois desse período vai ter de voltar nas mesmas condições.

O trabalho estranhado impregna o próprio meio ambiente laboral com as relações de trabalho autoritárias que caracterizam a síndrome da superexploração do trabalho no Brasil. Apesar do toyotismo sistêmico, cujo método de gestão reduziu a presença das chefias intermediárias no controle do trabalho, existem, em muitos locais de trabalho no Brasil, chefias imediatas autoritárias que operacionalizam o cumprimento de "metas a qualquer custo". Na verdade, *péssimas condições de trabalho, jornada de trabalho prolongada, pressão por metas e produtividade, falta de tempo para a realização das tarefas laborais, ausência de pausas para descanso, pouca valorização do trabalhador, participação insatisfatória destes nas decisões das empresas e o medo do desemprego* são fatores que contribuem para o aumento da incidência de distúrbios psíquicos entre os trabalhadores.

Mas os transtornos mentais relacionados ao ambiente de trabalho atingem operários e empregados de todos os níveis de hierarquia de empresas públicas e privadas. Esta é uma evidência do toyotismo sistêmico e seus parâmetros de produtivismo disseminado pela totalidade social. A lógica do valor impregna – de alto a baixo – o mundo social do trabalho (ALVES, 2013). Além disso, a atividade profissional ocupa uma posição central na construção da identidade do indivíduo e as instituições (as empresas), clivadas pela lógica do trabalho abstrato, são também importantes espaços de socialização, sobretudo, nas grandes cidades. Na verdade, com o processo de redução do tempo de vida a tempo de trabalho que caracteriza o capitalismo flexível, passamos hoje mais tempo nas empresas do que em casa. Portanto, a forma como o trabalho está organizado e, principalmente, a qualidade das relações humanas impactam fortemente os estados mentais e emocionais das pessoas.

Outro aspecto que contribui para o adoecimento mental dos trabalhadores é a ideia de que o indivíduo deve doar-se completamente à atividade profissional. Esta é a ideologia do toyotismo sistêmico, cujo nexo essencial é "captura" da subjetividade do trabalho pelos valores do capital. As empresas toyotizadas e boa parte da mídia têm se empenhado para mostrar que cada vez mais há menos interesses conflitantes entre trabalhadores e empresas, o que dificulta o estabelecimento do limite subjetivo do trabalhador. Por exemplo, no plano léxico-discursivo, impõe-se, nos locais de trabalho, a palavra "colaborador". Todos os trabalhadores assalariados, imersos em relações de subalternidade estrutural perante o capital, são denominados "colaboradores". Essa condição faz com que as contradições existentes no trabalho sejam sentidas pelos trabalhadores como "uma traição" à empresa, gerando neles a culpa por não conseguirem doar mais de si mesmos e, consequentemente, surge o sofrimento psicológico e emocional. Enfim, os 'fracassos' são individualizados e os próprios trabalhadores se culpam por não corresponder às expectativas.

A organização do trabalho atual e o contexto do trabalho adoecedor, lócus da precarização do homem-que-trabalha, em nome de uma maior produtividade, exige que os trabalhadores tenham atribuições flexíveis e consigam trabalhar em várias frentes concomitantes, devendo ter individualmente um empenho considerado satisfatório. Desse modo, o desempenho de cada um é medido por meio do cumprimento de metas impostas pelas empresas, muitas vezes, consideradas abusivas pelo esforço e dedicação que requerem dos empregados.

Tais procedimentos de organização laboral, sob numa sofisticada base tecnológica de matriz informacional, expressa a vigência da mais-valia relativa, que caracteriza a grande indústria como forma social de produção do capital. A rigor, utilizamos alhures, a categoria de "maquinofatura" como nova forma de produção de capital hoje. Ela articula, num patamar superior, a "captura" da subjetividade do trabalho do capital e base tecnológica informacional) (ALVES, 2013) Na verdade, as dificuldades de se atingir o padrão estabelecido pela organização laboral da maquinofatura contribuem para o adoecimento físico e mental dos trabalhadores. Enfim, as metas pressionam na direção de um ritmo acelerado de trabalho, colocando o sujeito sempre no lugar de quem está devendo, de quem pode ser rebaixado.

Por exemplo, no caso do trabalho bancário, muitas vezes, além de dar conta do serviço de caixa, o empregado tem de cumprir as metas de vendas de produtos que eram impostas, sofrendo diversos tipos de pressão em relação ao cumprimento das metas. Para pressionar, eles colocam a vaga de emprego em dúvida, fazem reuniões antes do expediente com a desculpa de dar dicas, quando, na verdade, só querem fazer pressão sobre os empregados no local de trabalho.

A *individualização* (o que denominamos de dessubjetivação de classe) e a *culpabilização* pela impossibilidade de "dar conta" do trabalho (subproduto da "captura" da subjetividade do trabalho pela lógica do capital) são aspectos altamente adoecedores. Elas são as chaves sintomáticas do fenômeno do estranhamento e da precarização do homem-que-trabalha. Dessa forma, os fatores que levam ao desgaste mental estão relacionados com aquilo que é o nexo essencial do toyotismo sistêmico, isto é, a dessubjetivação de classe e a "captura" da subjetividade do trabalho pelo capital. O grau de assujeitamento ao qual o trabalhador é submetido no processo de trabalho contribui para o adoecimento mental.

A necessidade da regulação democrática e do controle social

Pode-se reivindicar a necessidade de se colocar limites à exploração da força de trabalho, para que se impeça a precariedade no ambiente laboral e seja permitido ao trabalhador transformar a atividade profissional de modo a respeitar o seu limite pessoal. Entretanto, o poder das grandes empresas no cenário do capitalismo global e a necessidade estrutural da superexploração da força de trabalho pelas cadeias produtivas do capital, na etapa de desenvolvimento histórico da sua crise estrutural, tornam tais reivindicações "reformistas" inverossímeis, tendo em vista que essa possibilidade implica, muitas vezes, diminuição da produtividade.

Nas condições da concorrência capitalista mundial hoje, torna-se uma necessidade para o empresariado colocar a saúde dos trabalhadores como fator de competitividade entre as empresas. Existe uma resistência política em alterar de modo significativo os contextos de trabalho adoecedores. É mera fantasia acreditar que o empresariado possa repensar o modelo de gestão nas empresas, que visa apenas à produtividade e ao lucro em detrimento da vida dos trabalhadores.

A lógica da superexploração da força de trabalho que caracteriza organicamente o capitalismo brasileiro, não significa hegemonia da "mais-valia absoluta". A superexploração da força de trabalho ocorre hoje sob a vigência da própria 'mais-valia relativa" – a intensificação do trabalho por meio de pressão pelo cumprimento de metas – mobilizando, desse modo, os procedimentos da mais-valia absoluta (longas jornadas de trabalho).

O desmonte do ambiente de trabalho adoecido implica desmontar as mediações de segunda ordem do capital baseadas na *divisão hierárquica do trabalho* e implantar a regulação democrática e o controle social nos locais de trabalho e nas organizações empresariais. Na verdade, o problema da organização do trabalho é que ela não é feita com base na percepção do trabalhador sobre a atividade a ser realizada. Na verdade, não se pode pensar a execução do trabalho sem levar em conta a opinião de quem vai executá-lo. Mas a propriedade privada e a divisão hierárquica do trabalho que caracterizam a produção do capital, tanto em empresas privadas, como em empresas públicas, torna-se usual – e necessário – segundo a ótica da extração de mais-valor, os métodos de pressão por cumprimento de metas que são absolutamente cruéis e influenciam diretamente a vida pessoal dos trabalhadores.

Entretanto, existe um paradoxo curioso (ou uma contradição insana) na lógica da superexploração da força de trabalho nas condições do toyotismo sistêmico. O estado mental e emocional dos trabalhadores impacta diretamente em sua capacidade de aprendizagem e de trabalho em equipe. O que significa que ele afeta diretamente a capacidade de a empresa implantar melhorias e inovações, condições fundamentais para a sua inserção competitiva nos dinâmicos mercados atuais.

Referências

ALVES, Giovanni. Dimensões da Precarização do Trabalho. Bauru: Editora Práxis, 2013.

ALVES, Giovanni *Trabalho e subjetividade: o espírito do toyotismo na era do capitalismo manipulatório*, São Paulo: Boitempo editorial, 2011.

_____. *O Novo (e Precário) Mundo do Trabalho: Reestruturação produtiva e crise do sindicalismo*, São Paulo: Boitempo Editorial, 2000.

_____. *A condição de proletariedade*, Bauru: Editora Praxis, 2009.

ALVES, Giovanni; VIZZACCARO-AMARAL, André Luiz e MOTA, Daniel Pestana. *Trabalho e Saúde – A precarização do trabalho e a saúde do trabalhador no século XXI*. São Paulo: LTr, 2011.

Banco Central do Brasil Indicadores econômicos consolidados. Disponível em: http://www.bcb.gov.br/?INDECO. Acesso em 27 de fevereiro de 2013.

AMARAL, Michelle. Reportagem "Mais exploração, mais doenças mentais", *Jornal Brasil de Fato,* 8 a 14 de novembro de 2012.

MARX, Karl. *Manuscritos econômico-filosóficos*. São Paulo: Boitempo editorial, 2004.

_____. *Grundrisse*. São Paulo: Boitempo editorial, 2012.

OLIVEIRA, Francisco de et al. "Apocalypse Now: O 'Coração das Trevas' do Neoliberalismo" . Oliveira, Francisco e Comin, Alvaro (orgs.) *Os Cavaleiros do Antiapocalipse. Trabalho e Política na indústria automobilistica* (São Paulo: Entrelinhas/Cebrap), 1999.

OIT. *Perfil do Trabalho Decente no Brasil: um olhar sobre as Unidades da Federação*. Brasília: OIT, 2012.

IPEA . "A Década Inclusiva (2001-2011): Desigualdade, Pobreza e Políticas de Renda", *Comunicado 155 do IPEA***.** Brasília: IPEA, 2012.

LUKÁCS, Georg. Ontologia do Ser Social, Volume 2. São Paulo: Boitempo editorial, 2013.

POCHMANN, Marcio. *O emprego na globalização – A nova divisão internacional do trabalho e os caminhos que o Brasil escolheu*. São Paulo: Editora Boitempo, 2001;

Capítulo 2

DIREITOS HUMANOS E O TRABALHO DAS MULHERES

Uma *Face* dos Direitos Humanos e Culturais[13]

Ana Rita Santiago

Algumas Palavras Iniciais

Os Direitos Humanos, como princípios de transformação social, conquista de equidade e exercício da alteridade, são, indubitavelmente, estratégias relevantes de superação das desigualdades sociais e étnicorraciais. Contudo, haveremos de reconhecer que a sua existência, há tantas décadas, ainda não tem sido garantia efetiva e eficaz, no Brasil, de democratização de bens sociais, civis e culturais, sobretudo, às populações empobrecidas urbanas e rurais e às indígenas e negras. Nelas, reconhecemos inclusive o não cumprimento de tais direitos, o

---

13   Este texto traz uma abordagem parcial da conferência *Direitos Humanos, Ética e Trabalho*, proferida na durante o VI Seminário *Direitos Humanos no Século XXI* realizado na Faculdade de Filosofia e Ciências, Universidade Estadual Paulista, *Campus* de Marília-SP, promovido pelo Núcleo de Direitos Humanos e Cidadania de Marília, realizado entre os dias 26 e 28/9/2012.

que resulta em índices alarmantes, dentre outros, de miséria, pobreza, desemprego, violências e, por conseguinte, de injustiças sociais.

A Declaração Universal de Direitos Humanos (1948), em seu artigo XXIII, ao se referir ao Trabalho assegura o direito ao trabalho, à livre escolha de emprego, a condições justas e favoráveis de trabalho e à proteção contra o desemprego; direito à igual remuneração por igual trabalho; direito a uma remuneração justa e satisfatória; e direito à organização sindical. Não obstante isso, ao nos depararmos, por exemplo, com índices divulgados pelo IBGE, DIEESE/SEAD, IPEA e outros segmentos afins, sobre as populações negras e o mercado de trabalho, o que vemos desfilar são informações que apontam graves desigualdades entre negros e não negros. Além disso, constatamos que tais dados, nacionalmente, mostram que a discriminação racial é um fato cotidiano, interferindo em todos os espaços do mercado de trabalho brasileiro.

Tal situação se agrava mais ainda quando agregamos o recorte racial ao de gênero, ratificando assim valores, construções e papéis socioculturais atribuídos, historicamente, a homens e mulheres negros e não negros expressos nas relações familiares e em espaços privados e públicos.

Sob a esteira dos Direitos Humanos e o Trabalho ainda podemos estabelecer correlações com o direito à autoria de mulheres negras como garantia dos Direitos Culturais. Esses, como parte integrante dos Direitos Humanos, estão intrinsecamente relacionados aos direitos fundamentais, visto que a cultura é um direito básico do/a cidadão/ã, tão importante quanto o direito ao voto, à moradia, à alimentação, à saúde e à educação.

A escrita literária — produzida por mulheres negras, embora silenciada, cerceada e ausente da tradição da literatura brasileira, que é, histórica e quase exclusivamente, constituída por um cânone masculino — tem sido um exercício laboral efetivo de construções discursivas e narrativas diferenciadoras, inovadoras, transgressoras. Como veremos neste texto, tem sido inclusive uma constante busca do reconhecimento de sua autoria, bem como do seu direito ao trabalho.

1. Direitos Culturais: *Filhos Pródigos* dos Direitos Humanos

Ao considerarmos as culturas como produções humanas (bens materiais) e expressões simbólicas (estéticas e antropológicas (patrimônios e bens imateriais)), haveremos de reconhecê-las como parte dos direitos fundamentais das pessoas. Ao entendê-las como diversas, também somos motivados a perfilhar as diferentes formas simbólicas como um patrimônio, reconhecendo-o como economia e produção de desenvolvimento e adotando o outro diferente de nós como valor positivo.

Tal adesão à diversidade se dá de muitos modos, também de forma crítica e sem omitir os conflitos existentes em nossa formação histórica e social, o que significa um passo adiante dos multiculturalismos e dos regimes de tolerância. Ainda assim, o reconhecimento das diferenças culturais que nos enriquecem não apaga as desigualdades sociais que ainda marcam e empobrecem nossa sociedade. Desse contexto justificam – se os direitos culturais e, por consoante, as políticas culturais, que visam ao acesso aos bens culturais, à memória e ao patrimônio artístico e histórico.

Os Direitos Culturais estão indicados no artigo XXVII da Declaração Universal dos Direitos Humanos (1948): direito a tomar parte livremente na vida cultural da comunidade, de fruir as artes e de participar do progresso científico e dos seus benefícios e à proteção dos interesses morais e materiais ligados a qualquer produção científica, literária ou artística da sua autoria. Como se constata, são direitos relacionados ao respeito pela identidade cultural das pessoas (língua, etnia, religião, tradições etc); à produção cultural; ao acesso à educação e à cultura e à participação de todos na vida cultural das sociedades.

Os Direitos Culturais, conforme Francisco Humberto Cunha Filho (2008), referem-se ao direito à livre participação na vida cultural; à livre criação (dimensão ativa); à fruição (dimensão passiva); à identidade cultural; e ao direito-dever de cooperação cultural internacional. Desse modo, baseiam-se, segundo esse estudioso, nas seguintes dimensões:

a) A cultura como expressão da identidade de uma comunidade, de um povo;
b) A cultura como educação, ciência e cultura em seus mais amplos e restritos sentidos;
c) A cultura como criação e fruição de bens de cultura.

Ademais, tais direitos culturais são formas de expressão, modos de criar, fazer e viver criações científicas, artísticas e tecnológicas. São inclusive um livre exercício dos cultos religiosos, bem como uma livre expressão da atividade intelectual, artística, científica e de comunicação e de direitos do autor.

A Constituição Brasileira de 1988 garante a todos o pleno exercício dos direitos culturais.

> **Art. 215.** *O Estado garantirá a todos o pleno exercício dos direitos culturais e acesso às fontes da cultura nacional, e apoiará e incentivará a valorização e a difusão das manifestações culturais.*
>
> *§ 1º – O Estado protegerá as manifestações das culturas populares, indígenas e afro-brasileiras, e das de outros grupos participantes do processo civilizatório nacional.*
>
> *§ 2º – A lei disporá sobre a fixação de datas comemorativas de alta significação para os diferentes segmentos étnicos nacionais.*
>
> *§ 3º – A lei estabelecerá o Plano Nacional de Cultura, de duração plurianual, visando ao desenvolvimento cultural do País e à integração das ações do poder público que conduzem à:*
>
> *I – defesa e valorização do patrimônio cultural brasileiro;*
>
> *II – produção, promoção e difusão de bens culturais;*
>
> *III – formação de pessoal qualificado para a gestão da cultura em suas múltiplas dimensões;*
>
> *IV – democratização do acesso aos bens de cultura;*
>
> *V – valorização da diversidade étnica e regional.*

Aparatos legais existentes, nacional e internacionalmente, em prol do cumprimento desses direitos, pois, compreendem-lhes em suas amplas dimensões e princípios como afetos às artes, à memória coletiva e ao fluxo de saberes, que asseguram a seus titulares o conhecimento e uso do passado, interferência ativa no presente e possibilidade de previsão e decisão de opções referentes ao futuro, visando sempre à dignidade da pessoa humana. Sua democratização, entretanto, ainda é uma realidade quase inexistente e distante do cotidiano de milhões de brasileiros, tornando-os simplesmente meros *filhos pródigos* dos direitos humanos. Prova disso, por exemplo, são os baixos índices de acesso e participação de brasileiros das classes populares e das comunidades indígenas e negras brasileiras em ações culturais, tais como visitas aos museus, bibliotecas, memoriais, presença em teatros, cinemas, salões de artes etc.

Urgem, diante disso, que agendas emergentes e emergenciais, a um só tempo, se estabeleçam para reversão dessa realidade, tendo em vista o entendimento de que os Direitos Culturais são também fundamentais tanto quanto o direito, dentre outros, à moradia, à educação, à saúde e à segurança. Assim, precisam ser conquistados em suas amplas proposições, acordos e diretrizes. Necessário se faz ainda que o direito à autoria, sobretudo de escritoras negras, seja assumido entre nós como um bem cultural, o qual demonstra uma livre expressão da atividade intelectual e artística.

2. Direito à Autoria de Mulheres Negras

Não são poucos os debates que circulam no Brasil em torno das denominadas *literatura de autoria feminina, escritura feminina,* literatura de mulheres e literatura feminina/feminista. Neles, evidenciam-se argumentos e contra-argumentos, permeados de indagações, que garantem agendas e fóruns acadêmicos e literários, bem como estudos e publicações concernentes às temáticas afins às designações[14]. Liane Schneider, ao abordar sobre esses conceitos, problematiza-os,

---

14   Ver, dentre outros, estudos sobre Mulher e/na Literatura: Butler (1987); Cavalcanti (2006); Duarte (2005); Fonseca (2002); Hawkesworth (2006); Lobo (2006); Moreira (2003); Muzart (2004); Schneider (2007); Schmidt (2006); Spivak (1990) e Xavier (1991).

132

reconhecendo possíveis desconfortos provocados por eles, bem como seus limites e, ao mesmo tempo, chama atenção para a necessidade do enfrentamento das múltiplas tensões recorrentes do projeto literário de *escrita feminina ou feminista*:

> *Assim, se as literaturas produzidas por mulheres que se vinculam a tais projetos emancipatórios e antipatriarcais são definidos como 'escrita feminina', deve-se garantir que esse significante (escrita feminina) esteja carregado de todas as tensões que compõem o tecido cultural, não sendo inscrito nem limitado por uma visão binária e naturalizada de mundo. [...] mais uma vez aqui, mesmo denominando-se eventualmente tal produção de 'escrita feminista', também não estaríamos seguras quanto a qual dos feminismos (da experiência, da diferença, da desconstrução, marxista, etc.) estaríamos nos referindo. Além disso, haveria (assim como há) autoras que produziriam um texto 'feminista', sem, no entanto, aceitarem, de bom grado, tal classificação [...].* (SCHNEIDER, 2007, p. 1)

Em meio a esses questionamentos e outras tensões sobre a validade e pertinência de termos como *literatura escrita por mulheres; literatura feminina*, que se define, segundo Sara E. Guardia (2007), como um conjunto de textos literários produzidos por mulheres e *escritura/ escrita feminina*, para reiterar a participação de mulheres na produção literária, conforme Schneider (2007), vale reconhecer que a literatura — como expressão de arte e também um direito cultural, produzida em sociedades hierárquicas e patriarcais, tais como as ocidentais e oriundas delas — é, historicamente, uma manifestação artística que, embora, invisibilizada, a mulher se fez presente. Ainda assim, só entre os séculos XVIII e XIX começaram a aparecer mulheres escritoras na tradição literária europeia, como declara Raquel E. Gutiérrez, até então negadas em "[...] um cânone quase exclusivamente masculino e predominantemente do primeiro mundo, europeu e da classe dominante [...]" (GUTIÉRREZ, 2004, p. 33). Norma Telles refere-se a essa realidade histórica como uma prática de *censura*.

Os silêncios cercavam e cercam o patrimônio cultural das mulheres. Cada nova geração precisa refazer os passos e retomar os caminhos. Octavio Paz afirma que autores não lidos são vítimas do pior tipo de censura possível – a indiferença. O silêncio, o não dizer, não é ausência de sentido; ao contrário, o que não se pode dizer é o que atinge ortodoxias, as ideias, o interesses e paixões dos dominantes e suas ordens [...]. (TELLES, 1992, p. 50)

Mesmo sendo esse o período em que apareceram algumas mulheres escritoras no cenário literário europeu, há de se estar ciente de que não foi apenas nesse continente e no século XIX que elas produziram sua escrita. Mesmo assim, é importante assinalá-lo, pois é um dos indicativos de conquista da esfera pública e de transgressão, contrariando a natureza e o espaço, a elas, respectivamente, destinados: subalternas e cuidadoras de entes e do lar.

Para Guardia, preocupações em torno da educação feminina, advindas de alguns eventos históricos, tais como a constituição das repúblicas na Europa, as mudanças nas instituições de poder, vividas nos séculos XVII e XVIII, as revoluções francesa e industrial foram eventos históricos que fomentaram a participação feminina na literatura, por meio de revistas e outras publicações, escritas por elas e a elas destinadas, bem como a formação de organizações literárias. Essa pesquisadora faz ainda referência à ausência de escritoras na literatura latino-americana, que também se institui como uma voz hegemonicamente masculina, citando alguns de seus nomes e assinalando estratégias, por elas utilizadas, para proporcionar o reconhecimento de sua escrita.

[...] não foi fácil romper o silêncio para as escritoras latino-americanas do século XIX, em um clima de intolerância e hegemonia do discurso masculino. Referimo-nos a Gertrudes Gómes de Avellaneda (Cuba 1814-1873), Juana Manuela Gorriti (Argentina 1818-1892), Maria Firmina dos Reis (Brasil 185-1917), Mercedes Cabello de Carbonera (Peru 184-1909), Lindaura Anzoátegui (Bolívia 1846-18980), Clorinda Matto de Turner

(Peru 1858-1909), e Adélia Zamudio (Bolívia 1854-1928). Excluídas e marginalizadas do sistema de poder, estas escritoras outorgaram voz aos desvalidos excluídos, questionando as relações inter-raciais e de classe. (GUARDIA, 2007, p. 4)

Os textos literários, por elas produzidos, pois, fazem críticas a esse silenciamento e questionam a cultura ocidental e tradicional, que se figura como um discurso falocêntrico, pois, como afirma Guardia, "[...] Ao longo desta escritura, encontraremos eixos temáticos que aparecem de maneira permanente em romances, contos e poesia, que poderíamos sintetizar em um só anseio, a busca de uma voz própria" (GUARDIA, 2007, p. 2). Há, por isso, em vozes literárias femininas, esforços no sentido de afirmarem-se como escritoras, uma de suas identidades, uma vez que suas representações tornam-se múltiplos modos de reconhecimento e redefinição de si mesmas.

A *literatura feminina*, neste ínterim, se destaca pelas enunciadoras, ou seja, por *quem escreve*: são sujeitos que vivem em situações as mais adversas por serem mulheres e vislumbram outros mundos, outras vidas e outros homens e mulheres por meio da estética textual. Elas autorizam-se a escrever como sujeitos que enunciam dizeres e contra-dizeres de si. Com essa experiência, a escrita feminina se afirmara e se dinamizara, no século XX, ao interagir com trajetórias, pressupostos, postulados e ideais do movimento feminista. Foi, inclusive, nesse tempo, que a *literatura feminina* se consolidou, em meio a questionamentos e discussões sobre o binarismo homem x mulher, dominação mascu-lina, gênero, relações de poder, corpo etc. Foi, nesse século, também, a partir da década de 1970, que ela se afirmou como possibilidade de ser uma *voz* mediante as vicissitudes e realidades, vividas pelas mulheres, bem como uma resposta resistente aos procedimentos de apagamentos, a que se subjugaram, por séculos.

Assim, por meio de narrativas e poéticas, um eu ficcional, afir-mado pelo eu autoral, tornou-se possível expressar dilemas consti-tuídos entre a mulher literária e a mulher estereotipada pela cultura androcêntrica que lhe reduzira a *rainha do lar*, já que a arte literária, em muitos momentos, movida pela tradição patriarcal, incumbiu-se de reforçar uma suposta *natureza feminina*, pautada em domesticidades, fragilidades, submissão, sentimentalismos, emoções e sensibilidades exacerbadas e pouca racionalidade. Desse modo, a escritura feminina se dimensiona ainda pelas narrativas e textos poéticos com marcas de jogos de resistência, de experiências, afetos e desafetos, sonhos, angústias e histórias de mulheres.

Certamente, vale ressaltar que a *literatura feminina* não se configura por tentar sobrepor aquela produzida pelos homens ou pelo seu estilo e forma, ou como expressão de uma possível *subjetividade feminina*, ou ainda tão somente por ser escrita por mulheres, mas pelas suas temáticas e representações de personagens femininas, tensionadas e nutridas pelos desejos de autonomias políticas e culturais e pelos anseios por conquistas do espaço público. Desse modo, é uma textualidade que se pretende *transgressora* e *revolucionária*, uma vez que almeja quebrar com tramas opressivas e de aprisionamentos do pensamento masculino, já postos pela linguagem, por conseguinte pela comunicação, concepções de mundo e pelas relações de poder.

Mas que mulheres, no Brasil, escrevem, publicam e ainda conseguem forjar uma crítica feminista e um público leitor? Infelizmente, apenas poucas mulheres usufruem, histórica e satisfatoriamente, desse prestígio e *rituais* peculiares ao ofício da arte da palavra. Apesar de Maria Firmina dos Reis, brasileira, descendente de africanos, citada acima por Guardia e por outros/as pesquisadores/as feministas, ser considerada a primeira romancista abolicionista e de outras mulheres negras produzirem literatura, por exemplo, do século XVIII aos nossos dias, ainda constato uma ausência significativa delas em espaços e mercados culturais e literários.

Esse cerceamento do *eu autoral* dessas mulheres, decerto, se associa a outros mecanismos de exclusão e de racismo, constituindo-se como ecos relevantes de tramas que envolvem as relações étnico-raciais e de gênero no Brasil. Miriam Alves explica sobre o *anonimato* que perseguem autores/as negros/as:

> *A produção literária de autores e autoras negras vive em verdadeiros sacos de varas. Primeiro é acusada de essencialismo,*

depois é punida com o anonimato. Trata-se de um anonimato complexo, que retira a legitimidade do negro como escritor. A esse escritor é reservado um lugar de objeto de estudos no discurso dos pesquisadores, ou seja, alguém que só tem existência através do agenciamento do outro [...] Na verdade, existe a prática de defender o status quo *da literatura e a visão de que é um lugar reservado a determinados assuntos, específicos das suas formas de abordagens.* (ALVES, 2002, p. 235)

Com isso, produções literárias de mulheres negras ainda estão ausentes, consideravelmente, de inventários da *literatura feminina*, bem como de diversas instâncias acadêmicas, artísticas e culturais em torno da mulher e/na literatura. Seus postulados e proposições não atendem, satisfatoriamente, às demandas e vicissitudes da constituição de suas vozes literárias femininas negras. Essas constatações levam a inferência de que práticas de apagamento da *escrita feminina* também atinjam autoras negras e, talvez mais intensamente, uma vez que são agravadas pelas relações desiguais, inclusive do ponto de vista étnico-racial, e não apenas de gênero, muito presentes em redes e tradições literárias brasileiras.

A estética de mulheres, dessa maneira, põe-se em um lugar de criação de uma textualidade em interação com histórias, desejos, resistências e insurgências, com memórias pessoais e coletivas e identidades negras e de gênero. Coloca-se ainda em um território discursivo e imaginário desconstrutor de marcas identitárias amparadas em representações que inferiorizam universos e repertórios culturais negros e de gênero e construtor de tessituras que os valorizam e abalam significantes que os estigmatizam. Nessa perspectiva, por esse projeto literário, figuram-se discursos estéticos inovadores e diferenciadores em que vozes literárias negras e femininas, destituídas de submissão, assenhoram-se da escrita para forjar uma estética textual em que se (re) inventam a si e a outros e se cantam repertórios e eventos histórico-culturais negros. Por conta disso inclusive C. Evaristo (2005, p. 54), também pesquisadora, assegura a validade e pertinência da literatura produzida por mulheres negras no Brasil:

Se há uma literatura que nos inviabiliza ou nos ficciona a partir de estereótipos vários, há um outro discurso literário que pretende rasurar modos consagrados de representação *da mulher negra na* literatura. *Assenhorando-se "da pena", objeto representativo do poder falocêntrico branco, as escritoras negras buscam inscrever no corpus literário brasileiro imagens de* autorrepresentação. *Criam, então, uma literatura em que o* corpo-mulher-negra *deixa de ser o corpo do "outro" como objeto a ser descrito, para se impor como* sujeito-mulher-negra *que se descreve, a partir de uma subjetividade própria experimentada como mulher negra na sociedade brasileira. Pode-se dizer que o fazer literário das mulheres negras, para além de um sentido estético, busca semantizar um outro movimento a que abriga todas as nossas lutas. Toma-se o* lugar da escrita, *como direito, assim como se torna o* lugar da vida. (EVARISTO, 2005, p. 54)

Escritoras negras, desse modo, ao criarem contradizeres que desestabilizam discursos que recalcam sua escrita, as relações de poder nas tramas do racismo e do sexismo, por exemplo, imbricadas com outras relações, universos e sujeitos, tornam-se um de seus *lugares* também diferenciadores de dialogicidade, transgressões e de exercício de um direito cultural como em "Meu poema", de Rita Santana:

Levei nove meses gerando um poema,
E o meu marido louco em questões de paternidade.
Nunca confesso o meu verso!
Trepadeira sobe na parede da casa,
E eu como a casca de barro entre a tinta e o tijolo.
Gosto de comer terra quando acordo.
Quando nasce um fiz temperada e chamei amigos,
Usei algodão de chita.
Ele sério, cismado, num canto,
E eu sempre grávida
De nove em nove, paria um poema
E era festa lá em casa.

Se contasse, inspiração ia embora,
Levando ovário, útero e as trombetas.
Eu fico é quieta,
Servindo temperada como minha camisola de Musa.
(SANTANA, 2006, p. 72)

Um fazer literário, com esse tom, por consoante, circunscreve identidades negras e de gênero por uma escrita de si e do outro, em que vozes ecoam em defesa da justiça, da liberdade e de novos significados à rotina e às guerras diárias, com traços de um eu político-humano e lírico que enfrenta vicissitudes, feridas, ausências e dores individuais e coletivas. Circunscreve também por cantar sonhos, experiências e visões de mundo, bem como preconizar, pelo imaginário, identidades negras femininas e suas conquistas de autonomia, uma vez que garante um direito à fala poética e narrativa, por meio de significantes que sugerem consciência da negação de suas lutas e ao mesmo tempo anseio, ainda que imaginários, por entendimento, liberdade, reconhecimento, contestação, *revolta* e mudança.

Destarte a autoria, como exercício de direito, é por elas exercida em contextos diversos e ocorre de maneira vária, tendo por vezes similaridades, quando pelos discursos operacionalizam versos e prosas que subvertem qualidades construídas em relação a sua escrita e promovem fissuras imaginárias em saberes e poderes que interditam seus ditos e escritos. Para isso, elas trazem o desafio da primeira pessoa como uma voz ficcional feminina emancipada, revertendo histórias de subordinação e de negação de si/outras, de seus ancestrais, de suas histórias e memórias.

Ainda Algumas Considerações

Ao engendrar essas discussões em torno de direitos humanos, culturais e autoria, torna-se imprescindível evidenciar que mulheres negras, de várias partes do Brasil, embora ausentes de circuitos editoriais e literários instituídos, elas escrevem, publicam e tensionam as interdições de suas vozes autorais, abalando os discursos depreciativos sobre si e suas africanidades[15]. Por conta disso, elas têm desenvolvido estratégias e ações para banir práticas de apagamento de sua escritura e, por conseguinte, promover a visibilidade de suas obras e de sua assinatura.

A reflexão, aqui apresentada, possivelmente aponta alguns desafios que se desenham em percursos dos direitos humanos e culturais, posto que o direito à autoria de escritoras negras como legítimo e como parte do rol dos direitos humanos fundamentais, inclusive ao trabalho, não se configura como ações simples e dadas. Implica entender seus textos como escrituras literárias deslocadas de discursos, narratividades e representações fixos e rígidos em relação às populações negras diaspóricas, às memórias e histórias africano-brasileiras, compreendendo-os como uma invenção complexa e quase sempre tensionada.

Construir uma autoria com esses traços também lhes exige movimentar *jogos* de significações já impostos às suas obras, sem excluí-los ou colocá-los em oposição, mas *sob rasura*, isto é, descentralizá-los com o reconhecimento de que um significado é flutuante e, de modo imperceptível, pela linguagem, apoia-se e se transforma em outros.

Referências

ALVES, Miriam. *Cadernos Negros (número 1): estado de alerta no fogo cruzado*. In: FONSECA, Mª Nazareth Soares; FIGUEREDO, Mª do Carmo (Org.). *Poéticas afro-brasileiras*. Belo Horizonte: Mazza: PUC-Minas, 2002.

BEZERRA, Kátia da Costa. *Vozes em dissonância*. Mulheres, memória e nação. Florianópolis: Ed. Mulheres, 2007.

---

15 A expressão *africanidades*, segundo a estudiosa Petronilha B. da Silva (2003, p. 26), "[...] refere-se às raízes da cultura brasileira que têm origem africana. Dizendo de outra forma, queremos nos reportar ao modo de ser, de viver, de organizar suas lutas, próprio dos negros brasileiros e, de outro lado, às marcas da cultura africana que, independentemente da origem étnica de cada brasileiro, fazem parte do seu dia a dia [...]".

BRASIL. *CONSTITUIÇÃO DA REPÚBLICA FEDERATIVA DO BRASIL*, Edição Administrativa do Texto Constitucional promulgado em 05.10.998, com as alterações adotadas pelas EC na 1/1992 a 52/2006 e pelas EC de Revisão nºs 1 a 6/1994, Brasília – DF, Senado Federal, 2006.

BUTLER, Judith. Variações sobre sexo e gênero: Beauvoir, Wittig e Foucault. In: BENHABIB, Seyla & CORNELL, Drucilla. *Feminismo como crítica da modernidade*. Rio de Janeiro: Editora Rosa dos Tempos, 1987.

CASHMORE, Ellis. *Dicionário de relações étnicas e raciais*. São Paulo: Selo Negro edições, 2000.

CAVALCANTI, Ildney et al. *Da mulher às mulheres*: dialogando sobre literatura, gênero e identidades. Maceió: UFAL, 2006.

CUNHA FILHO, Francisco Humberto. *Cultura e democracia na Constituição Federal de 1988*: a representação de interesses e sua aplicação ao programa nacional de apoio à cultura. Rio de Janeiro: Letra Legal, 2004.

TELLES, Mário Ferreira de Pragmácio e COSTA e Rodrigo Vieira (Org.). *Direito, arte e cultura*. Fortaleza: Sebrae/CE, 2008.

DUARTE, Constância Lima. Literatura e feminismo no Brasil: primeiros apontamentos. In: MOREIRA, Nadilza Martins de Barros; SCHNEIDER, Liane (Orgs.). *Mulheres no Mundo*. Etnia, Marginalidade e Diáspora. João Pessoa: Ed. Universitária, Idéia, 2005.

EVARISTO, Conceição. *Gênero e etnia: uma escre(vivência) de dupla face*. In: MOREIRA, Nadilza Martins de Barros e SCHNEIDER, Liane (Orgs.). *Mulheres no Mundo. Etnia, Marginalidade e Diáspora*. João Pessoa: Ed. Universitária; Idéia, 2005.

FONSECA, Maria Nazareth Soares. Corpo e voz em poemas brasileiros e africanos escritos por mulher. In. ____. (Org) *Gênero e representação nas literaturas de Portugal e África*. Belo Horizonte: Pós-graduação em Letras: Estudos Literários: UFMG, 2002.

GUARDIA, Sara Beatriz. *Literatura y Escritura femenina en América Latina*. Anais do XII Seminário Nacional Mulher e Literatura e do III Seminário Internacional Mulher e Literatura – Gênero, Identidade e Hibridismo Cultural. Disponível em http://www.uesc.br/seminariomulher/anais/index.htm. Acesso em: 15/03/2009.

GUTIÉRREZ ESTUPIÑÁN, Raquel. *Una introducción a la teoría literario feminista*. México: Instituto de Ciencias Sociales y Humanidades Benemérita. Universidad Autónoma de Puebla, 2004.

HAWKESWORTH, Mary. A semiótica de um enterro prematuro: o feminismo em uma era pós-feminista. *Revista Estudos Feministas*. Florianópolis, v. 14, n. 3, p. 737-763, 2006.

LOBO, Luiza. *Crítica sem juízo*. Rio de Janeiro: Francisco Alves, 1993.

_____. *Guia de escritoras da literatura brasileira*. Rio de Janeiro: EDUERJ, 2006.

MOREIRA, Nadilza M. de B. A angústia da criação na autoria feminina, uma questão atual? In: MOREIRA, Nadilza Martins de Barros; SCHNEIDER, Liane (Org.). *Mulheres no Mundo*. Etnia, Marginalidade e Diáspora. João Pessoa: Ed. Universitária; Idéia, 2005.

MUZART, Zahidé Lupinacci (Org.). *Escritoras brasileiras do século XIX*. Florianópolis: Editora Mulheres; Santa Cruz do Sul: EDUNISC, 2004. v. 2.

SALGUEIRO, Mª Aparecida Andrade. *Escritoras negras contemporâneas*. Rio de Janeiro: Caetés, 2005.

SANTANA, Rita. Meu poema. In: *Tratado das veias*. Salvador: Fundação Cultural do Estado da Bahia, 2006.

SCHMIDT, Rita Terezinha. Mulher e Literatura: histórias de percurso. In: CAVALCANTI, Ildney *et al. Da mulher às mulheres*: dialogando sobre literatura, gênero e identidades. Maceió: UFAL, 2006.

SCHUMAHER, Schuma; BRAZIL, Érico Vital (Org.). *Dicionário Mulheres do Brasil*. De 1500 até a atualidade. Rio de Janeiro: Jorge Zahar 2000.

SCHNEIDER, Liane. *Literatura de mulheres', 'literatura feminista' ou 'escrita feminina'*: sinônimos ou áreas de tensão? Labrys, études féministes/ estudos feministas, Brasília: UnB, janvier/juin; janeiro/junho, 2007.

SCOTT, Joan. *Gênero*: uma categoria útil de análise histórica. Educação & Realidade. Porto Alegre, v. 20, n. 2, p. 71-99, jul/dez. 1995.

SILVA, Ana Rita Santiago da. A literatura de escritoras afro-brasileiras: uma outra (re) invenção de identidade e diversidade. In: NÓBREGA, Geralda Medeiros; DIONÍSIO, Ângela; JUSTINO, Luciano B.; JOACHIM, Sebastien (Orgs.). *Cidadania Cultural. Diversidade cultural. Linguagens e Identidades*. Recife: Elógica Livro Rápido, 2007.

SPIVAK, Gayatri C. *The post-colonial critic*: interviews, strategies, dialogues. Ed. Sarah Harasym, NY: Routledge, 1990.

TELLES, Norma. Autor+a. In: JOBIM, José Luís, (Org.). *Palavras da crítica*. Rio de Janeiro: Imago, 1992.

XAVIER, Elódia.*Tudo no feminino*. A mulher e a narrativa brasileira contemporânea. Coletânea de ensaios. Rio de Janeiro: Francisco Alves, 1991.

Professores e Professoras na Educação Infantil: trabalho avaliado com dois pesos e duas medidas

Valeria Pall Oriani

> *Na classe do maternal, uma criança faz cocô na calça. Como qualquer professora faria, o professor vai limpar o aluno no banheiro. Mas essa cena, tão corriqueira na vida das crianças na escola, adquire um ar inusitado. E todos os outros 15 alunos, silenciosos e atentos, acompanham os dois ao banheiro, olhando o professor, um homem, pôr a mão na merda.* (BORGES, Adélia. *Revista Mulherio*, 1983)

Passados 30 anos da matéria apresentada na epígrafe, muitas mudanças ocorreram no mundo do trabalho tanto para homens quanto para as mulheres. Entretanto, apesar de um grande número de direitos trabalhistas conquistados, quando nos deparamos com homens atuando em atividades reconhecidas como tipicamente femininas como a Educação Infantil, ainda conservamos esse *ar inusitado* mencionado pela autora.

Mesmo parecendo um tanto quanto explícita ao descrever a atividade que o professor está se dispondo a realizar com a criança no banheiro, a crítica da autora se evidencia ao mencionar que para a mulher essa ação é "corriqueira", permitindo a associação da mulher à visão de um trabalho essencialmente maternal, *natural para a mulher* e, portanto, comparado ao doméstico.

Essa seria, então, uma das características que nos remete ao possível *ar inusitado*, quando um homem atua em uma profissão que o obriga a desempenhar um papel que de acordo, com a representação social, a mulher está destinada a cumprir, dada sua capacidade natural para a maternidade.

Ainda se tratando da matéria da epígrafe intitulada "Homem, *sweet* homem", um dos professores entrevistados questiona a denominação Maternal, que se refere à determinada faixa etária na Educação Infantil, em que as crianças necessitam de cuidados, tais como o referido na epígrafe. Para este entrevistado a denominação em questão poderia ser substituída por "Paternal", tendo em vista a possibilidade da quebra do estereótipo da maternidade e o emprego de uma nova perspectiva para a Educação Infantil, em que um homem não se impressiona em ocupar um papel considerado feminino em meio a uma sociedade tipicamente machista.

No entanto, a mudança da denominação não representa o maior dos problemas relacionados à atuação feminina e masculina na Educação Infantil, pois trata-se de fatores como a perspectiva histórica relacionada ainda ao assistencialismo, em que os cuidados têm um peso diferente do educar e das diferentes avaliações em relação ao trabalho da mulher e do homem.

Nesse sentido, o objetivo deste artigo é problematizar algumas questões que se referem às diferentes perspectivas quanto à atuação dos professores e das professoras na Educação Infantil. Tais questões se referem ao desenvolvimento de pesquisa de mestrado[16] e doutorado[17], nas quais o gênero da docência nesse nível de ensino foi considerado como referencial para avaliar questões como as práticas pedagógicas e suas referências em relação ao trato com as crianças e suas manifestações quanto à sexualidade.

A característica "Maternal" da Educação Infantil

Na década de 1970 a Educação Infantil foi alvo de conquista pelas mulheres que procuravam sua independência por meio do trabalho e que, portanto, precisavam de um porto seguro para seus filhos. Entretanto, a perspectiva de cuidados que se buscava neste momento histórico se prolongou por tempo suficiente para que a associação da mulher aos cuidados na Educação Infantil fosse até hoje justificada.

Para Rosemberg (1989), essa luta acabou sendo politicamente redirecionada e atendendo apenas a mães que possuíam uma condição financeira desfavorável, o que para Kramer (2008) acabou por ressaltar a característica assistencialista. A professora nessa perspectiva assumia a função da mãe em relação aos cuidados com a criança que se tratava inclusive da higiene infantil.

Considerada com um direito da criança na Constituição de 1988 e agora como parte essencial da Educação Básica desde abril de 2013, conforme deliberado pela Presidenta Dilma Rousseff[18], a Educação Infantil ainda luta para eliminar alguns resquícios dessa educação assistencialista.

---

16 Esta pesquisa financiada pela CAPES, foi realizada na Cidade de Marília – São Paulo, em uma escola de Educação Infantil da Rede Municipal e tinha por objetivo conhecer as práticas pedagógicas de professoras e do único professor da cidade.

17 Esta pesquisa financiada pela CNPq está em andamento e tem como objetivo conhecer como professores e professoras da Educação Infantil da Rede Municipal de Marília – SP respondem aos questionamentos das crianças a respeito da sexualidade.

18 Esta Lei se refere a uma alteração na LDB (Lei de Diretrizes e Bases da Educação Nacional), Lei n. 12.796, de 4 de abril de 2013, publicada no Diário Oficial da União) no mês de abril de 2013.

No entanto, existem ainda algumas características que permitem essa associação com o cotidiano doméstico vivenciado em grande parte pela mulher. Além dos cuidados que caracterizam esse nível de ensino, ainda há o contato direto com as crianças que estão afastadas do ambiente doméstico e para que tenham alguma referência na escola de seus lares, as escolas tentam aliviar essa sensação da criança de estar em um ambiente totalmente desconhecido, preservando alguns móveis, ou até mesmo, ambientes da escola parecidos com o lar. (ORIANI, 2010).

As crianças que estudam em período integral, tomam banho na escola, almoçam e dormem após as refeições. As professoras as auxiliam nesses momentos, muitas vezes até mesmo deitando ao lado da criança para que se sinta segura. Esse tipo de contato acaba por proporcionar um vínculo entre a criança e a professora. Uma relação que se aproxima à da mãe em casa. A atuação do professor, não se refere às crianças pequenas, para esta faixa etária as professoras são as mais indicadas segundo uma das diretoras entrevistadas,

> *A criança pequena precisa identificar a professora com a figura materna, porque a figura paterna geralmente em casa é mais afastada da criança, a criança tem mais vínculo com a mãe, então quando ela vê uma figura feminina ela fica mais fácil mais tranquila.* (DIRETORA, 2010)

Assim, é possível notar que a associação da mulher aos cuidados e ao vínculo emocional com a criança, ainda é defendida por algumas escolas como essencial para a permanência da criança.

No entanto, por mais inofensiva que essa perspectiva nos pareça ela mantém a mulher em desvantagem frente ao mercado de trabalho, tendo em vista que sua atividade como professora nesse nível de ensino foge à perspectiva racional e técnica exigida pelo trabalho docente.

As diferenças neste campo de trabalho em questão, em que as características femininas e até mesmo domésticas se confundem com o trabalho técnico relacionado ao conhecimento, é um dos pontos de avaliação teórica que mais são discutidos e apresentados como a divisão sexual do trabalho. Mas, seria a atuação dos homens na Educação Infantil tão diferentes do trabalho feminino ao ponto de negligenciar essa característica maternal?

A divisão sexual do trabalho: a docência masculina e a feminina em foco

Ser homem ou ser mulher em uma profissão tão relacionada aos cuidados com a criança e tão semelhante ao ambiente doméstico representa alguma diferença? Seriam a remuneração, as atividades e até mesmo a valorização profissional idênticas?

Hirata; Kergoat (2007, p. 599) descrevem a divisão social do trabalho da seguinte forma:

> *Essa forma particular da divisão social do trabalho tem dois princípios organizadores: o princípio de separação (existem trabalhos de homens e trabalhos de mulheres) e o princípio hierárquico (um trabalho de homem "vale" mais que um trabalho de mulher). Esses princípios são válidos para todas as sociedades conhecidas, no tempo e no espaço. Podem ser aplicados mediante um processo específico de legitimação, a ideologia naturalista. Esta rebaixa o gênero do sexo biológico, reduz as práticas sociais a "papéis sociais" sexuados que remetem ao destino natural da espécie.*

Para Chies (2010) por ser a subordinação ao homem uma característica social, o trabalho da mulher representará uma diferente representação em relação ao do homem, até mesmo quando atuam em uma mesma profissão. Se os papéis sociais representam diferentes expectativas para homens e mulheres, o campo profissional não tende a desconstruir essas diferenças, ao contrário ele as reforça. (CHIES, 2010).

Bourdieu (2012) explica a questão de diferentes avaliações para a mesma profissão, como um *habitus* já incorporado em nossa cultura. Assim, à mulher são predeterminados os trabalhos que tenham qualquer tipo de relação com o ambiente doméstico e aos cuidados, enquanto que para os homens são destinadas profissões de prestígio e com direito a melhores remunerações.

Para o autor, as vocações não apenas justificam, mas também reforçam a submissão da mulher a trabalhos que valorizam a perspectiva emocional e social, como se fosse uma doação de si mesma ao outro, proporcionando a desvalorização financeira e hierárquica da profissão. (BOURDIEU, 2012).

Em relação à remuneração Hypolito (2000) afirma que um dos argumentos que também justificam as baixas remunerações ao trabalho da mulher professora é o fato de que seu salário constitui geralmente apenas um acréscimo ao rendimento familiar.

Além disso, os horários de trabalho não impedem que ela cumpra com a função socialmente atribuída a ela que são as "obrigações domésticas", o qual se trata de uma atividade não remunerada que ocupa o tempo livre da mulher, privando-a de seu direito ao merecido descanso.

Para Freire (1997), a atuação feminina na docência ainda pode contribuir para a despolitização da profissão devido à perspectiva passiva da que se forma em torno de suas atividades, ao ponto de ela perder o título de professora e ser denominada "tia".

> *Uma das manhas de certos autoritários cujo discurso bem que podia defender que professora é tia e, quanto mais bem comportada, melhor para a formação de seus sobrinhos, é a que fala claramente de que a escola é um espaço exclusivo do puro ensinar e do puro aprender. De um ensinar e de um aprender tão tecnicamente tratados, tão bem cuidados e seriamente defendidos da natureza política do ensinar e do aprender que torna a escola os sonhos de quem pretende a preservação do status quo. (FREIRE, 1997, p. 13)*

Analisando a proletarização do trabalho docente, Hypolito (2000) conclui que quanto maior a racionalização se torna determinante na conduta do/a professor/a há consequentemente uma probabilidade menor de sua atuação ser controlada pela gestão da escola ou até mesmo por políticas externas, enquanto que uma menor racionalização contribui para uma maior passividade.

Assim, de acordo com esses autores o trabalho da mulher tende a ser considerado passivo, portanto, sem possibilidade de atuação política e baseado nos cuidados. A remuneração, por sua vez, tem se mostrado dentro dos padrões que define o trabalho delas como um auxílio financeiro, que se remete também a uma concepção de profissão vocacional.

E quanto aos homens atuando em uma profissão que de acordo com estas características escapam às referências do papel social que se espera dele? Ser passivo, mal remunerado e ser reconhecido pelo aspecto maternal?

Todas as características mencionadas destoam dos padrões de masculinidade hegemônica defendida por Connel (2013), que indica o homem como provedor do sustento de seu lar e, portanto, não é considerado o responsável pelos cuidados em relação aos filhos, qualquer aspecto que o diferencie dessas características implicam um questionamento de sua masculinidade.

Embora, o próprio Connel (2013, p. 250) reconheça que:

> *A masculinidade não é uma entidade fixa encarnada no corpo ou nos traços da personalidade dos indivíduos. As masculinidades são configurações de práticas que são realizadas na ação social e, dessa forma, podem se diferenciar de acordo com as relações de gênero em um cenário social particular.*

Ainda assim, a presença de um homem atuando num ambiente voltado para atividades que mais se caracterizam como maternais, provocam questionamentos principalmente para aqueles que compartilham da opinião que homens e mulheres possuem papéis sociais e sexuais definidos e opostos.

O questionamento sobre a masculinidade parece ser uma constante em relação aos homens atuando com crianças pequenas na Educação Infantil. Em minhas pesquisas, os dois professores entrevistados responderam que são questionados até mesmo pelas colegas de trabalho e precisam reafirmar em todas as suas atitudes que trabalhar em uma profissão considerada socialmente feminina não interfere em sua opção sexual.

> *Teve uma professora que falou olhe ele é professor da Educação Infantil e não é gay! Isso me incomodou várias vezes, tanto que um dia eu perguntei pra ela: E se eu for? Não muda nada no meu trabalho.* (PROFESSOR J.,2013)

> *[...] eu lembro que uma professora chegou em mim e falou assim: Se eu te perguntar uma coisa você responde? Respondo, depois de uns três meses de amizade com ela. Você é gay? Eu falei não sou gay e ela respondeu, ah, tá, porque é difícil a gente ver homem na Educação Infantil.* (PROFESSOR L.,2013)

As preocupações em discutir o que parece fora do considerado "normal" se tornam tão evidentes que são lançadas para o próprio professor, como se fosse uma confirmação ou a espera de uma confissão.

A opção sexual do professor parece se tornar um paradoxo, como é possível um homem apresentando todas as características heteronormativas pode estar neste espaço ocupado historicamente por mulheres? A justificativa plausível é de que algo está fora do normal, ou seja, ele não é tão másculo assim.

Outro aspecto que parece interferir especificamente na prática pedagógica masculina se trata do medo da pedofilia. A preocupação quanto ao trato do homem em relação à criança tem se tornado uma constante, fato que aumenta o peso dos olhares em relação à atuação dos professores.

De acordo com Felipe (2006) a falta de informações suficientes que possam definir o perfil do pedófilo tem sido uma das questões que tem provocado essa fobia em relação ao homem próximo à criança.

Os professores pesquisados denunciam esse medo que envolve os olhares atentos em relação às atividades pedagógicas. Para eles, o fato de pegar uma criança no colo, ou até mesmo acalentá-la em um momento de sono, ou choro pode ser interpretado como um perigo.

A gente tem que se policiar o tempo todo, porque quem tá de fora pode não entender. As crianças da Educação Infantil[19] têm o costume de pedir abraço, ou pra pegar no colo: "Ah, professor, eu quero sentar no seu colo." Não aqui ninguém senta no colo aqui é o professor. (PROFESSOR L., 2013)

O peso dos olhares, a questão do toque, a questão de colocar no colo mesmo, eu tive muito isso, muito respeito pela criança, se eu não fosse casado, não tivesse filho seria mais difícil ainda, porque tem muitos casos de pedofilia por aí, entendeu? Existe este peso nas costas do professor. (PROFESSOR J., 2013)

Para Felipe (2006) essa ideia de que o homem pode ser um abusador também está arraigada à referência do preconceito quanto à conduta sexual do homem. É a representação de que o homem é um animal sexual, que sua sexualidade é incontrolável.

Felipe (2006) também chama a atenção para o fato de que as mulheres dificilmente são contadas nas estatísticas como possíveis abusadoras. Suas práticas como afirma a autora em geral, não são submetidas às mesmas suspeitas que a dos homens.

Entretanto, se os olhares sobre os homens apontam para a questão do abuso ou da masculinidade sobre elas os olhares estão voltados para o seu corpo. As atitudes esperadas se compõem com os corpos, suas roupas e o controle de sua sexualidade.

A professora deixa de ser mulher, para ser a *tia*. Para tal, a professora deve utilizar roupas confortáveis, que lhes possibilitem sentar no chão, ou pegar algo sem que seu corpo seja identificado.

Para Bourdieu (2010), nossos corpos passam por um *adestramento* baseado nos jogos sociais que nos cercam e nas impressões que queremos passar para a aceitação social. Essas características são reconhecidas profissionalmente e também se referem às hierarquias sociais de poder que interferem na construção de identidades.

---

19 Este professor também ministra aulas no Ensino Fundamental com crianças do quinto ano em sua cidade.

Sobre essa questão Bourdieu (2000, p. 12) faz a seguinte afirmação,

É fácil concluir que nesses processos de reconhecimento de identidades inscreve-se, ao mesmo tempo, a atribuição de diferenças. Tudo isso implica a instituição de desigualdades, de ordenamentos, de hierarquias, e está, sem dúvida, estreitamente imbrincado com as redes de poder que circulam na sociedade.

As diferenças mencionadas pela autora também podem ser reconhecidas nas identidades dos sujeitos na escola de Educação Infantil. Na cidade de Marília-SP, as professoras de Educação Infantil utilizam como uniforme camiseta branca e calça azul, já em relação aos homens nenhum tipo de uniforme é indicado. Prova disso é a fala do professor J. (2013), "Adoro quebrar paradigmas, adoro vestir camisa rosa para os alunos ficarem comentando."

Além disso, as equipes gestoras das escolas também se vestem de forma diferente das professoras, utilizam vestidos ou outro tipo de roupas que as distinguem completamente das professoras. Assim a professora parece ser menos considerada que o professor e que sua equipe gestora, ou seja, é diferenciada até mesmo de suas colegas de trabalho.

Dessa forma, é possível perceber que embora as questões que se referem à docência na Educação Infantil não são as mesmas para homens e mulheres, elas se entrelaçam justamente no fato de que as mentalidades e culturas ainda definem papéis sexuais para homens e mulheres e, no caso de uma "anormalidade" como um homem atuando em uma profissão feminina ocorrer, possivelmente algo está errado com sua sexualidade, ou é homossexual e daí se explica e se encontra o caráter maternal, ou tem alguma referência com a pedofilia.

Dentro de todas essas perspectivas, que implicam nas representações sociais e culturais em relação ao trabalho docente especificamente na Educação Infantil, mulheres e homens são eleitos como ideais ou não para essa função. Mas, estas questões, embora determinem a delimitação de algumas práticas, não os impedem de atuar e de estabelecer relações de amizade e cumplicidade, ou até mesmo, de disputas.

Assim, uma "espiada" para dentro dos muros da escola se faz necessária para que essas relações que envolvem gênero, práticas pedagógicas e a atenção à criança, estejam mais visíveis e, portanto, propícias para análise.

Adentrando os muros da escola: igualdades e diferenças nas práticas pedagógicas

Ao se pensar sobre as práticas pedagógicas de professoras e professores, é necessário que se compreenda as diferentes expectativas para a atuação de cada um dos profissionais.

Para elas, as expectativas são de que mantenha uma relação próxima à maternal com a criança, por isso a denominação *tia*. A preocupação com a higiene da criança, tendo em vista a concepção de educação integral, e, além disso, que as crianças estejam sempre ao seu redor durante as atividades, a alimentação e até mesmo quando estão no parque. Enfim, um comportamento passivo, como já descrito anteriormente.

Quando pensamos nos homens, algumas questões permanecem nebulosas, tendo em vista que o número de homens atuando como professores ainda é limitado e pouco explorado por pesquisadores. Mesmo assim, arriscamos pensar que a atuação deles não pode se diferenciar tanto em relação a das mulheres. Então, seriam eles os tios?

Procurando por respostas como essas, desenvolvi minhas pesquisas de mestrado e venho desenvolvendo minha pesquisa de doutorado tentando entender como homens e mulheres atuam nesse universo tão repleto de expectativas quanto ao desenvolvimento da criança de 0 a 5 anos e ao mesmo tempo cercado de representações quanto à característica maternal.

Para tal, entrevistei dois professores homens que atuaram na Rede Municipal da cidade de Marília-SP e que se depararam com todas

154

essas questões descritas e, embora, ambos tenham confessado que já se perguntaram se estavam no lugar certo. A resposta foi obtida pela força de vontade e dedicação à profissão escolhida. O professor J. trabalhou 20 anos na Educação Infantil e ocupa atualmente um cargo de destaque na Secretaria da Educação de Marília-SP, já o professor L. atua há 3 anos na Educação Infantil e no Ensino Fundamental.

Ambos compartilham alguns percalços durante suas atuações, como já mencionado as dúvidas quanto à masculinidade, o receio do toque em relação à criança e, obviamente, os olhares quanto à sua capacidade de atuação. De acordo com as pesquisas, pude perceber que em respostas a esses olhares ambos tentam se diferenciar em vários aspectos. As práticas pedagógicas visam atividades físicas, jogos e brincadeiras em que as crianças são retiradas da sala de aula. Uma professora menciona essa diferença em relação ao professor J.

> [...] é diferente a relação de professora com as crianças e de professor com as crianças é um pouco diferente. A gente tem, eu principalmente tenho, um pouco mais de medo de aventuras, tipo balançar muito alto, subir em brinquedos que eu acho que representam um certo perigo. Parece que os homens tem mais facilidade de lidar com essa coisa de movimento, de movimento mais amplo e isso é enraizado, desde pequeno, homem tem mais liberdade nesse sentido e essa liberdade faz parte da Educação Infantil também [...]. (PROFESSORA A., 2009)

As diferenças apontadas pela professora correspondem aos estereótipos de que o homem é menos responsável pela criança e, portanto, pode fazer o que quiser. A diretora do professor L. também faz um comentário que se refere a um comportamento diferente em relação às professoras também referente a uma fuga do esperado.

> [...] ele vem dar aula de máscara de chapéu para chamar a atenção das crianças aí sem chamar a atenção sem ficar bravo na hora

certa, a criança entende isso como 'aí eu posso tudo', sabe, meu professor é muito brincalhão ele deixa fazer tudo e não tem regra, então agora ele está tendo que recuperar isso, mas ele já entendeu que com limite é melhor. (DIRETORA, 2013)

De acordo com Cardoso (2007) em pesquisa desenvolvida com homens atuando como professores na Educação Infantil, eles tentam construir suas práticas de forma diferenciada para manter sua masculinidade na escola.

Entretanto, durante minhas observações e entrevistas eu notei que possivelmente eles buscam autonomia em relação ao trabalho delas. A busca por diferenciação talvez seja uma tentativa de conquistar seu próprio espaço, afinal, de acordo com os papéis socialmente criados para cada gênero, homens e mulheres se diferem; então para eles, atuar igual a elas poderia representar uma espécie de rejeição em relação a sua masculinidade.

Assim, a solução possivelmente encontrada é a de se diferenciar e resgatar alguns estereótipos que lhe cabem, como a racionalidade, por exemplo. Tanto nas pesquisas de Cardoso (2007), como na que venho desenvolvendo, os homens tentam fugir da irracionalidade maternal, como, por exemplo, a denominação *tio*.

O professor J., explicou o porquê não gostava dessa denominação,

[…] não somos parentes, não se deve confundir parentesco, eu não sou só um parente, eu tenho outro papel aqui, realmente eu vou cuidar quando você deixa com uma tia é pra cuidar, eu não sou tia, sou professor, sou educador, um profissional a ser valorizado dentro de um processo dentro de uma unidade. (PROFESSOR J., 2009)

Com relação à higiene, notei que os dois professores mencionados não participam desse momento, as atendentes de sala são as responsáveis por essa questão, já as professoras em muitas ocasiões auxiliam as atendentes para que o banho, por exemplo, não demore demais, prejudicando as outras atividades.

156

Possivelmente pensando em questões como essas, nenhum dos professores atuam com as turmas menores. A eles sempre são selecionadas as turmas de crianças maiores, para que as atividades também coincidam com as práticas pedagógicas dos professores.

A diretora do professor J., explica essa questão da seguinte maneira,

> *[...] ele é muito grande, assusta as crianças, se ele fosse baixinho e miudinho não teria problemas, mas por outro lado, por ele ser homem também ele fica bem com turmas integrais que precisam de um pouco mais de disciplina e firmeza e eles obedecem melhor a um homem, a figura masculina impressiona também [...].* (DIRETORA, 2009)

Outra questão enunciada por Cardoso (2007) que também observei foi a de que os professores parecem ter mais oportunidades de sair da sala de aula para ocupar outros cargos considerados de maior prestígio. O professor J. é um exemplo, mas durante as entrevistas foram mencionados outros profissionais que já pertencem ao espaço escolar e atualmente ocupam outros cargos dentro da Secretaria da Educação

O questionamento implícito a essa saída deles seria o estereótipo de que os homens devem ocupar posições de comando e prestígio, ou o afastamento do professor homem resultaria em findar possíveis discussões entre pais e mães e colegas de trabalho sobre sua atuação com crianças pequenas?

No entanto, apesar de tantas discussões quanto à presença do homem com crianças pequenas e sua busca por destaque, notei que sua presença em sala de aula pode representar uma quebra de estereótipos em relação aos cuidados e quanto às diferenças de gênero.

Durante as observações enquanto contava uma história para as crianças, o professor J. pegou uma boneca como se estivesse acalentando uma criança, os meninos principalmente se manifestaram de forma negativa a atitude do professor, questionando sua masculinidade por pegar uma boneca. O professor respondeu às crianças que não há problemas em um homem pegar uma boneca, ele está ocupando o papel de pai, pois não é apenas a mãe que deve lidar com os cuidados da criança, e sim o casal.

Essa afirmação resultou em uma reflexão às crianças que já demonstravam socialmente vinculadas à divisão de papéis de gênero, delimitando o que um homem pode ou não fazer, para que sua masculinidade não seja questionada.

Assim, embora homens e mulheres tenham o mesmo cargo e recebam o mesmo salário, ainda as hierarquias com relação ao gênero estão presentes qualificando ou não o trabalho de um e de outro por meio de expectativas e até mesmo quanto ao desenvolvimento de atividades relacionadas aos cuidados e às práticas pedagógicas.

Conclusão

Apesar de não sujarem mais as mãos como descreveu a autora da epígrafe, os homens estão cada vez mais presentes em trabalhos que anteriormente eram destinados às mulheres, como a atuação docente na Educação Infantil, onde os cuidados integram as atividades pedagógicas.

Entretanto, os trabalhos continuam a ser avaliados de forma diferente, os empregos relacionados à perspectiva doméstica permanece com elas por se tratarem de uma remuneração baseada em atividades desqualificadas e, portanto, de rendimento inferior ao deles.

Empregos de prestígio são indicados aos homens, já que a eles pertence o sustento do lar, mas quando atuam em profissões consideradas femininas como a Educação Infantil, a realidade é outra.

As expectativas que são atribuídas a elas e a eles não são as mesmas, fato que proporciona uma tentativa de demarcar seu espaço. Assim, eles tentam se diferenciar das características irracionais atribuídas a elas e provar que são capazes de lidar com um trabalho indicado para as mulheres.

No entanto, com essa tentativa também acabam sendo expostos a questionamentos com relação à sua masculinidade e enfrentam olhares atentos quanto a seu comportamento e proximidade com as crianças. Para elas, as expectativas se resumem no espírito maternal, nos corpos e nas mentalidades e a passividade para lidar com as crianças e com as regras que lhes são impostas.

Assim, é possível perceber que o mundo do trabalho ainda se revela desigual para homens e mulheres. Mesmo atuando na mesma profissão eles e elas ainda precisam lidar com as disputas que insistem em classificar, qualificar e hierarquizar profissões e profissionais. Mentes, corpos e identidades acabam por se definir seguindo o propósito de entrar nesse mundo das diferenças.

Referências

BORGES, Adélia. Homem sweet Homem. *Revista Mulherio*, Ano 11, n. 11 jan./ fev., 1983. p. 16-17.

BOURDIEU, Pierre, *A dominação masculina*. Rio de Janeiro: Bertrand Brasil, 2010.

CARDOSO, Frederico Assis. Homens fora de lugar? A identidade de professores homens na docência com crianças. In: ASSOCIAÇÃO NACIONAL DE PÓS-GRADUAÇÃO E PESQUISA EM EDUCAÇÃO. 30. *Anais*. GT. Gênero, Sexualidade e Educação, p. 1-18, 2007. Disponível em: <http://www.anped.org.br/reunioes/30ra/trabalhos/GT23-3550--Int.pdf>. Acesso em: 12 abr. 2013.

CHIES, Paula Viviane. Identidade de gênero e identidade profissional no campo de trabalho. *Revista Estudos Feministas*. Rio de Janeiro. v. 18, n. 2, maio/agosto, 2010. p. 507-528.

CONNEL, Robert e MESSERSCHMIDT, James. Masculinidade Hegemônica: repensando o conceito. Estudos Feministas Florianópolis 21(1): 424, p. 241-276 jan/ab. 2013.

FREIRE, Paulo. *Professora sim, tia não:* cartas a quem ousa ensinar. São Paulo: Olho d'água, 2003. p. 7-114.

FELIPE, Jane. Afinal, quem é mesmo o pedófilo? *Cadernos Pagu* (26), jan/jun., 2006. p. 201-223.

HIRATA, Helena e KERGOAT, Danièle. Novas configurações da divisão sexual do trabalho. *Cadernos de Pesquisa*. São Paulo, v. 37, n. 132, p. 595-609, set./dez. 2007.

HYPOLITO, Alvaro. *Trabalho docente, classe social e relações de gênero.* Papirus: São Paulo, 2000.

KRAMER, Sonia. *Profissionais de Educação Infantil*: gestão e formação. São Paulo: Ática, 2008.

LOURO, Guacira Lopes. *O corpo e a sexualidade:* pedagogias da sexualidade. Belo Horizonte: Autêntica, 2000.

NOVAES, Maria Eliana. Professora primária – mestra ou tia. São Paulo: Cortez, 1984.

ORIANI, Valeria Pall. *Direitos humanos e gênero na Educação Infantil:* concepções e práticas pedagógicas. 2010. 157f. Dissertação (Mestrado em Educação) – Faculdade de Filosofia e Ciências, Universidade Estadual Paulista, Marília.

ROSEMBERG, Fulvia (Org.) *Creche.* São Paulo: Cortez: Fundação Carlos Chagas, 1989.

Mulheres-família-trabalho: generificando a *tenacidade*[20] da mulher

Tânia. S. A. M. Brabo
Elissandra M. Dall Evedove

Neste texto, pretende-se discutir a importância do movimento feminista para a concepção de gênero que temos hoje, destacando as relações entre mulheres-família-trabalho. A hipótese da discussão é que essas relações estão amplamente relacionadas e constituídas pelo gênero. Salienta-se que a incorporação das mulheres no mercado de trabalho provocou inúmeras transformações nessas relações. Afirma-se que apesar dos avanços obtidos, principalmente, com o movimento feminista, a revolução feminina não é uma revolução de *veludo* e implica processos de rompimento de relações de poder, ainda hoje reafirmados. No caso da sociedade neoliberal onde estamos inseridos/as, a *tenacidade* exigida da mulher é ampla de modo

---

20 O termo *tenacidade* é utilizado neste texto com o sentido de resistência, força, que exerce sobre a condição social da mulher, impondo-lhe uma resistência necessária para se adequar à sociedade contemporânea. Força essa que consiste no gênero.

que as mulheres que conseguem realizar a tripla jornada de trabalho são consideradas "mulheres-alibi".

Embora ainda persista um processo de *naturalização* das relações sociais entre homens e mulheres, desde a mais tenra idade, é inegável que hoje as transformações ocorrem de um modo muito rápido e tem se tornado cada vez mais visíveis. Modificam-se saberes, técnicas, comportamentos, formas de relacionamentos e estilos de vida. Torna--se evidente uma diversidade cultural que parecia não existir antes. Conforme Hall (2001, p. 9)

> *Um tipo de mudança estrutural está transformando as sociedades modernas no final do século XX. Isso está fragmentando as paisagens culturais de classe, gênero, sexualidade, etnia, raça e nacionalidade, que, no passado, nos tinham fornecido sólidas localizações como indivíduos sociais.*

Falando sobre a modernidade, Marx e Engels também afirmam esse processo de transformação constante.

> *É o permanente revolucionar da produção, o abalar ininterrupto de todas as condições sociais, a incerteza e o movimento eternos [...]. Todas as relações fixas e congeladas, com seu cortejo de vetustas representações e concepções, são dissolvidas, todas as relações recém-formadas envelhecem antes de poderem ossificar-se. Tudo que é sólido se desmancha no ar [...].* (MARX; ENGELS, 1973, p. 70 apud HALL, 2001, p. 14)

No bojo dessas constantes transformações, em meados da década de 1960, as chamadas "minorias"[21] sociais, jovens, estudantes, negras/ os, mulheres, passaram a denunciar sua inconformidade e desencanto, [...] questionando teorias, conceitos, fórmulas, criando novas linguagens e construindo novas práticas sociais (LOURO, 2008, p. 20).

---

21 O termo "minoria" não se refere à quantidade, ou seja, pouca quantidade. Muito pelo contrário, refere-se a uma grande maioria, que silenciadas, ao se politizarem, convertem o gueto em território e o estigma em orgulho (LOURO, 2008).

No Brasil, esses questionamentos culminaram na ação de forças que até então estavam obrigadas ao silêncio.

> *[...] parcelas da sociedade, ao se rebelarem contra a ação imperialista e genocida, invocaram ideais libertários e igualitários. Começaram a desvendar as discriminações que procuram transformar as mulheres, os jovens e os negros numa massa informe sem expressão cultural e política. Emergiram novos movimentos feministas e de negros, principalmente norte-americanos, contra as ideologias patriarcal, machista e racista.*

Mulheres que haviam participado de diversos movimentos sociais na década de 1960, ante a discriminação sexual e abusos que sofreram, embasaram-se no pessoal como forma política e distanciaram-se "[...] dos caminhos proporcionados pelos movimentos predominantemente masculinos (tais como os movimentos trabalhistas ou de políticas revolucionárias)" (CASTELLS, 1999, p. 172), atuando junto às próprias fontes de opressão.

Hall (2001, p. 45) ao afirmar a significativa importância do movimento feminista[22], ressalta que o movimento "[...] teve uma relação mais direta com o deslocamento conceitual do sujeito cartesiano[23] e sociológico[24]". Questionando, segundo o autor,

> *A clássica distinção entre o 'dentro' e o 'fora', o 'privado' e o 'público' [...]. Abriu para a contestação política [...] a família, a sexualidade, o trabalho doméstico, a divisão doméstica do trabalho,*

---

22 Apesar de falarmos em movimento feminista, é preciso salientar que essa luta apesar de ter em comum a luta por direitos iguais, igualdade de oportunidades e o compromisso pelo fim da dominação masculina, esse movimento deve ser compreendido dentro dos diferentes contextos históricos e sociais em que se desencadearam, bem como ser consideras as diferentes concepções teóricas que norteiam/nortearam o movimento.

23 "[...] indivíduo totalmente centrado, unificado, dotado de suas capacidades de razão, de consciência e de ação." (HALL, 2001, p. 10).

24 "A noção de sujeito sociológico refletia a crescente complexidade do mundo moderno e a consciência de que este núcleo interior do sujeito não era autônomo e autossuficiente, mas era formado na relação com 'outras pessoas importantes para ele', que mediavam para o sujeito de valores, sentidos e símbolos – a cultura – dos mundos que ele habitava." (HALL, 2001, p. 11).

> *o cuidado com as crianças etc. [...] Politizou a subjetividade, a identidade e o processo de identificação (como homens/mulheres, mães/pais, filhos/filhas). Aquilo que começou como um movimento dirigido à contestação da posição social das mulheres expandiu-se para incluir a formação das identidades sexuais e de gênero. [...] Questionou a noção de que os homens e as mulheres eram parte de uma mesma identidade, a "Humanidade", substituindo-a pela questão da diferença sexual.*

De fato, a história do feminismo é muito mais antiga do que o período antes citado. A luta das mulheres está presente em todos os momentos da existência humana e geralmente não é explicitada nos registros históricos, bem como nos registros de modo geral.

Entretanto, conforme afirma Castells (1999, p. 170) é possível afirmar que a partir da década de 1970 houve uma "[...] insurreição maciça e global das mulheres contra sua opressão, embora com diferente intensidade dependendo da cultura e do país. Tais movimentos têm causado impacto profundo nas instituições da sociedade e, sobretudo, na conscientização das mulheres." Conscientização essa que tem se difundido a todo o planeta. Para o autor a revolução feminista é "[...] **a mais importante das revoluções**", pois trata-se de um processo irreversível e remete às raízes da sociedade, bem como ao nosso próprio ser. (CASTELLS, 1999, p. 170 grifo meu).

É uma revolução impressionante, pois o que se conseguiu em nível de conscientização em aproximadamente três décadas tem trazido consequências fundamentais para toda experiência humana, seja para o poder político até a estrutura da sociedade. (CASTELLS, 1999). Na área da educação, essas transformações culminaram na inclusão da temática de gênero na legislação educacional o que teve início na segunda metade da década de 1990, como veremos posteriormente.

Como toda revolução essa também não é uma luta pacífica, conforme o autor, essa não será uma revolução de veludo, pois implica a perda de poder de alguns, tanto individual, quanto coletiva. Desse modo, "[...] à medida que o nível educacional da mulher aumenta, a violência interpessoal e o abuso psicológico tem-se expandido, justamente em virtude da ira masculina." (CASTELLS, 1999, p. 171). No âmbito da educação, apesar das importantes conquistas, principalmente no âmbito da legislação, ainda falta muito para romper com os resquícios arcaicos de nossa cultura, os quais, ainda hoje, são mediados por inúmeras relações de poder que os sustentam e os atualizam.

As ideias e práticas dos movimentos feministas não foram e não são homogêneas. No entanto, o que se pode afirmar é que a luta em prol dos direitos humanos das mulheres, o fim da opressão às mulheres, rejeitando ideias tradicionais de inferioridade das mulheres, é comum a todos os movimentos.

Pinsky e Pedro (2003) apontam que as primeiras feministas, baseando-se nos ideais do Humanismo Renascentista, lutavam em prol de melhorias individuais e educação para as mulheres. Ao final do século XVIII, a luta foi em prol dos direitos de cidadania, políticos e sociais, apostando no poder do Estado democrático como agente de melhorias para a condição de vida das mulheres, com a criação de leis, reformulações nas relações familiares, e aumento da participação social das mulheres.

Nesse sentido, Brabo (2005) aponta que as raízes desse movimento podem ser resgatadas a partir da luta da revolucionária francesa Olympe de Gouges que, ao escrever a *Declaração dos Direitos da Mulher* ressalta que deveria existir copresença política e social de homens e mulheres e que a diferença entre os sexos não poderia ser impedimento para o exercício da cidadania das mulheres, para o qual as mulheres estavam qualificadas. Reivindicava também o direito de voto, o direito de exercer uma profissão, pela atenção à maternidade etc. Mesmo com forte resistência masculina, Olympe de Gouges com essas propostas, evidenciava que a *Declaração dos Direitos do Homem e do Cidadão*, instituída em 1789, não mudava em nada as condições das mulheres da época, bem como não resolvia os problemas da sociedade em geral. No preâmbulo da declaração é salientado

> *As mães, as filhas, as irmãs, representantes da nação, reivindicam constituir-se em Assembleia Nacional. Considerando que a ignorância, o esquecimento, ou o desprezo da mulher são as*

únicas causas das desgraças públicas e da corrupção dos gover-
nantes, resolverem expor em uma Declaração solene, os direitos
naturais, inalienáveis, e sagrados da mulher, a fim de que esta
Declaração, constantemente, apresente todos os membros do corpo
social seu chamamento, sem cessar, sobre seus direitos e seus
deveres, a fim de que os atos do poder das mulheres e aqueles do
poder dos homens, podendo ser a cada instante comparados com
a finalidade de toda instituição política, sejam mais respeitados;
a fim de que as reclamações das cidadãs, fundadas doravante
sobre princípios simples e incontestáveis, estejam voltados à
manutenção da Constituição, dos bons costumes e à felicidade
de todos. (GOUGES, 1791)

As propostas de Gouges fizeram com que a *semente* do feminismo fosse lançada, e que mulheres de diferentes classes sociais aos poucos se conscientizassem da inferioridade de sua condição social e que pudessem, então, visualizar alguma possibilidade de mudança. Apesar disso, é preciso salientar o paradoxo existente no feminismo de Gouges que ao reivindicar os direitos de cidadania às mulheres, os quais lhe eram negados sob o *impecílio* de seus deveres e responsabilidades domésticas, bem como de cuidado com as crianças, argumenta a favor da cidadania feminina justamente embasando-se no mesmo argumento que era utilizado para negar essa cidadania política às mulheres "o sexo superior tanto na beleza quanto na coragem, em meio aos sofrimentos maternais, reconhece e declara, na presença e sob os auspícios do Ser superior, os Direitos seguintes da Mulher e da Cidadã. (GOUGES, 1791)".

Gouges afirmava que era "[...] uma mulher e tenho servido meu país como um grande homem" (SCOTT, 2005, p. 21). Questões essas que contribuíram para que Gouges fosse acusada de querer ser homem e ter se esquecido as virtudes próprias de seu sexo (BRABO, 2005) fora então guilhotinada em 3 de novembro de 1793, juntamente com mais 374 mulheres. Pode-se afirmar que, ressaltando a sua relevância, "o feminismo produziu a diferença sexual que buscava eliminar – chamando a atenção exatamente para a questão que pretendia eliminar[25]" (SCOTT, 2005, p. 21).

Ao analisar a questão da igualdade, Scott (2005, p. 14) ressalta que os conceitos de igualdade e diferença não são opostos, ao contrário são interdependentes e permanentemente em tensão. Salienta que essas tensões, tais como as salientadas anteriormente no feminismo de Gouges são resolvidas "[...] de formas historicamente específicas e necessitam ser analisadas nas suas incorporações políticas particulares e não como escolhas morais e éticas intemporais".

Durante todo o século XVIII, em meio à luta de grupos pelo poder, resultante do período em que Eric Hobsbawn denominou *A Era das Revoluções* (1789-1848) – marcado por muitas guerras e revoluções – Francesa, Industrial, Guerras Napoleônicas e as Revoluções de 1848 – foi se constituindo uma forte distinção entre o que pertencia à esfera do público e do privado, principalmente na vida cotidiana das pessoas da época. Essa distinção entre o público e o privado tem um papel fundamental na definição de papéis sociais, consolidando o binarismo entre homens *versus* mulher, sendo ao primeiro conferido o espaço público e a segunda o confinamento ao espaço doméstico. (PERROT, 1995). A confirmação desse último discurso[26], fora ainda mais evidenciada pela compreensão de oposição ao homem que se tinha da mulher na época na qual

> [...] pensava-se que o aparelho reprodutor feminino era particularmente sensível, e que essa sensibilidade era ainda maior devido à debilidade intelectual. As mulheres tinham músculos menos desenvolvidos e eram sedentárias por opção. A combinação de fraqueza muscular e intelectual e sensibilidade emocional

---

25 Ainda hoje é possível destacar movimentos de mulheres que ao atuarem no enfrentamento desse pensamento patriarcal e androcêntrico, ainda se utilizem de mecanismos contraditórios para promover *discussões e debates sobre mulheres*, tais como a promoção de *desfiles de moda feminina* ou *chás da tarde*.

26 Entendemos discurso a partir da ótica de Foucault (2007, p. 132) o qual apresenta uma de suas definições para discurso como "[...] um conjunto de enunciados, na medida em que se apoiem na mesma formação discursiva".

fazia delas os seres mais aptos para criar os filhos. Desse modo, o útero definia o lugar das mulheres na sociedade como mães. (HUNT, 1995, p. 50)

Tais discursos, tanto oriundos da área médica, quanto dos discursos políticos, consideravam a mulher um símbolo da fragilidade, devendo ser, portanto, *guardada* no espaço doméstico, confirmando o ideal de família existente no início da industrialização, na primeira metade do século XIX, congregando mais e mais mulheres para aceitar sua condição de *rainhas do lar.*

Esses discursos foram disseminados pela classe burguesa em ascensão e contribuíram para a formação de movimento de mulheres que passaram a lutar em favor dessa diferença, não sendo, pois, um movimento linear. Iniciado pelas mulheres burguesas, envolvendo as aristocratas e nobres – que demoraram muito a aderir ao movimento – enquanto, as mulheres mais pobres não poderiam aderi-lo por não poder dedicar-se somente ao lar, devido às próprias condições de vida (ARCE, 2009).

Entretanto, ao longo da história humana as mulheres sempre trabalharam. Seja em casa nos afazeres domésticos, trabalho não reconhecido, pois, não é produtor de valor, bem como fora de casa de diversas maneiras.

No bojo das transformações sociais antes apresentadas, inserem-se também as relações entre família tal como o modelo antes apresentado e mercado de trabalho. Principalmente pela ampla incorporação das mulheres no mercado de trabalho remunerado e a sua ausência por um período de tempo de seus lares. Transformação essa que ocorreu devido à

> *[...] informatização, a integração em rede e globalização da economia, bem como pela segmentação do mercado de trabalho por gênero, que se aproveita das condições sociais específicas da mulher para aumentar a produtividade, o controle geracional e, consequentemente, os lucros.* (CASTELLS, 1999, p. 191)

Muitas mulheres ocupam cargos que exigem especializações, ao contrário do que é constantemente afirmado principalmente pela mídia, não ocupam os cargos com menores níveis de escolarização/especialização. Por meio de pesquisa realizada, Castells (1999, p. 200) afirma que as mulheres atuam em todos os níveis e estruturas das organizações, no entanto, a maioria dos cargos ocupados por mulheres é maior nas camadas superiores das organizações.

Seria um dado muito interessante, se somado a essa constatação não estivesse a afirmação de que as mulheres ocupam esses cargos "em troca de salários menores, como menos segurança no emprego e menores chances de chegar às posições mais elevadas."

Atualmente, essa questão se diferencia apenas nos cargos públicos, os quais são ocupados por meio da aprovação em concursos públicos independente do sexo do/a contratado/a. No entanto, é preciso atentar-se para o modo como o gênero está presente até para esses casos. Em geral, as mulheres têm menos tempo para se preparar para os processos seletivos, visto que com a *sua tenacidade* são capazes de cuidar da casa, dos/as filhos/as, realizar o trabalho doméstico não remunerado, realizar trabalho remunerado e ainda estudar. No caso do homens, principalmente na área da educação, quando admitidos para uma função socialmente considerada feminina, (a título de exemplo, como atendente de creche – função que tem por objetivo auxiliar os/as professores/as na instituição de educação infantil), são remanejados para outra função, sob a alegação de que terão de auxiliar no banho das crianças, dentre outras, o que socialmente é de responsabilidade das mulheres.

Historicamente a transformação das relações entre mulheres-família-trabalho foi se modificando conforme a necessidade seja ela primeiramente do capital, com vistas à apropriação dos lucros pela indústria capitalista, seja de ordem político-capitalista, tal como ocorrida durante os períodos entre guerras, principalmente durante a Segunda grande Guerra Mundial (1939-1945), na qual as mulheres foram muito valorizadas, assumindo o papel de provedora da família e entrando no mercado de trabalho com salários inferiores aos dos homens para o exercício da mesma função.

Soldadora em uma fundição

Fonte: BOURKE – WHITE, Margaret, EUA, 1942.

Ao final da guerra, o trabalho das mulheres foi novamente desvalorizado, e os postos de trabalhos ocupados pelas mulheres devolvidos aos homens. É como se "[...] após a guerra – período considerado de exceção – homens e mulheres tivessem voltado aos seus 'devidos lugares'" (PEDRO, 2005, p. 89), demarcando assim as ocupações adequadas para homens e mulheres.

Com o efeito da globalização, o envolvimento da força de trabalho feminina foi muito grande. Desde a década de 1960 a indústria eletrônica na Ásia já empregava mulheres e jovens sem qualificação profissional. O que tem se intensificado no mundo todo de modo que no Brasil desde a década de 1970 até os dias de hoje, a entrada das mulheres no mercado de trabalho tem aumentado de modo espantoso, passando de 28,8% em 1976 para 52,4% em 2007, enquanto a relação dos homens e o mercado de trabalho se manteve estável 73,6% em 1976 e 72,4 em 2007, conforme dados da pesquisa *Mulheres, Educação e Trabalho*, da Fundação Carlos Chagas.

Mulheres no mercado de trabalho:
Indicadores de participação econômica. Brasil – 1976 a 2007.

| Anos | Mulheres | | | | | |
| | PEA | | | Ocupadas | Empregadas * | |
	(Milhões)	Taxa de atividade	Porcentagem de mulheres na PEA	(Milhões)	(Milhões)	Porcentagem de mulheres entre os empregados
1976	11,4	28,8	28,8	11,2	7,3	30,3
1981	14,8	32,9	31,3	14,1	9,4	32,2
1983	16,8	35,6	33,0	16,0	10,5	33,4
1985	18,4	36,9	33,5	17,8	11,8	34,4
1990	22,9	39,2	35,5	22,1	14,7	36,7
1993	28	47	39,6	25,9	11,1	31,8
1995	30	48,1	40,4	27,8	11,6	32,6
1997	30,4	47,2	40,4	27,3	11,9	33,1
1998	31,3	47,5	40,7	27,6	12,5	33,9
2002	36,5	50,3	42,5	32,3	15,2	35,8
2007	43.091.498	52,4	43,6	38.422.820	19.521.257	37,5

Fonte: FIBGE/PNADs-Microdados

Disponível em: www.fcc.org.br

A ampliação da participação feminina no mercado de trabalho remunerado é independente do aumento da demanda por mão de obra. O que nos remete a inferir, assim como aponta Castells (1999), que essa ampliação se dá devido a sua característica social, o que as torna uma mão de obra interessante. Entendendo gênero como categoria de diferenciação social, pela qual são instituídos saberes sobre o que é ser homem e ser mulher na sociedade, vemos nesse exemplo a aplicação prática de como as relações de poder são exercidas sobre esses saberes, tal qual explicitado por Scott (1995).

Não é a sua característica biológica que a torna essa mão de obra interessante, visto que as mulheres já provaram que são capazes de desempenhar as mais diferentes ocupações, bem como executar os "[...] trabalhos árduos nas fábricas desde o início da era industrial"

(CASTELLS, 1999, p. 203), mas sim a sua característica social, que viabiliza a possibilidade do/a empregador/a pagar menos pelo mesmo trabalho, bem como pelas suas habilidades de relacionamento, cada vez mais necessárias em uma economia informacional, as quais antes eram restritas ao espaço privado.

Somada a essas questões apontadas, a flexibilização das mulheres como força de trabalho também é um fator importante. Muitas mulheres são empregadas em trabalhos temporários e com expediente reduzido (meio período) (CASTELLS, 1999), visto que essa flexibilidade representa para o/a empregador/a uma maneira de controle dos/as trabalhadores/as, pois na ausência de um/a, em tempo menor há sua substituição por outro/a. Esse trabalho temporário, em período reduzido, representa também a confirmação dos saberes historicamente construídos sobre a possibilidade de a mulher apenas *ajudar* no sustento da família, o que é de responsabilidade do/a provedor/a.

Perrot (1995) aponta que principalmente as mulheres de camadas menos favorecidas sempre contribuíram para o sustento da família, trazendo para o lar o *complemento* do orçamento familiar. Essas mulheres não realizavam somente o trabalho doméstico, mas também contribuíam com importante papel econômico. Já no século XIX, vendiam produtos nos mercados, em pequenos comércios e eram lavadeiras, amas, caixeiras entre outras.

O percentual de mulheres que são unicamente responsáveis pelo sustento da família também tem aumentado. Em 2001, totalizavam 27% das famílias chefiadas por mulheres, em 2009, representam 35%. (PNAD, 2009). Apesar disso, ainda hoje, boa parte dos postos de trabalho ocupados por mulheres, principalmente nos centros urbanos e países em desenvolvimento ainda está no setor informal (CASTELLS, 1999), (em ocupações como manicures, artesanato, fabricação de pães e outros alimentos, serviços domésticos etc.).

Com o amplo processo de incorporação das mulheres no mercado de trabalho, sob a mulher aumentava o discurso de *mãe relapsa*. Apesar de defendermos a divisão de tarefas entre pai e mãe na educação e cuidado com as crianças, bem sabemos que, ainda hoje, essa é uma atribuição socialmente ainda delegada às mães. Sendo que no caso da mulher que trabalha fora de casa, exercendo trabalho remunerado, ser culpabilizadas pela *má educação* de seus/suas filhos/as, sendo acusada até mesmo como responsável pela indisciplina de seus/suas filhos/as na escola, como pode-se constatar na fala de uma professora durante um processo de pesquisa por mim realizado durante os anos de 2009 e 2010.

> *Em uma das reuniões, num pequeno espaço de tempo, foi discutida em grupos a importância do brincar na sala de aula. Uma professora, falando de sua discordância em relação ao brincar na escola, argumentou que não brinca com as crianças na sala de aula devido à falta de valores das crianças (indisciplina)* "[...] ocasionada desde a hora em que a mulher foi trabalhar fora de casa. 'Quem deveria estar em casa dando esse respeito? – A mulher!'". (Fala da Professora apud DALL EVEDOVE, 2009, p. 3-4)

Nota-se como o ideário de dominação masculina imbuído na família patriarcal que o movimento feminista tem buscado romper ao longo da história humana, mais fortemente nas últimas décadas, ainda é fortemente reforçado pelas mais diversas instituições sociais, consideradas transformadoras, dentre elas a escola.

O fato de ser mulher, como no caso dessa professora, não implica a consciência feminista de transformação das ideias patriarcais bem como da dominação masculina que persiste em nossa sociedade, conforme Brabo (2005) constatou mostrando que as professoras não se viam como agentes importantes para mudanças nas práticas patriarcais que persistem também na escola. Não tendo em sua formação, tanto inicial quanto continuada, a reflexão acerca da igualdade de gênero, dificilmente mudará sua prática. Entretanto, pelo fato de ser mulher e desenvolver atividades tanto dentro como fora do lar, isto ainda lhe possibilita uma tenacidade que a leva a cumprir, por vezes, tripla jornada de trabalho, o que também tem sido criticado na atualidade e que demonstra a desigualdade de gênero além de reafirmar dos papéis estereotipados para ambos os sexos.

Nas sociedades capitalistas, as mulheres que desenvolvem essa *tenacidade*, conseguindo algum destaque social, são consideradas por Saffiotti (2004) "mulheres-alibi" do capitalismo, porque se submetem à exploração de seu trabalho ao cumprirem tripla jornada, realizando as atividades domésticas e, em muitos casos, continuando seus estudos, além de terem já provado que têm condições de desempenhar as mesmas funções que os homens.

As questões aqui discutidas nos remetem à urgência de aprofundar o debate, ampliando o olhar generificado às mais diversas relações sociais, seja na instituição familiar, escolar, ou nas relações de trabalho pois apesar das conquistas e transformações nas relações entre homens e mulheres, ainda persistem as desigualdades, agravadas na atualidade pelos problemas enfrentados nas sociedades contemporâneas que dizem respeito à violação de direitos que penalizam principalmente os grupos mais vulnerabilizados, dentre eles, as mulheres.

Referências

BOURKE–WHITE, Margaret. Soldadora em uma fundição, 1942. *Coleção Folha Grandes Fotógrafos*. Mulheres. Prol Gráfica: Brasil, 2009.

BRABO, Tânia Suely Antonelli Marcelino. *Cidadania da mulher professora*. São Paulo: Ícone, 2005.

CASTELLS, M. *O poder da identidade*. Tradução GERHARDT, K. B. São Paulo: Paz e Terra, 1999. A era da Informação: economia, sociedade e cultura, v. 2.

FUNDAÇÃO CARLOS CHAGAS. *Mulheres, trabalho e família*. Disponível em: <www.fcc.org.br>. Acesso em: 15 set. 2011.

PEDRO, J. M. Traduzindo o debate: o uso da categoria gênero na pesquisa histórica: *História*. v. 24. n. 1, p. 77-98. São Paulo, 2005.

SCOTT, J. W. Gênero: uma categoria útil de análise histórica. Tradução de Guacira Lopes Louro, versão em Francês. Revisão de Tomaz Tadeu da Silva, de acordo com o original em inglês. *Educação e Realidade*. vol. 20, n.2 jul./dez. p. 71-99, 1995.

_____. O enigma da igualdade. *Estudos Feministas.* v. 13, n.1, p. 216. jan./abr. Florianópolis, 2005.

SAFFIOTI, H. I. B. *Gênero, patriarcado, violência.* São Paulo: Fundação Perseu Abramo, 2004.

TELES, M. A. de A. *Breve história do feminismo no Brasil.* 1. Reimpressão. São Paulo: Brasiliense, 1999.

CAPÍTULO 3

DIREITOS HUMANOS, ÉTICA, TRABALHO E EDUCAÇÃO

O esgotamento da fase "civilizatória" do capital e a necessidade histórica de uma educação para além do capital[27]

Henrique T. Novaes

Introdução

Este artigo pretende socializar nossas últimas pesquisas sobre o esgotamento da fase "civilizatória" do capital e a necessidade histórica de uma educação para além do capital.

Na primeira parte do artigo pretendemos caracterizar a contrarrevolução mundial e o esgotamento da fase "civilizatória" do capital. Para isso, iremos abordar brevemente o crescimento do trabalho infantil, a violência do desemprego estrutural, o retorno do trabalho análogo ao escravo e por último, mas não menos importante, a violência do subemprego e do trabalho alienado.

---

27 Agradeço os comentários professor e amigo Lalo Minto.

Iniciamos a segunda parte do artigo com uma breve abordagem sobre as manifestações da barbárie nas escolas brasileiras e a miséria da política educacional paulista para, em seguida, defender a necessidade histórica de uma educação para além do capital.

A contrarrevolução mundial e o esgotamento da fase "civilizatória" do capital

> *O que está acontecendo na Síria é intolerável.* (Ban Ki-moon – Diretor da ONU)

Estamos vivendo um momento histórico de contrarrevolução mundial. A regressão histórica que perdura na América Latina, desde as ditaduras militares, colocou os trabalhadores na defensiva. As décadas perdidas e vendidas financeirizaram a economia, privatizaram os bens públicos, desindustrializaram esses países, aumentaram o subemprego e o desemprego, promoveram processos de relocalização e terceirização, concentraram a renda, aumentaram o analfabetismo funcional e segregação da já segregada sociedade brasileira, que pode ser representada nos extremos de condomínios e das favelas, chamadas agora pelo nome de *comunidades*.

No Governo Lula, vivemos um novo pacto de dominação, um pouco mais sofisticado, uma vez que ele traz novos ares "desenvolvimentistas" num contexto de alta hegemonia do capital financeiro. As políticas keynesianas – principalmente aglutinadas no Plano de Aceleração do Crescimento (PAC) – o novo *PAC-two* de dominação, elevaram em alguma medida o crescimento da economia brasileira, diminuíram parcialmente o desemprego, a pobreza extrema e absoluta, além de uma melhora tímida na distribuição da renda que permitiu a uma parcela do nosso povo o aceso ao consumo fetichizado e à habitação. Para a diminuição da pobreza extrema, foi confeccionado um programa determinante para a reeleição de Lula em 2006 – o Bolsa Família.

No entanto, a segregação e a desigualdade no Brasil diminuíram tão pouco que o país ainda figura entre as economias com renda mais concentrada do mundo, ao lado de Serra Leoa, Burkina Fasso e outros países. Problemas estruturais como acesso ao emprego formal, à moradia, saúde, educação não foram resolvidos. Evidentemente que o nosso capitalismo – sob hegemonia financeira e com alguns traços keynesianos não toca numa questão fundamental – as elevadas taxas de exploração dos trabalhadores nas fábricas e os processos de acumulação primitiva, principalmente na Amazônia e em partes do centro-oeste.

Deste ponto de vista, o Governo Lula, apesar de algumas melhorias em termos de crescimento da economia e na geração de emprego, nosso capitalismo permanece alicerçado na alienação do trabalho, onde os trabalhadores não têm controle do processo de trabalho, do produto do trabalho, de si e da civilização humana. Trabalha-se simplesmente para sobreviver. Num outro plano, a reestruturação do capital no Brasil esta gerando inúmeras fusões e aquisições de grandes corporações, em geral induzidas pelo BNDES.

Em síntese, temos um híbrido de "desenvolvimentismo" e de capital financeiro que nasce no Brasil. Ao mesmo tempo, com o avanço do agronegócio e a cana de açúcar sendo a nova "salvação da lavoura", para usar um termo do campo, os traços do Brasil colonial se aprofundam, trazendo consequências enormes para os movimentos sociais do campo.

Junto ao crescimento do poder do agronegócio na determinação dos rumos da nação, João Bernardo e Luciano Pereira (2008) observaram o comando exercido pelos fundos de pensão no livro *Capitalismo Sindical.*

Nos últimos 40 anos, podemos dizer que se conformou o Estado mínimo para os trabalhadores e o Estado máximo para o capital, principalmente para o capital financeiro. Temos o Estado máximo e rápido para a punição exemplar dos movimentos sociais e o Estado mínimo, sem rédeas, que controlam a reprodução do capital financeiro. Temos o Estado *leopardo* para o socorro aos bancos, para "acalmar" os investidores das bolsas de valores e o Estado *lento* para a construção de políticas públicas para os movimentos sociais.

Não poderemos aqui fazer um inventário da contrarrreforma do Estado, mas cabe destacar os processos de privatização/mercantilização de bens públicos, a perda do controle da moeda, o aumento dos presídios, a contrarreforma direta e indireta da educação pública, dentre inúmeros outros processos.

Na Itália, Berlusconi a cada dia faz declarações cada vez mais estarrecedoras. Para citar apenas uma, afirmou que as mulheres devem se casar por dinheiro (Folha de São Paulo, 10/10/2007). No Brasil, o *capitalismo real* enfrenta também suas contradições. Para citar apenas uma, as Unidades de Polícia Pacificadora (UPPs) instaladas no Rio de Janeiro e a recente invasão da ocupação do Complexo do Alemão pelo Estado, mostram a face da miséria do nosso capitalismo e explicitam os problemas estruturais da nossa sociedade que dificilmente podem ser resolvidos pelo mero crescimento da economia "ornitorrinca"[28]: barracos nanicos, quentes, empilhados um em cima do outro em lugares impróprios, alguns deles com muitos dos bens do "fetiche do consumo" (TV LCD etc.), jovens desempregados ou na melhor das hipóteses subempregados, escolas com péssima infraestrutura e professores mal preparados, muito aquém das necessidades educacionais do capital e muito longe de conseguirem educar os jovens para a luta coletiva, para o enfrentamento da ordem e para a construção de uma sociedade para além do capital.

Em perspectiva histórica, a "Revolução conservadora" de 1930 (LIMA FILHO, 2006) rapidamente foi substituída por uma contrarrevolução. O "Circuito fechado" (FERNANDES, 2004), torna-se agora circuito fechado e em curto circuito com a contrarrevolução de 1964.

Prado Jr. (1977), um dos historiadores da revolução brasileira, sinaliza a "incompleta" libertação dos escravos no ano de 1888. Na literatura, Lima Barreto retratou o período de transição entre o Brasil escravagista e monarquista e o Brasil republicano e com trabalho

---

28 Francisco de Oliveira (2007) afirma que o Brasil é um animal esquisito, um ornitorrinco.

"livre". Se antes os escravos viviam na Senzala, e os senhores na Casa Grande, com a "libertação" dos escravos e a ausência de políticas públicas para resolver o problema do negro por parte da classe dominante, começam a surgir as favelas. De 1930 a 1980 o Brasil foi o país que mais cresceu no mundo, gerando emprego e renda para algumas parcelas da população.

Nos anos 1980, a miséria aumenta em função do baixo crescimento do país, da crise da dívida externa, da financeirização da economia que não gera emprego etc. Alguns autores chamam este período pelo nome de neoliberalismo, reestruturação produtiva ou acumulação flexível. No que se refere ao Estado, destacam que este se tornou um "Estado mínimo para os trabalhadores e máximo para o capital, principalmente para o capital financeiro" (NOVAES, 2012). Recorrendo mais uma vez aos filmes, Michael Moore, em *Capitalismo uma estória de amor* (2009) nos mostra a crise do financiamento da habitação nos EUA e a abertura imediata dos cofres do Estado para socorrer o capital financeiro, onde trilhões de dólares arrecadados com impostos dos trabalhadores do mundo todo foram drenados para salvar bancos, seguradoras, corporações e fundos de pensão. Os altos cargos das grandes corporações retiraram milhões de dólares para seus benefícios próprios enquanto o Estado máximo socorria *Wall Street*, comandada por fundos de pensão, seguradoras, investidores individuais bilionários etc. Podemos citar – neste pequeno espaço – três casos emblemáticos: a seguradora AIG, o Banco Citibank e a GM, fábrica de automóveis, que se tornou provisoriamente "estatal". Curiosamente, um ano e meio depois, os ativos outrora "tóxicos" foram para as mãos do Estado, tornando a GM uma das maiores empresas "estatais" do mundo durante um breve tempo. Depois da recuperação da empresa, o Estado, generosamente, devolveu os ativos "saudáveis" e o controle da empresa para seus acionistas. Este é o melhor dos mundos para os acionistas e um belo exemplo de uma das máximas do Estado capitalista: a socialização dos prejuízos e acumulação privada da riqueza.

Com o estrangulamento das lutas dos trabalhadores dos anos 1960, o capital recompôs sua hegemonia. Seja por meio de golpes militares em

184

todas as partes do mundo, seja por meio da ofensiva do capital rumo a campos e setores ainda não mercantilizados, o capital recuperou as rédeas da luta capital-trabalho. Não podemos deixar de mencionar também o papel do complexo militar e suas "guerras preventivas" no Iraque, Afeganistão, Líbia... e a nova geopolítica do petróleo, elemento ainda vital para a produção de mercadorias.

O projeto "civilizatório" do capital, ao se esgotar e adentrar na espiral da crise estrutural (MÉSZÁROS, 2002), torna-se "descivilizatório", alimentando-se crescentemente da barbárie, esta última também estrutural (MINTO, 2011). Mas, ao mesmo tempo que o Estado financeirizado tenta controlar e cooptar os movimentos sociais, novas revoltas populares surgem em todos os cantos do mundo.

Na atual fase do capitalismo financeirizado, não há mais possibilidades de oferecer ao povo outras propostas que não uma escola de péssima qualidade para as maiorias, o desemprego estrutural, a prisão, a repressão para aqueles que tentam contestar a nova ordem ou no máximo o subemprego e o incentivo à abertura de pequenas empresas, onde os trabalhadores executam uma atividade extenuante, numa aparente *liberdade* e *independência*.

Consequências e Manifestações da Barbárie

O Crescimento do trabalho infantil

Vimos na seção anterior que a fase "civilizatória" do capitalismo terminou no final dos anos 1960. A partir daí, o capital vem negando sistematicamente as conquistas dos trabalhadores na primeira metade do século XX: limitação da jornada de trabalho, direito à carteira assinada, direito à aposentadoria e férias remuneradas, fim do trabalho escravo e infantil, direito a uma residência, direito a um sistema público de saúde etc. Estas e outras tantas conquistas têm sido destruídas parcial ou completamente na nova fase do capitalismo, chamado por alguns: acumulação flexível e, por outros, capitalismo sob hegemonia financeira.

Recentemente assisti um documentário sobre o crescimento do trabalho infantil na cidade de Nápoles (Itália). O documentário passou na TV5, e ali é possível perceber as "maravilhas" que o capitalismo financeirizado, mundializado e reestruturado tem produzido. O jornal *Le Monde Diplomatique* também se debruçou sobre o crescimento do trabalho infantil nesta cidade. O vice-prefeito de Nápoles disse: "Claro, nós somos a região mais pobre da Itália. Mas não havíamos tido uma situação assim desde a Segunda Guerra Mundial [...]. Com 10 anos, essas crianças já estão trabalhando 12 horas por dia, o que claramente infringe o direito de se desenvolverem." O documentário mostra crianças trabalhando em Açougues, Cabeleireiros, no Tráfico de Drogas (Gomorra). Ganham 80 dólares por mês e este dinheiro faz falta para suas famílias.

Cerca de 600 milhões de crianças do mundo vivem na pobreza, 250 milhões, entre 5 e 14 anos de idade, trabalham em países do chamado Terceiro Mundo. E 130 milhões deles não recebem qualquer tipo de educação. Vivendo a "pedagogia da rua", estas crianças, filhas de trabalhadores, não têm qualquer possibilidade de desenvolvimento.

Os filhos dos trabalhadores, que estão nas escolas, são analfabetos funcionais. Saem da educação básica sem saber realizar as contas elementares da matemática, sem saber interpretar um texto, são analfabetos geográficos e históricos. No Brasil, as crianças trabalhadoras estão nas granjas, fazendas, carvoarias, estão cuidando dos seus irmãos nas "casas" onde moram, estão nas fábricas e lojas, são "escravas" modernas, trabalhando como empregadas domésticas.

No Estado de São Paulo, considerado a "locomotiva da nação", as avaliações colocam os alunos em 6º lugar dentre os estados da federação. Nossa hipótese é que o Estado de São Paulo está colocando em prática uma política educacional privatista, que dá continuidade a destruição dos poucos escombros da escola pública criados no período 1930-1964 e cria as condições gerais para a proliferação da educação mercantilizada, privada, voltada para o lucro.

Os filhos das camadas intermediárias da sociedade não vivem nas ruas, mas vivem em frente à TV, sendo bombardeados por propagandas explícitas e implícitas. Numa entrevista a TvFiocruz, o pesquisador Becker (2013) nos alerta que as crianças brasileiras passam 4 horas nas escolas, e 5 horas em frente à televisão.

Os poucos filhos de trabalhadores que têm acesso à escola de "qualidade", certamente passarão pelo novo mantra da pedagogia das competências, conforme veremos nas páginas abaixo.

Retorno do trabalho análogo ao escravo, a violência do subemprego, do desemprego estrutural e do trabalho alienado

Sob outra ótica, do ponto de vista da crise do *capitalismo real*, o esgotamento da fase "civilizatória do capital" fica patente quando observamos o desemprego e subemprego estruturais na atual fase do capitalismo com hegemonia financeira. Na Espanha, o desemprego atinge cerca de 40% dos jovens, que dificilmente encontrarão um trabalho decente neste novo século. Na Irlanda, Grécia e Portugal estamos vendo uma brutal crise da dívida. Na França e em menor medida em Portugal e Espanha, greves contra a reforma da previdência. No *Banlieu* de Paris, os filhos de imigrantes das ex-colônias francesas e os precarizados de outras regiões do país e até mesmo da Europa também não conseguem construir uma vida digna. Sarkozy, reforçando o Estado policial, promove a expulsão dos ciganos. Todas essas manifestações são resultado da destruição parcial ou completa do Estado do bem-estar social, momento histórico da Europa de máximo controle social do capital, baseado nas lutas dos trabalhadores e ao mesmo tempo nas necessidades do capital "produtivo", por pleno emprego, moradia, aposentadoria, lazer e aposentadorias dignas que em alguma medida desmercantilizaram a sociedade.

Na Espanha, o desemprego atinge 23,6% das pessoas em geral e mais de 50% dos jovens com menos de 25 anos. Em segundo lugar vem a Grécia com 21%. Os últimos da lista são alguns países do norte da Europa, como a Áustria, com mais de 4%, e a Alemanha, com a taxa oficial de desemprego em 5,7%. Portugal tem agora uma geração em risco, os "precários inflexíveis" retratados no filme de Giovanni Alves, que não tem nenhuma perspectiva de futuro razoável. Nos EUA, os 99% da sociedade tentam encontrar novas formas de luta contra o capitalismo financeirizado.

A mais nova máquina de moer gente brasileira está se dando na construção das Usinas de Santo Antônio e Jirau. Quase 100 anos depois da internacionalização da região, quando se deu a construção da "Ferrovia do Diabo", Rondônia assiste a uma nova obra internacional. A Usina Santo Antônio pertence ao grupo Tractebel, uma corporação franco-belga. As turbinas de Jirau estão sendo feitas por uma corporação chinesa – que ofereceu as turbinas com preços "baixíssimos" e pela Voith (alemã). A Odebrecht, conhecida corporação "brasileira, fica com a parte da montagem. Em Jirau, a construção da parte civil está por conta da Camargo Correa e a Enesa é a montadora da parte mecânica[29]. O financiamento da obra envolve o BNDES, Santander, Caixa, Bradesco, Itaú-Unibanco e Santander.

O canteiro de obras destas Usinas deve ser caracterizado como uma organização bastante complexa. Ficamos com a impressão que o canteiro de obras também é uma verdadeira máquina de moer gente – o calor é insuportável, ausência de condições de trabalho adequadas, superexploração do trabalho, ritmo de trabalho alucinante, trabalho noturno, engenheiros e encarregados pressionando por maior produtividade. Nos campos de concentração de

---

29   Boa parte da Enesa foi vendida ao Santander. Conforme informações obtidas na internet: "A empresa de engenharia Enesa Participações protocolou na Comissão de Valores Mobiliários (CVM) pedido para realizar uma oferta pública de ações na bolsa. Segundo o prospecto preliminar disponível na CVM, a companhia que atua na área de montagem e manutenção eletromecânica quer fazer uma distribuição primária (quando são emitidos novos papéis) e secundária (venda de ativos dos atuais sócios) na BM&FBovespa. Além dos acionistas pessoas físicas da Enesa, o prospecto cita o Banco Santander, o fundo Óleo e Gás Fundo de Investimento em Participações – gerido pela Modal Administradora de Recursos – e o fundo FIP Brasil de Governança Corporativa – gerido pela gestora BR Educacional, do economista Paulo Guedes – entre os acionistas vendedores da oferta. A operação será coordenada pelo Itaú BBA, com o auxílio dos bancos Credit Suisse, BB Investimentos, BTG Pactual e Modal".

188

Santo Antônio e Jirau, o único direito dos trabalhadores é o direito à morte por exaustão[30].

Depois de muitas lutas e denúncias contra as condições de moradia insuportáveis, os alojamentos dos trabalhadores foram climatizados e melhor adequados. Os trabalhadores vão do inferno e do calor inóspito ao ar livre e dentro das construções para o frio gelado do ar condicionado. Têm direito a descanso pós-almoço, nos espaços para TV não climatizados ao redor dos refeitórios, mas logo são sugados até a alma. Sobre os refeitórios, não deixa de ser curioso destacar que "os engenheiros e peões comem no mesmo lugar e a mesma comida", mas em horários diferenciados. Existem áreas de "lazer" e esporte para acalmar a massa de trabalhadores.

Os trabalhadores têm dificuldade de acesso a bebidas alcoólicas, mas fácil acesso a prostíbulos. Bancos, Hospitais, Salas de Culto, CIPA, Dentista, ABIN... Têm fácil acesso ao Sedex e ao Telefone Celular, mas não conseguem se teletransportar e se mandar do inferno. Um engenheiro nos relatou que no fim de semana, na obra de Jirau que "está no meio do nada", os trabalhadores só não se matam porque não tem uma arma na mão. É a difícil rotina da vida de gado. A força de trabalho é constituída por migrações em massa do Pará, Maranhão, Rondônia... É a vida de gado de trabalhadores que fazem parte dessa massa, que passa nos projetos do futuro, que tanto caminha e dá muito mais que recebe. No Faroeste rondoniense, muitos trabalhadores deixam suas famílias. Trata-se de um povo migrante na sua própria terra, vivem 2 anos na Usina X, e 3 anos na Usina Y. São desterrados na própria terra, como nos lembra Sérgio Buarque de Holanda, ou trabalhadores que só têm uma parte neste latifúndio chamado Brasil, uma parte designada para eles a 7 palmos abaixo do chão, como nos sugere João Cabral de Melo Neto.

---

30 Qualquer semelhança é mera coincidência. No filme *Conterrâneos Velhos de Guerra*, de Vladimir Carvalho, ficam evidentes os maus tratos com os candangos, a comida estragada, o alojamento péssimo, Carvalho mostra a face oculta do canteiro de obras de Brasília, fundamentado na superexploração do trabalho, em suicídios, diarreia, repressão a greves e tudo mais. A cidade que era o exemplo do progresso não abrigava seus trabalhadores-construtores.

É possível perceber a presença de muitas mulheres na produção, algo que não era tão presente em outras usinas hidrelétricas e todas as piadinhas "vai pilotar fogão", "mulher não sabe montar nada", "vocês não sabem fazer isso".

Na obra, encontramos máquinas pesadas e caras e padrões de exploração da força de trabalho degradantes da construção civil brasileira, em comparação com a forma como são utilizadas as máquinas, equipamentos e a força de trabalho europeias, ao menos até os anos 1980. Não queremos, com isso, ignorar a existência de polos avançados na economia brasileira (cervejarias, petroquímicas etc.) mas salientar a convivência e a umbilical relação entre o polo moderno e o polo atrasado da nossa economia.

A ausência de condições dignas de trabalho, a luta por melhores salários, alojamento, transporte, as lutas por vacinação, "lazer", direito à visita à família a cada três meses, dentre outros fatores, levaram às revoltas na Usina de Jirau o maior conflito da obra. Depois das revoltas de 2012 – que levaram ao assassinato do trabalhador Josivan França Sá no dia 12/02/2012, os campos de concentração de Santo Antônio e Jirau contam com a presença ativa da Força de Segurança Nacional – uma "novidade" nas Usinas Hidrelétricas. A função estratégica desta é impedir a explosão de novas revoltas ou conduzi-las "adequadamente". Segundo informações obtidas na Folha de São Paulo do dia 17/2/2012:

> Preocupado com a violência em canteiros de obras de hidrelé-tricas e com a proximidade de dissídios coletivos, Paulo Godoy, presidente da Abdib [Associação Brasileira da Infraestrutura e Indústria de Base], vai aproveitar a reunião de amanhã na Casa Civil para pedir reforço policial. A Abdib defenderá a necessidade de um plano de ação do governo federal ante repetidos casos de violência e incêndio em canteiros de obras de hidrelétricas.

> Os casos mais recentes de vandalismo ocorreram nas obras de Ferreira Gomes (Amapá) e Colíder (Mato Grosso). Jirau, Santo Antônio e Belo Monte também tiveram instalações destruídas. "É difícil afirmar que sejam coordenados, mas é estranho que os

eventos se sucedam, às vezes, gerados por boatos, como na Colí-
der", diz. "Precisamos também de um trabalho de inteligência
para saber se há um comando ou se são esporádicos e regionais",
afirma. "Pediremos que o governo federal avalie se os Estados
têm condição de proteger os trabalhadores e as obras, que são
bens públicos." Para ele, alguns casos demandam uma força
nacional, ao menos temporária. "Vêm agora os dissídios coletivos.
Observamos que se espalham boatos de que pagamentos não serão
feitos, de condição desumana em canteiros. São os mais avançados
do país, diferentemente de outros pequenos, que podem ter uma
condição precária."

A situação da classe trabalhadora terceirizada no Brasil[31]

Nestas obras, há uma massa de trabalhadores terceirizados, bem típica do novo padrão de acumulação flexível, nas obras de Santo Antônio e jirau. Eles fazem praticamente o mesmo trabalho, mas recebem um salário menor.

Lembremos que aos 26 anos de idade, Engels escreveu o livro *A situação da classe trabalhadora na Inglaterra.* Engels analisou todas as questões que envolvem o cotidiano do trabalho que vão desde as condições de trabalho nas fábricas, às leis que impõem a disciplina do trabalho, o problema da habitação, passando pelo transporte, o surgimento de instituições filantrópicas, o nascimento das escolas estatais para os trabalhadores e para a burguesia, a função das prisões, a alimentação dos trabalhadores, as lutas para a regulação do trabalho explorado, o avanço da maquinaria, entre inúmeras outras.

No Brasil, para não ir mais longe, desde as tentativas de faxina do stalinismo e do marxismo de tendência positivista, inúmeros pesquisadores, com maior e menor sucesso, têm tentando observar

---

31 Nesta parte resgatamos algumas ideias que surgiram ao fazer o prefácio do livro de Eraldo Batista.

as condições de existência da nossa classe trabalhadora. Trabalhos sobre as mudanças no mundo do trabalho, sobre o papel dos sindicatos na nova morfologia do trabalho, o peso do subemprego na nossa economia, a relação microeletrônica/ TICs/trabalho/desemprego, o (res)surgimento do mundo do trabalho associado, o "retorno" do trabalho análogo ao escravo, as novas demandas de qualificação dos trabalhadores, o estudo sobre as condições de reprodução da vida (habitação, transporte, trabalho doméstico), o papel da indústria cultural e da nova sociabilidade engendrada pelos shopping centers, a entrada em massa das mulheres no mercado de trabalho, a divisão sexual do trabalho nas fábricas, aliás, temas que foram considerados durante muito tempo como temas residuais. A fábrica era tudo, e o resto era resto.

Nesta esteira, raríssimos são os artigos e livros que abordaram a situação da classe trabalhadora no Brasil dentro de uma perspectiva totalizante. Seja em função da especialização acadêmica, seja em função das dificuldades e complexidade que esta abordagem envolve, esses trabalhos tenderam a observar uma dimensão da realidade dos trabalhadores, deixando de lado aspectos vitais para a compreensão da situação da nossa classe trabalhadora. A positividade da especialização reside justamente na possibilidade de aprofundamento de temas que eram observados de forma superficial pelas gerações anteriores, mas a negatividade reside também na dificuldade que nós, pesquisadores que buscamos uma análise mais totalizante, enfrentamos ao tentar compreender a realidade sem cair em justaposições. Se a realidade fosse uma mera soma das partes, bastaria então juntar, poderia pensar um leitor desavisado.

O livro de Eraldo Batista (2013) *Terceirização no Brasil e suas implicações para os trabalhadores* nos ajuda a compreender a situação da classe trabalhadora terceirizada no Brasil. Mesmo sendo sintético, consegue abordar as principais questões que envolvem as condições de existência dos trabalhadores terceirizados. O livro abrange inúmeros setores e realidades dos trabalhadores terceirizados, retrata o surgimento da terceirização, seus principais determinantes, a forma que adquiriu nas fábricas, no Estado, nos serviços, as especificidades da terceirização nos setores que empregam muitas mulheres, o surgimento das falsas cooperativas, a modificação das leis que favorecem a precarização e exploração do trabalho. Uma pesquisa mais ampla deveria fazer as seguintes perguntas: onde e como vivem os trabalhadores terceirizados? O que comem? Comem nos mesmos lugares que outros trabalhadores? Frequentam o mesmo tipo de ambiente que os trabalhadores "formais"? Quais são seus dilemas diários? Como estão resistindo à nova desordem do capital? Terão aposentadoria? Acreditamos que estas e outras perguntas devem ser respondidas em obras que pretendem abordar a situação da classe trabalhadora terceirizada no Brasil.

Ser pró-ativo, vestir a camisa, trabalhar em equipe, dar o sangue, ser participativo, ser um trabalhador voluntário, tornar-se um "global player", retirar as "gorduras" e tornar a produção enxuta, são as palavras que foram adicionadas ao novo dicionário do capital, principalmente nos setores onde predominam a acumulação flexível.

No entanto, se é verdade que o taylorismo-fordismo não morreu no Brasil, é preciso observar os setores de tendência taylorista, observar a permanência da acumulação "primitiva" e da mais-valia absoluta. Concordamos com Ricardo Antunes quando afirma que é possível verificar a coexistência do taylorismo e do toyotismo no Brasil contemporâneo

O Brasil, talvez o maior exemplo de um país ornitorrinco, passou por uma Revolução burguesa conservadora e incompleta, que nem sequer conseguiu oferecer condições adequadas para a maior parcela da sua classe trabalhadora. Ao lado dos trabalhadores formais que conseguiram um lugar ao sol nos setores "avançados", temos uma massa de miseráveis que serve como exército industrial de reserva permanente marginalizado do mercado de trabalho, como nos sugere Plinio de Arruda Sampaio Jr., ora entrando ora saindo da marginalidade, ou vivendo a duras penas na marginalidade, tendo de sambar e rebolar para sobreviver no nosso capitalismo ornitorrinco.

Na nova etapa do capitalismo brasileiro, agora sob hegemonia financeira e tendo como marco a acumulação flexível ganha espaço o trabalhador terceirizado total flex, a cidade neoliberal e o novo apartheid social, os shopping centers, os condomínios que integram trabalho, lazer, residência e escola, o trânsito caótico nas metrópoles, as motos e o aperto dos trens e metrôs muito bem retratados pela música "Rodo Cotidiano", do grupo O Rappa e os helicópteros das grandes metrópoles.

Com isso, as vilas operárias estimuladas durante a nossa primeira fase de industrialização, as políticas culturais que deram origem ao Sesi – dentre outras – perdem parcialmente sentido nesta nova fase do capitalismo brasileiro. Afirmo parcialmente porque, se nossa hipótese de que o taylorismo não foi substituído pelo toyotismo, mas sim que eles coexistem, não será difícil encontrar setores da economia que ainda recorrem às vilas operárias e vilas de engenheiro como fator de "integração", controle e fiscalização da produção e reprodução da vida. Para citar apenas um exemplo, em inúmeras obras do PAC, trabalhadores são aglomerados em alojamentos que permitem um maior controle das suas vidas "fora" do trabalho.

Num plano mais geral, diante da decadência ideológica da nossa classe dominante, é possível encontrar trabalho análogo ao escravo até mesmo no Estado de São Paulo. Bolivianos trabalhando até a exaustão e "morando" no local onde trabalham, terceirizados, ganhando um salário miséria, que não nos permite dizer que a mais-valia absoluta foi superada pela mais-valia relativa. Para deslocar para frente as contradições sociais que surgem deste padrão de acumulação destrutivo do ser humano e da natureza, assistimos às políticas de pacificação, à criação do bolsa família, à criminalização dos movimentos sociais e outras soluções que estão dentro da órbita do capital.

Um dos elementos não abordados pelo pesquisador Eraldo Batista, mas que permanece como desafio para este século XXI, é justamente a unificação das lutas e das alas dos terceirizados. Até onde sabemos, são ainda pequenas as ações neste campo. Predominam as lutas dispersas, corporativas e isoladas.

A abertura política com distensão, "lenta, gradual e segura", levou as tentativas de democratização por parte dos movimentos sociais para o labirinto da democracia totalitária brasileira. Nunca antes falamos em democratização quando na verdade tivemos o aumento da ditadura nas fábricas, nas TVs, nas escolas, no comércio, nos serviços, que violentamente agridem trabalhadores terceirizados e não terceirizados no Brasil. A contrarreforma neoliberal levou o povo brasileiro ao nocaute. A degradação da classe trabalhadora brasileira, em especial dos trabalhadores terceirizados, chegou a níveis estarrecedores e insuportáveis. Mesmo com a leve melhora do consumo da elite dos miseráveis, não acredito que a classe trabalhadora terceirizada e elevada à "classe C" esteja vivendo no paraíso. Ajudemos os trabalhadores a perceber isto o mais rapidamente possível. Ao contrário, a alienação no trabalho e em outras dimensões da vida, permanecem atuais.

Retornando ao caso das Usinas de Santo Antônio e Jirau, constatamos a dificuldade – mas não impossibilidade – de organização de lutas anticapitalistas num campo de concentração que mói trabalhadores a cada segundo e com alto controle do que fazem ou que poderiam fazer os trabalhadores. As corporações e a Força de Segurança Nacional têm o controle quase absoluto da vida dos trabalhadores – detecção de foragidos, "assassinos", trabalhadores sindicalizados, hábitos de consumo, hábitos de higiene, se se encontram para atividades "subversivas" e onde... Como sabemos, as classes dominantes brasileiras têm o hábito de inverter o crime. Os honoráveis bandidos são convertidos em deuses e mentores do "progresso", do "desenvolvimento do país", e os trabalhadores convertidos em assassinos.

Os engenheiros nos relataram que, em função da enorme migração de trabalhadores para a região e diante da ausência de estrutura no Estado, as próprias corporações construíram creches, escolas, reformaram hospitais e entregaram para o Estado. Eles alegam a alta probabilidade de desvios e corrupção. Somos contra o controle de todas as esferas da nossa vida por parte das corporações, construindo casas, escolas, hospitais etc. mas também não podemos deixar de reconhecer que o Estado de Rondônia se tornou um boa forma de roubo e acumulação de capital no faroeste rondoniense. Ao andar pela cidade de Porto Velho, qualquer pessoa com um mínimo de curiosidade poderá rapidamente perceber a quantidade de túneis e avenidas inacabadas, ausência de tratamento de água e esgoto que foram drenados para a construção das fortunas das elites regionais. A TV da região, de péssimo nível, controlada pelas elites regionais, tenta ocultar e dissimular diariamente os problemas do povo rondoniense.

Os "impactos" dessas obras não se resumem ao deslocamento em massa de trabalhadores para a região, mas também os impactos na fauna e na flora, mulheres grávidas abandonadas, deslocamento de atingidos por barragens, ribeirinhos, posseiros na maior parte das vezes sem seus direitos reconhecidos e passando a viver em locais que não reproduzem nem de perto as boas condições de vida que tinham. Em nome do "progresso" da região, de fazer "nascer uma nova Amazônia", do "emprego para o desenvolvimento da região e do país", "de atração de indústrias" as Usinas de Santo Antônio e Jirau promovem na verdade a "autovalorização do capital" cada vez mais financeirizado, superexploram os trabalhadores e criam novas contradições, impedindo os trabalhadores da região de criarem se integrarem ao mundo por uma rota alternativa à proposta pelo grande capital.

Na obra de Jirau, a vila dos engenheiros fica a cerca de 20 km. Não deixa de ser curioso que alguns engenheiros moravam na obra, mas estão sendo retirados em função de possíveis sequestros, caso venham a acontecer novas revoltas. Na obra de Santo Antônio, os engenheiros moram em casas de luxo na cidade de Porto Velho, a cerca de 15 km do centro da cidade. Temos engenheiros vindo do Sudeste e Sul – trabalhando num ritmo alucinante em tempos de produção enxuta e entrega das em obras menor tempo possível. Não é difícil perceber, em comparação com outras usinas hidrelétricas, a intensificação do trabalho de boa parte destes engenheiros. Colados 24 horas por dia nos celulares, realizando inúmeras reuniões, baixando sarrafo para aumentar a produção, infartando e infartando seus encarregados, ficando loucos, estressados.

A Usina de Santo Antônio, que está sendo montada pela Odebrecht, uma das últimas corporações de capital "nacional" mas com seus tentáculos em muitas partes do mundo, recebe a visita dos seus principais gestores vindos da Bahia e Rio de Janeiro, que não moram e jamais morariam em lugares tão longínquos e "inóspitos".

Na negociação para a construção destas complexas obras, não podemos deixar de destacar a revitalização de um trecho de 7 km da Ferrovia Madeira-Mamoré – a Ferrovia do Diabo, luta de uma pequena parcela da sociedade rondoniense, que teve como aliado o IPHAN (Instituto do Patrimônio Histórico e Artístico Nacional), a construção de um museu do Índio na Vila de Santo Antônio, diga-se de passagem, muito modesto para a importância que deveria ter. Alguns pesquisadores da UNIR (Universidade Federal de Rondônia) tentam salvar o que podem, mas muitos são intimidados ou cooptados pelas corporações.

Em 2006, foi finalizado o Presídio de Segurança Nacional de Rondônia, bem visível, ali ao lado da BR 364, a cerca de 40 km de Porto Velho. Mas para frente e para trás estão os campos de concentração visíveis para alguns, invisíveis para outros, de Santo Antônio e Jirau. Nossa hipótese é que estas obras fechem o quarto ciclo longo da máquina de moer gente, chamada Rondônia – Ferrovia do Diabo, anos 1945-1960, construção da BR 364. Que lutemos para não haver mais um novo ciclo longo de mortes nos campos de concentração de Rondônia!

Na mesma esteira, o Porto de Suape, o novo Estádio do Grêmio, os estádios da Copa, e inúmeras outras obras do PAC seguem o mesmo padrão de exploração da força de trabalho: contratam força de trabalho, moem, jogam fora como se fossem mercadorias descartáveis, contratam novos trabalhadores, moem, jogam fora como se os trabalhadores fossem mercadorias descartáveis. Como falar em direitos humanos se nosso "povo não vive, apenas aguenta" como sugere a música de Milton Nascimento.

As manifestações da barbárie nas escolas e a miséria da política educacional paulista

As escolas brasileiras não estão blindadas ao avanço da barbárie. Os trabalhadores educacionais (professores) tornaram-se carcereiros, abrindo e fechando as jaulas (salas de aula). Outros professores tornaram-se domadores de tigres: desviando-se de cadeiras jogadas neles. Assassinato de alunos, lógica concorrencial entre os professores, governos federais e estaduais se negando a conversar com os professores em greve, material didático elaborado por corporações educacionais, cursos de extensão caça-níqueis, pesquisadores vomitando artigos um atrás do outro, doenças por excesso de trabalho, merendas de péssima qualidade, professores apanhando dos alunos, professores espancado alunos, utilização de ritalina a torto e a direito para sossegar os "leões" são sintomas da barbárie nas escolas e universidades. O processo "descivilizatório" levou os pesquisadores Lima Filho (2012) e Minto (2011) a afirmarem que estamos vivendo a era da "economia política da deseducação".

Sobre as escolas públicas decadentes, um recente filme chamado *Pro dia nascer feliz* (2007), de João Jardim, evidencia alguns destes dramas. Para citar apenas mais um filme, *Entre os muros da escola*, tenta retratar a complexidade da escola moderna e sua falência. Kuenzer (1998) observa que houve uma "polarização das competências" e que as escolas seguem esta tendência. Num polo bastante diminuto, escolas voltadas para a preparação do novo trabalhador flexível, participativo, que interaja com os demais, adaptado ao trabalho em equipe e que busque novas soluções, sempre do ponto de vista do capital. No outro extremo, escolas voltadas para jovens terceirizados, precarizados com baixos salários, como: empacotadores, operadoras de telemarketing, trabalhadores da cana-de-açúcar, dentre inúmeras funções com características tayloristas. Se os reformistas do período 1930-1964 tinham um projeto republicano, com a polarização das competências, a escola de qualidade será para a pequena-burguesia dos miseráveis.

Podemos acrescentar ainda que as escolas que estão formando jovens para a *naturalização de desemprego*. Pesquisas mostram que em muitas regiões do Brasil, para não falar de outros países, a escola serve apenas para consolar os jovens *inempregáveis*, transmitindo a mensagem que não há mais emprego para todos.

No Estado de São Paulo, poderíamos destacar os pilares da contrarreforma educacional: a) a privatização da política educacional, tendo como eixo o crescimento das universidades e escolas privadas; b) a readequação das funções das universidades e escolas públicas para atender às necessidades do capitalismo financeirizado; c) a política de arrocho salarial dos trabalhadores educacionais públicos, d) a destruição das condições de trabalho e reprodução dos professores trabalhadores (ausência de um plano de carreira digno, ausência de aposentadoria digna); e) a enorme massa de trabalhadores educacionais temporários e eventuais, f) a legitimação do Conselho Estadual de Educação dominado por cargos vitalícios, não eleitos pelo povo e representando os interesses das corporações educacionais; g) a criação de cursos de enquadramento dos professores, diretores, vice-diretores, supervisores etc. dentro do paradigma do gerencialismo (choques de gestão, gestão por resultados, desempenho, "eficiência", avaliações quantitativistas etc.) e do paradigma das competências (trabalho em equipe, atitude pró-ativa, conhecimentos específicos etc); h) bônus por resultados, para fazer com que os professores — atraídos por esta isca — produzam mais; i) a mudança do currículo, inserindo cursos de empreendedorismo, agronegócio etc.

Como para a coalização política comandada pelo PSDB os trabalhadores públicos são "encostados", "vagabundos", "preguiçosos", a técnica a ser utilizada deve vir das corporações: "engajamento" dos trabalhadores para aumentar a produtividade da fábrica escolar. Ao mesmo tempo, as escolas devem buscar fundos para se sustentar. Dentro desta ótica, os diretores passam a cobrar o estacionamento, o cafezinho que aparece de forma muito bem abordada no filme *Entre os muros da escola*, como se estivéssemos num shopping que tem de ser lucrativo.

Como os governos da coalização comandados pelo PSDB não têm – como não poderia deixar de ser – uma solução para o trabalho alienado, atacam as suas consequências, e nunca as causas da alienação do trabalho na educação. Estes e outros aspectos da educação em São Paulo têm-nos levado a afirmar que estamos assistindo à consolidação da miséria ideológica da política educacional paulista (NOVAES, 2013). Se compararmos as tentativas de formação de um sistema educacional do início do Século XX com as políticas atuais, não é difícil perceber o rebaixamento programático das propostas contidas na política educacional paulista. Se a classe dominante tinha um projeto razoavelmente republicano na primeira metade do século XX, a nova classe dominante paulista tem um projeto imensamente privatista e destruidor dos poucos poros públicos que restam na "locomotiva da nação".

A necessidade histórica da educação para além do capital

Inúmeros movimentos sociais latino-americanos já nos mostraram que outro mundo é possível e também que outra educação é possível. Lutas contra a extensão mercadológica, lutas por um outro currículo, outra gestão, outra relação trabalho-educação que escapem ao controle do Estado e sua pedagogia das competências – já foram realizadas na América Latina no século XX, principalmente na fase pré-golpe militar e a partir dos anos 1990, principalmente com a ascensão da proposta educacional do Movimento Sem Terra (MST).

No entanto, depois de 20 anos de conquistas, estas experiências – riquíssimas do ponto de vista qualitativo – não conseguem arranhar o céu dominado pelas corporações educacionais e pela educação estatal, cada vez menos pública.

Para Mészáros, vivemos hoje a encruzilhada do Socialismo ou Barbárie. Nunca antes o lema colocado por Rosa Luxemburgo foi tão atual. Para nós, o capital não tem nada mais a oferecer a não ser políticas sociais epiteliais, que não tocam nos problemas essenciais dos trabalhadores. Bolsa Família, políticas de cotas sem uma real transformação do papel da universidade pública na sociedade de classes, Minha Casa Minha Vida, políticas de corte keynesiano para gerar emprego e consumo de massas só tendem a gerar uma sociedade alienada e produzir mais barbárie.

Dos cerca de 6 bilhões e meio de seres humanos, cerca de 5 bilhões vivem na pobreza ou na miséria. Não fazem parte da "sociedade do conhecimento", não possuem internet, não tem habitação digna, água potável, trabalho não alienante e vivem em guerras civis invisíveis. Se esta tendência se mantiver, mais e mais seres humanos farão parte do que o capital considera como lixo humano, lúmpen, pois somente causam problemas sociais, poluem as cidades, reproduzem-se desenfreadamente.

Olhando o mesmo problema, mas por um ângulo distinto, a atual fase do capitalismo produziu verdadeira avalanche de teorias educacionais dentro da órbita do capital, que mudam tudo sem nada mudar. Nadando contra a corrente, pesquisadores como Dal Ri e Vieitez (2008); Freitas (2009); Caldart (2004); Tiriba (2001); Iasi (2006) dentre outros tentam resgatar e atualizar o pensamento de pedagogos materialistas históricos e autogestionários. Diante disso, cursos como esse ao conectar teoria e prática podem ajudar a resolver as contradições enfrentadas pelos movimentos sociais nas suas lutas anticapital.

Cabe ressaltar que a teoria e a prática educacionais nos movimentos sociais não são novas. Se tomarmos como marco histórico a Comuna de Paris (1871), perceberemos rapidamente que os trabalhadores ousaram e lutaram durante cerca de 70 dias para a construção de um novo mundo. Nesta experiência pequena tendo em vista o intervalo de tempo, mas significativa em termos de *impacto* nos movimentos sociais do século XX, os *comunnards* declararam "estamos aqui pela humanidade", materializaram em alguma medida suas propostas e sinalizaram os novos caminhos para a humanidade, dentre eles algumas propostas educacionais. Todos os debates clássicos sobre autogestão das fábricas e da cidade, a necessidade de um plano econômico geral, a prática educacional para além do capital, a não burocratização das decisões executivas e legislativas, o internacionalismo operário etc. aparecem na Comuna de Paris. No Brasil do final do século XX, podemos tomar como exemplo o MST e suas propostas educacionais formais e informais.

Por último, mas não menos importante, sabemos que o capital é uma relação social totalizante e nesse sentido deve ser superado em sua totalidade. Nesse sentido, os movimentos sociais anticapital deverão incorporar nas suas propostas o trabalho associado e a educação para além do capital. Sem estes pilares, suas lutas irão se perder em solução dentro da órbita do capital.

A compreensão da história com base nos complexos temáticos/totalidade poderá se contrapor à *sociedade do desconhecimento e* o ensino fragmentado[32]. A pedagogia da luta se contrapor a pedagogia da tolerância e do empreendedorismo. O estudo da história do ponto de vista materialista poderá superar o ensino da história proposto pelo capital e nos ajudar a desvendar os principais complexos causais do sociometabolismo do capital, as particularidades dos capitalismos dependentes, suas contradições e seu movimento. O estudo da agroecologia poderá desvendar os principais nexos causais da produção destrutiva e da ciência do capital, e realizar o ensino e a pesquisa de novas formas de produção de alimentos não envenenados e sem trabalho explorado. A escola unitária poderá superar a escola dual, a pedagogia das competências e a incompetência das pedagogias. Se é verdade que a escola isoladamente não irá resolver os problemas da humanidade, também não é verdade que ela não tem um papel específico. Para nós, a compreensão dos principais determinantes do sociometabolismo do capital, a história e a teoria do trabalho associado, a pedagogia da auto-organização e da luta, o método dos

---

32 Para Lukács, a totalidade, como categoria fundante da realidade, significa: em primeiro lugar, a unidade concreta das contradições interatuantes; em segundo lugar, a relatividade sistemática de toda totalidade, tanto para cima como para baixo (o que quer dizer que toda totalidade é construída por totalidades subordinadas a ela e também que, ao mesmo tempo, ela é sobredeterminada por totalidades de maior complexidade...); e, em terceiro lugar, a relatividade histórica de toda totalidade, ou seja, que o caráter-de-totalidade de toda totalidade é dinâmico, mutável, sendo limitado a um período histórico concreto, determinado" (LUKÁCS, 1949 apud NETTO, 2009).

202

complexos temáticos/compreensão da totalidade, enfim, a educação para além do capital poderá nos ajudar a construir uma sociedade para além do capital.

A necessidade da luta revolucionária para superar a sociedade do capital deverá combinar a articulação das lutas imediatas com as lutas mais abrangentes, que atacam os centros nevrálgicos do capital. Deste ponto de vista, o direito a educação para além do capital deverá ser articulado a luta pelo direito ao trabalho não alienado[33], com o direito à saúde desmercantilizada e à igualdade substantiva. O Direito à água – "águas para a vida e não para a morte" – como diz o Movimento dos Atingidos por Barragens, direito a alimentos não envenenados, sem agrotóxicos, pois estes causam câncer, destroem o sistema imunológico dos seres humanos e das plantas. O direito ao controle da cidade e do país, superando a forma "democrática" atual onde o capital financeiro, a dívida pública controlada por rentistas, as corporações do agronegócio e as empreiteiras dominam nossas vidas. O direito à construção de um mundo autogovernado pelos trabalhadores livremente associados, sem gestores, tecnocratas de esquerda e de direita.

O direito à construção de um sistema comunal, onde os produtores planejariam o que produzir, como produzir e para quê produzir, planejamento este não permeado pelos ditames da mercadoria. Para finalizar, o direito à rebelião e o direito à insubordinação civil. Só assim será possível a efetivação dos direitos humanos, a construção de uma sociedade para além do capital e o desenvolvimento integral dos seres humanos.

---

33 As cooperativas e associações demonstram a possibilidade e a necessidade de uma forma mais avançada de trabalho, ainda que elas tendam a reproduzir todos os defeitos do modo de produção capitalista (Novaes e CHRISTOFFOLI, 2013). É possível encontrar nas associações de trabalhadores a "riqueza e a miséria do trabalho" associado sob o manto do capital.

Referências

ALANIZ, E. P. *Qualificação Profissional:* um estudo das práticas educacionais em uma empresa de autogestão. São Paulo: Editora da Unesp, 2007.

ANTUNES, R. (Org.) *Riqueza e Miséria do trabalho no Brasil.* São Paulo: Boitempo Editorial, 2006.

BARROS, F. *Capítulo 2 – a Escola Madre Celina Polci.* Dissertação de Mestrado, FAU, USP, São Paulo, 2012.

BATISTA, E. *Terceirização no Brasil e suas implicações para os trabalhadores.* 2. ed. Campinas: Pontes, 2013.

BENINI, E. *Sistema orgânico do trabalho.* Rio de Janeiro: Ícone, 2012.

_____; FARIA, M. S.; NOVAES, H. T.; DAGNINO, R. (Orgs.) *Gestão Pública e Economia Solidária.* São Paulo: Outras expressões, 2012.

BENSAID, D. Sobre a questão judaica. In: MARX, K. *A questão judaica.* São Paulo: Boitempo Editorial, 2009.

BERNARDO, J. e PEREIRA,. L. *Capitalismo Sindical.* São Paulo: Xamã, 2008.

BERNARDO, J. *Economia dos conflitos sociais.* São Paulo: Expressão Popular, 2006.

CALDART, R. *Pedagogia do Movimento Sem Terra.* Petrópolis: Vozes, 2004.

CHISTOFFOLI, P. I. *O desenvolvimento de cooperativas de produção coletiva de trabalhadores rurais no capitalismo: limites e possibilidades.* Dissertação de Mestrado. Curitiba: UFPR. 2000.

CIAVATTA, M. Formação integrada: entre a cultura da escola e a cultura do trabalho. In: CIAVATTA, M. (Org.) *Memória e Temporalidades do trabalho e da educação.* Rio de Janeiro: Lamparina/Faperj, 2007.

DAL RI, N. M.; VIEITEZ, C. Educação Democrática e Trabalho Associado no Movimento dos Trabalhadores Rurais Sem Terra e nas Fábricas de Autogestão. São Paulo: Ícone-Fapesp, 2008.

DEL ROIO, M. *Os prismas de Gramsci.* A fórmula política da frente única. São Paulo: Xamã, 2004.

DIEESE. *Relatório sobre o mundo do trabalho.* 2012.

FARIA, M. S. *Autogestão, Cooperativa, Economia Solidária:* avatares do trabalho e do capital. Florianópolis: Ed. da UFSC, 2012.

FERNANDES, F. *O circuito fechado.* Rio de Janeiro: Globo, 2006.

FERREIRA, E. B.; GARCIA, S. R. O. O ensino médio integrado à educação profissional: um projeto em construção nos estados do Espírito Santo e do Paraná. In: FRIGOTTO, G. CIAVATTA, M.; RAMOS, M. (Orgs.) *Ensino Médio Integrado:* concepções e contradições. São Paulo: Cortez, 2010. 2. ed.

FRAGA, L. *Extensão e transferência de conhecimento:* as Incubadoras Tecnológicas de Cooperativas Populares. Tese de Doutorado, DPCT, Unicamp, 2012.

_____; NOVAES, H. T.; DAGNINO, R. Educação em Ciência, Tecnologia e Sociedade para as engenharias: obstáculos e propostas. In: DAGNINO, R. (org.) *Estudos Sociais da Ciência e Tecnologia e Política de Ciência e Tecnologia –* abordagens alternativas para uma nova América Latina. João Pessoa: EDUEPB, 2010

FREIRE, P. *Pedagogia do oprimido.* Rio de Janeiro: Paz e Terra, 2002.

FREITAS, L. C. Prefácio. In: PISTRAK, M. et. al. *A escola-comuna.* São Paulo: Expressão Popular, 2009.

FRIGOTTO, G. *Educação e crise do capitalismo real.* 5. ed. São Paulo: Cortez, 2003.

HARVEY, D. *O Novo Imperialismo.* São Paulo: Loyola, 2004.

IASI, M. *Ensaios sobre consciência e emancipação.* São Paulo: Expressão Popular, 2006.

IBGE. www.ibge.gov.br 2012

KUENZER, A. Z. As mudanças no mundo do trabalho e a educação: novos desafios para a gestão. In: FERREIRA, N. S. C. *Gestão democrática da educação:* atuais tendências, novos desafios. São Paulo: Cortez, 1998. p. 33-58.

LIMA, A. GUHUR, D. TONÁ, N.; NOMA, A. Reflexões sobre a educação profissional em agroecologia no MST: desafios dos cursos técnicos do Paraná. In: RODRIGUES, F. C.; NOVAES, H.T.; BATISTA, E. L. (Orgs.) *Movimentos Sociais, Trabalho Associado e Educação para além do capital.* São Paulo: Outras Expressões, 2012.

LIMA FILHO, P. A. et al. O Projeto Universidade Popular: um marxismo para o Século XXI. In: *II Encontro Brasileiro de Educação e Marxismo: "Concepção e Método".* Curitiba: UFPR, 2006.

LUKÁCS, G. *Socialismo e Democratização.* Rio de Janeiro: UFRJ, 2008.

MACEDO, R. *O governo Lula e a miséria brasileira.* Tese de Doutorado. Araraquara, FCL, UNESP, 2012.

MAMANI, P. *Destotalización Del poder colonial/moderno – Rotación del poder y la economía otra – El caso de El Alto-Bolivia.* Mimeo, 2012.

MANFREDI, S. M. *Educação profissional no Brasil.* São Paulo: Cortez, 2002.

MARIÁTEGUI, J. C. *Sete ensaios de interpretação da realidade peruana.* São Paulo: Expressão Popular, 2008.

MARX, K. *A questão judaica.* São Paulo: Boitempo Editorial, 2009.

_____. *Manuscritos econômico-filosóficos*. São Paulo: Boitempo Editorial, 2006.

MÉSZÁROS, I. *A teoria da alienação em Marx*. São Paulo: Boitempo Editorial, 2006.

_____. Marxismo e direitos humanos. In: MÉSZÁROS, I. *Filosofia, ideologia e ciência social. Ensaios de negação e afirmação*. São Paulo: Boitempo, p. 157-68.

_____. *O Poder da Ideologia*. São Paulo: Boitempo Editorial, 2004.

_____. *Para além do capital*. São Paulo: Boitempo Editorial, 2002.

MINTO,L. W. *A educação da "miséria": particularidade capitalista e educação superior no Brasil*. Tese de Doutorado, Fac. Educação, Unicamp, 2012.

NASCIMENTO, C. *Autogestão: Economia Solidária e Utopia*. Revista eletrônica Otra Economía, 2008, p. 27-40.

_____. Do "Beco dos Sapos" aos canaviais de Catende. (Os "ciclos longos" das lutas autogestionárias). SENAES, Abril 2005. www.mte.senaes.gov.br, 2005.

NETTO, J. P. Introdução. In: MARX, K. *Miséria da Filosofia – resposta à Filosofia da Miséria, do sr. Proudhon*. São Paulo: Expressão Popular, 2009.

NOVAES, H. T. *A miséria ideológica da política educacional paulista*. Marília, Mimeo, 2013.

_____. *O retorno do caracol à sua concha – alienação e desalienação em associações de trabalhadores*. São Paulo: Expressão Popular, 2010.

_____. *Reatando um fio interrompido: a relação Universidade-Movimentos Sociais na América Latina*. São Paulo: Expressão Popular-Fapesp, 2012.

_____; CHRISTOFFOLI, P. I. As contradições da auto-educação no trabalho associado: reflexões a partir da experiência das fábricas recuperadas brasileiras. In: MARAÑON, B. (org.) *Economia Solidária*. Buenos Aires: Clacso, 2013.

PISTRAK, M. *Fundamentos da Escola do Trabalho*. São Paulo: Expressão Popular, 2001.

PRADO JR, C. *A revolução Brasileira*. São Paulo: Brasiliense, 1977.

RODRIGUES, F. C. *MST – Formação política e Reforma Agrária nos anos de 1980*. Tese de Doutorado, Faculdade de Educação, Unicamp, 2013.

_____; NOVAES, H. T.; BATISTA, E. (orgs.) Movimentos Sociais, Trabalho Associado e Educação para além do capital. São Paulo: Outras Expressões, 2012.

ROSAR, M. F. Centros de Ensino Médio Integrados na região da Baixada Maranhense: pontos de desenvolvimento territorial? In: LOMBARDI, J. C.; SAVIANI, D. (Orgs.) *História, Educação e Transformação: tendências e perspectivas para a educação pública no Brasil*. Campinas: Autores Associados, 2011.

SACHS, I. *Espaços, tempos e estratégias de desenvolvimento*. São Paulo: Vértice, 1986.

206

SAMPAIO JR. P. A. *Entre a Nação e a Barbárie*. Rio de Janeiro: Vozes, 1996.

TIRIBA, L. *Pedagogia(s) da produção associada*. Ijuí: Ed. da Unijuí, 2001.

USINA. Luta por moradia e autogestão na América Latina – uma breve reflexão sobre os casos do Uruguai, Brasil, Argentina e Venezuela. In: RODRIGUES, F. C.; NOVAES, H. T.; BATISTA, E. (orgs.) Movimentos Sociais, Trabalho Associado e Educação para além do capital. São Paulo: Outras Expressões, 2012.

VIEITEZ, C.; DAL RI, N. *Trabalho associado*. Rio de Janeiro: DP&A, 2001.

VIOLA, Solon. *Palestra no Seminário de Direitos Humanos*. Marília, Unesp, out. 2012.

WIRTH, I. G. *As relações de gênero em cooperativas populares do segmento da reciclagem: um caminho para a construção da autogestão?* Dissertação de mestrado, Campinas: FE/Unicamp 2010.

_____; FRAGA, L.; NOVAES, H. T. Educação, Trabalho e Autogestão: limites e possibilidades da Economia Solidária. In: BATISTA, E. L.; NOVAES, H. T. (orgs.) *Educação e reprodução social:* as contradições do capital no século XXI. Bauru: Canal 6/Praxis, 2011.

Filmes e Documentários

Bolivianos. Diretor. Kiko Goifmann. Sesctv, dezembro de 2012.

Capitalismo – uma estória de amor. Michael Moore, 2009.

Conterrâneos velhos de guerra. Vladimir Carvalho, 1984.

Entre os muros da escola. Laurent Cantet, 2006.

Entrevista com Daniel Becker. www.canalsaude.fiocruz.com.br. TVNBR, 12/02/2013.

Escola Nacional Florestan Fernandes.

Notícias de uma guerra particular. Diretor: João Moreira Salles, 2002.

Precários inflexíveis. Diretor: Giovanni Alves, 2012.

Pro dia nascer feliz. Diretor: João Jardim, 2005.

Sickso – SOS Saúde. Michael Moore, 2006.

O Som ao redor. Diretor: Kleber Mendonça. 2012.

Ética e direitos humanos:
a amizade na educação[34]

Alonso Bezerra de Carvalho

Como preâmbulo às reflexões deste texto, quero me reportar a um autor que procurou compreender a era moderna no que ela tem de mais singular e de mais específica. Estou falando de Max Weber. Sociólogo, historiador, filósofo, economista, ele procurou entender, especialmente, no seu livro bastante conhecido intitulado *A ética protestante e o espírito do capitalismo*, a formação de uma sociedade e de uma cultura a partir do movimento que realiza os homens em suas ações sociais. Ele diagnosticou que o *ethos*, ou seja, a maneira de ser, o temperamento, o caráter, as crenças; os desejos humanos são fontes precípuas no processo de constituição de uma civilização. E essa dedicação ou tentativa de compreender o humano, isto é, o sentido que damos às nossas ações, reveste-se de importância fundamental para pensarmos a ética e a educação nos dias de hoje. Para tanto,

---

34 Com algumas modificações este texto foi apresentado no *VII Seminário de Direitos Humanos no Século XXI*, realizado em setembro de 2013, na Unesp de Marília.

vou me dedicar a pensar com vocês sobre o humano. *Quem somos nós, seres humanos?*

Essa é uma pergunta simples, mas desafiadora e instigante se quisermos compreender o significado dos valores éticos no processo de convivência entre as pessoas na atualidade, principalmente num lugar muito especial, que é a escola. E quando falamos de seres humanos, estamos nos referindo também não apenas ao campo da ética, mas também ao dos direitos humanos. Assim, ética, direitos humanos e educação não podem, jamais, deixar de caminhar juntos, seja no processo de formação dos professores bem como e, sobretudo, na prática pedagógica.

Penso que para refletirmos melhor sobre essas questões, partir do tema das paixões pode nos ajudar bastante e o filósofo grego Aristóteles será o nosso parceiro nessa viagem.

Aristóteles: sem as paixões não há ética

Dois textos de Aristóteles expressam com muita propriedade o significado e a presença das paixões na constituição do homem: *Retórica* e *Ética a Nicômaco*. Elas seriam como um movimento que, como um dado da natureza humana, não pode ser tratado como algo a ser extirpado ou condenado. No livro II, capítulo 5 da *Ética*, quando indaga sobre o que é a virtude, Aristóteles responde que na alma humana se encontra três espécies de coisas: paixões, faculdades e disposição de caráter.

> *Por paixões entendo os apetites, a cólera, o medo, a audácia, a inveja, a alegria, a amizade, o ódio, o desejo, a emulação, a compaixão, e em geral os sentimentos que são acompanhados de prazer ou dor; por faculdades, as coisas em virtudes das quais se diz que somos capazes de sentir tudo isso, ou seja, de nos irarmos, de magoar-nos ou compadecer-nos; por disposições de caráter, as coisas em virtudes das quais nossa posição com referência às*

paixões é boa ou má. Por exemplo, com referência à cólera, nossa posição é má se a sentimos de modo violento ou demasiado fraco, e boa se a sentimos moderadamente; e da mesma forma no que se relaciona com as outras paixões. (ARISTÓTELES, 1987, p. 31)

Podemos arriscar em dizer que as paixões seriam o ponto de partida para a formação do caráter dos indivíduos. A avaliação de nossas condutas – se louvadas ou censuradas – não é feita por sentirmos paixões, mesmo porque ninguém se encoleriza intencionalmente, o que quer dizer, que não escolhemos sentir essa ou aquela paixão. Isto significa que só somos julgados e responsabilizados pelas nossas virtudes e vícios, que são formados pelo modo como usamos e lidamos com as paixões. "Sentimos cólera e medo sem nenhuma escolha de nossa parte, mas as virtudes são modalidades de escolha, ou envolvem escolha. Além disso, com as paixões se diz que somos movidos" (ARISTÓTELES, 1987, p. 31).

Desdobrando melhor a proposta aristotélica, talvez caiba aqui um aprofundamento ou uma explicitação dos elementos essenciais que a compõe. Grosso modo, e pensando a partir de uma pragmática, isto é, de sua funcionalidade na conduta humana, a paixão diz respeito ao que sentimos e experienciamos no nosso cotidiano. Ela é uma tendência ou uma inclinação que tem a função de nos mobilizar, tendo como resultado, frequentemente, uma ação posterior, daí o caráter de passividade que nos atinge. Quando reagimos a uma ofensa, por exemplo, sentindo raiva, não haveria a possibilidade de fazermos uma escolha, mantendo a calma e a tranquilidade. "A paixão é sempre provocada pela presença ou imagem de algo que me leva a reagir, geralmente de improviso. Ela é então o sinal de que eu vivo na dependência permanente do Outro" (LEBRUN, 1987, p. 18).

Como característica ou dístico do ser humano, a paixão é algo que um ser perfeito, como Deus, não seria movido por ela. Como pertencente às coisas do mundo humano, as paixões dependem do outro (o mundo fora de nós), não cabendo a nós escolher o momento para senti-las, o que não nos isenta de agirmos de maneira responsável em direção ao seu domínio, dosando-as. É deste modo que os outros nos julgam como seres ético-virtuosos, ou seja, observando como nos movimentamos com nossas paixões. Deste modo, e visto que o julgamento ético sempre se direcionará ao modo com que uma pessoa age diante de suas paixões, então, não há ética sem as paixões. Assim, o homem virtuoso, não seria aquele que lança mão de suas paixões nem aquele que as abranda, mas aquele que sabe dosar o quanto de paixão uma determinada conduta comporta nas circunstâncias que se defronta.

Do ponto de vista da educação, cabe a função de ensinar o homem a dominar suas paixões e não extirpá-las ou saciá-las. E dominar nada mais é do que utilizá-las adequadamente e não aniquilá-las, como pretenderam várias correntes filosóficas. Assim, é de estranhar quando queremos impor ou inculcar juízos éticos *a priori*, impossibilitando ao indivíduo fazer suas experiências passionais. Dito de outra maneira, quando queremos relacionar a ética com leis morais e jurídicas, como pretendera a ética cristã.

> *A regulação ética não é exercida através de uma lei judaico-cristã, mas pela opinião de um expectador prudente, que aprovará/ desaprovará minha conduta e avaliará se eu soube usar convenientemente minhas paixões. Não é a uma lei que eu devo referir minha conduta, mas à opinião moderada dos outros [...]; a ética aristotélica é mais um tratado de* savoir-vivre *do que um tratado de moral.* (LEBRUN, 1987, p. 21)

Também entendida como o mundo das emoções (ZINGANO, 2008; 2009), as paixões seria, então, um tipo de afecção que, quando envolvida na ação, contém um elemento cognitivo, pois ao sentirmos medo, antes é necessário que tenhamos uma *consideração* – examinar com cuidado, respeito e veneração – de que daquilo que está presente diante nós é capaz de causar dano à nossa vida.

Dessas reflexões queremos indicar que quando pensamos ou propomos uma educação voltada à ética e aos direitos humanos, inclusive e, sobretudo, a partir da escola, é preciso ter cuidado se não estamos descuidando do significado e do papel que as paixões podem cumprir. Seja no processo de formação dos professores bem como na prática pedagógica, posteriormente, é necessário repor essa questão de forma a contribuir na maneira de como lidamos com as manifestações passionais que somos acometidos, alunos e professores, por exemplo. As ideias de Aristóteles nos oferecem elementos suficientes e, quiçá, necessários, para o enfrentamento e a compreensão das situações tanto dilemáticas e conflituosas quanto às prazerosas, de harmonia e de amizade que são vivenciadas no ambiente escolar.

Talvez uma prática que podemos adotar diante disso seja a de repensar modos novos de construir nossas existências, dando a elas um caráter mais "chão", mais realista diante de atitudes e posturas que sempre predominaram na configuração dos projetos e das ações pedagógicas. Proponho que recoloquemos o tema das paixões nos nossos horizontes, tendo em vista que são fontes para a edificação de nossos valores, do nosso caráter e de nossa moralidade. E a escola, no seu sentido mais amplo, poderia ser o lugar espaço-temporal para essa experiência. Veja o caso da amizade. É o que vou desenvolver a seguir e permita-me voltar ao começo, a Max Weber.

Amizade, ética e direitos humanos na escola

O diagnóstico weberiano conclui que ao homem é exigido uma atitude de abertura ao outro, seja como indivíduo, seja como história, seja como cotidiano. Essa é a sua responsabilidade. Se Weber quis compreender a cultura moderna a partir de sua imanência, sem criar expectativas além do mundano, é porque ele percebeu que ética do sujeito, que ele chama de *ética da convicção*, não deu conta de atender os belos sonhos de um dia a dia duro e singular, que prometeu construir pessoas e, na verdade, fundou a despersonalização. Fazer experiências: é esse o desafio que é colocado ao homem na modernidade.

Weber tinha alguma esperança na "superação" de uma existência que prendia o homem a uma couraça, impossibilitando, assim, a manifestação de sua liberdade. Almejou construir um pensamento que compreendesse a condição moderna naquilo que ela teve de específico em comparação a outras épocas e conclui que nós vivemos num mundo que perdeu os seus valores transcendentais. Não haveria, na modernidade, um sistema de valores universais que justificasse as ações dos homens. Estaríamos diante apenas dos nossos próprios valores, que cada um cria para orientar a sua conduta.

Pois bem. A reflexão weberiana, embora apenas apontada aqui, me fez pensar numa outra possibilidade de existência humana. De uma ética do sujeito que, centrada nos universais, acreditava que podia tudo, a uma nova forma de experiência do viver, que toma em consideração a complexidade e a singularidade do mundo humano.

É nesse sentido que podemos pensar numa ética que leve em conta a relação entre os sujeitos; uma ética que saia do solipsismo que tudo quer abarcar, que tudo quer dominar. E, segundo meu ponto de vista, a noção de amizade nos fornece essa possibilidade. Já em Aristóteles a amizade é tratada como um sentimento, uma paixão, uma virtude que é necessária à vida e, portanto, exige uma abertura às situações nem sempre perfeitas da existência. "Na filosofia da amizade o dever não se fundamenta numa lei universal, mas no encontro concreto e contingente com o outro em espaço e tempo" (UTZ, 2008, p. 156). Essa ideia do encontro pressupõe o reconhecimento e uma conversão ou uma saída do solipsismo, compreendendo o outro como sujeito, indivíduo e cultura. Sujeito-sujeito: intersubjetividade. Indivíduo-indivíduo: interindividualidade. Cultura-cultura: interculturalidade.

> *O reconhecimento não é, em primeira instância, algo que eu confiro a um outro depois de ter analisado que ele, provavelmente, é um sujeito. O reconhecimento é um ato cognitivo originário e irredutível pelo qual, antes de tudo, a outra subjetividade, a alteridade como tal, constitui-se para mim. Eu não posso conhecer um outro sujeito senão reconhecendo ele.* (UTZ, 2008, p. 157)

Na filosofia aristotélica o tema da amizade é tratado nos livros VIII e IX da *Ética a Nicômaco* (1996). É verdade que por si só o texto aristotélico exige uma análise à parte, porém para os propósitos dessa nossa conversa apontarei apenas uma ideia, que pode nos ajudar a pensar na temática como uma "saída" ou, no mínimo, como uma problematização das questões deixadas pela filosofia ou ética do sujeito, contribuindo a repensar o campo da ética e dos direitos humanos.

Para Aristóteles, a amizade é uma paixão, uma emoção que nos torna capazes de sentir e que implica uma disposição do caráter, isto é, ela pode nos proporcionar a excelência moral ou a virtude. É uma paixão e uma disposição do nosso caráter que nos leva a conviver com o outro. É algo peculiar ao homem e, por isso, podemos pensar em sair do universo de uma relação em que, de um lado, se põe o sujeito e, de outro, o objeto. No início do livro VIII ele afirma: "os amigos estimulam as pessoas na plenitude de suas forças à prática de ações nobilitantes – 'quando dois vão juntos'[35] – , pois com amigos as pessoas são mais capazes de pensar e de agir" (ARISTÓTELES, 1996, p. 257). Instaura-se o que eu chamo de uma ética da proximidade. E ser próximo não significa sobrepor-se ou anular-se no outro. É andar juntos. Nesse aspecto, surge a possibilidade de superarmos o desejo humano pelos universais e pelo caráter teleológico que damos à nossa existência.

É verdade que Aristóteles ainda permanece nos limites de uma tradição racionalista, que eleva as ideias, o intelecto e a pureza da forma sobre a desordem e a incerteza da vida cotidiana. No entanto, cabe destacar que ele atenuou a hostilidade platônica sobre a experiência (*empeiria*), apontando que a particularidade humana está em sua capacidade de agir e não apenas de pensar. Mais que isso: o homem também é dotado da capacidade de sentir. O valor que deu à noção de *phronesis* (sabedoria prática) significava que a pura especulação não era o único modo válido de conhecimento.

---

35 Esta expressão, recuperada por Aristóteles, está na *Odisseia* de Homero, pois pretende mostrar que a amizade é uma viagem (*Fahrt*, em alemão), uma experiência (*Erfahrung*) que se realiza no espaço público, coletivo, o que faz pensar na superação da divisão epistemológica entre sujeito e objeto.

A phronesis *combinava "a generalidade da reflexão sustentada em princípios com a particularidade da percepção numa situação determinada. Se distingue do conhecimento teórico, pois se ocupa não de algo universal e eternamente igual, mas de algo particular e cambiante. E necessita tanto da experiência como do conhecimento".* (JAY, 2009, p. 31)

Se assim é, queremos pensar algo relacionado à educação, à ética e aos direitos humanos. A amizade como virtude e como prática sábia (*phronesis*), poderia nos dar indicações de uma epistemologia e de uma ética renovada e concreta que repõe saberes, valores e atitudes e que problematizem, no mínimo, os acontecimentos e desafios que surgem no ambiente escolar. Porquanto, ao pensarmos sobre a amizade ou sobre o amigo, a ideia do outro se reveste de realidade, de materialidade, deixando de aparecer como uma palavra perdida, um signo vazio e abstrato. Pois afinal o que é, ou quem é o outro? Diríamos que o amigo será, para nós, o outro que de fato chega a ser eticamente considerado, que chega a ser afetivamente recoberto e emocionalmente investido.

A ideia que podemos sobrelevar da concepção aristotélica é considerar que na base da amizade está a igualdade. Quando as relações tornam-se perversas, instaura-se a tirania, impossibilitando as afeições recíprocas. Experimentar a amizade é considerar a possibilidade de uma vida justa e virtuosa, fundada no compartilhar do que é agradável, no desejo de fazer bem ao outro e de se exercitar na direção de atitudes não baseadas nos interesses individualistas, fonte de conflitos permanentes, mas nos colocando como membros de uma comunidade, como pertencentes a uma coletividade. E não há lugar melhor para se viver essa experiência do que a sala de aula, pois o fundamento para a experiência da amizade está em compartilhar uma vida em comum, que pode nos levar a uma vida feliz e virtuosa, compartilhando a prosperidade e suportando as adversidades. A presença de amigos é preciosa, seja na alegria, seja na tristeza, tornando as dores leves e toleráveis.

Em suma, a amizade nos faz imaginar a possibilidade de romper com uma educação solipsista que, centrada no sujeito, acredita que tudo pode fazer, pensar e sentir. É o mundo da "egocentricidade apriórica da consciência" (UTZ, 2008, p. 153), em que a minha subjetividade é radicalmente diferente de qualquer outra realidade, isto é, é minha e nada mais. O outro não me afeta, não me interessa; no máximo trato-o como objeto.

A sala de aula como espaço de exercício dos direitos humanos e amizade

Embora seja um espaço institucionalizado, a sala de aula pode ser um lugar para transgredirmos e edificarmos uma maneira de nos relacionarmos e de nos respeitarmos. Para além dos conteúdos que aí circulam, acreditamos que é possível a comunidade escolar, sobretudo, professores e alunos, em criarem e inventarem ocasiões para experimentar novos diálogos e novas relações. Sala de aula: espaço revolucionário, espaço plural de liberdade e de conversações com o mundo e com os outros.

Seres inacabados que somos, o desafio que é posto para aqueles que querem intensamente fazer de sua existência uma obra de arte, está em se abrir ao outro, humano como eu. Não para anulá-lo e submetê-lo a desejos e ordens, porém no sentido de nos fazer mais humanos e sensíveis, compartilhando dores e sofrimentos bem como as alegrias. Reconhecendo esse permanente conflito e o caráter agônico da vida é que nos tornará um "outro" para o "outro", a ser considerado, ouvido, respeitado. E a amizade, no seu sentido mais profundo e original – *philia* – pode ser tomada como a ação mais decidida na direção do outro. E, portanto, a mais decididamente ética. Pois o amigo é sempre mais do que simplesmente o outro. É sempre mais que *um outro*. É o outro que queremos próximo, e toda uma ética da aproximação e da proximidade deve se constituir em resposta ao seu chamado.

216

Como suporte de toda discussão que estamos fazendo neste espaço, alguns conceitos são fundamentais: diálogo, consenso, tolerância, participação, afeto, acordo, respeito à diferença etc. Essas ideias pertencem à dimensão ética, contribuindo para a construção de uma maneira nova de existir. E a sala de aula pode ser pensada como um lugar rico para isso, mas sempre buscando ultrapassá-la. Pois, *para que serve uma sala de aula se não for capaz de nos transportar além de suas portas?* Uma pergunta desta natureza nos conduz a refletir e indagar o que estamos fazendo de nós mesmos como professores e alunos quando vivemos num ambiente como a escola, muitas vezes marcado pelo conflito e pela violência.

É costume considerar a sala de aula como um "momento privilegiado em que se processam o ensino e a aprendizagem, confronto de ideias entre professor e aluno, entre alunos e alunos, busca do aprimoramento de técnicas para maior racionalização da transmissão de conteúdos" (NOVASKI, 1995, p. 11).

Tradicionalmente utilizados como campos inerentes ao ato pedagógico, o ensino e a aprendizagem constituem ocasiões tensas e inquietantes, mas que bem cuidadas são fontes para criarmos maneiras novas de relações existenciais.

Se educar é costumeiramente definido como a possibilidade de "levar de um lugar para outro", devemos estar abertos a aumentar as nossas experiências e vivências, configurando "um processo de ensino-aprendizado realmente humano" (NOVASKI, 1995, p. 11).

Desse ponto de vista, a sala de aula deve se tornar um lugar de encontros, levando em conta as mais diversas, variadas e contraditórias perspectivas e expectativas. As pessoas entram ali, constroem relações, momentos nos quais os interlocutores experienciam perspectivas numa troca permanente de conteúdos, em que as conversas produzem e fazem acumular informações enriquecedoras. "Como são infindáveis as perspectivas desde as quais um assunto pode ser abordado, vemos aí então que a aprendizagem não termina nunca, o que torna perigosa, diria mesmo ridícula, a postura de quem se acha o dono do saber" (NOVASKI, 1995, p. 12).

Como um artista, o professor – esse ator do ensinar-aprender – deve se manter firme em suas convicções sem ser dogmático, e respeitoso das convicções alheias sem ser subserviente. "A verdadeira arte consiste em cada um tornar-se suportável e, se possível, agradável a si mesmo; e também suportável e, se possível, agradável aos outros" (NOVASKI, 1995, p. 12).

Essa criatividade, intrínseca à arte de educar, nos torna mais humanos e mais próximos, enfim, mais eróticos.

> *Uma relação erótica, porque a relação de um professor com um aluno é como a relação de um ator com seu público: quando você aparece em cena, é como se o estivesse fazendo pela primeira vez, e você tem a sensação de que, se não tiver conquistado o público nos primeiros cinco minutos, o terá perdido. É isso o que eu chamo de uma relação erótica, no sentido platônico do termo. Além disso, há uma relação canibal: você come as carnes jovens deles, e eles comem sua experiência.* (ECO, 2008, p. 5)

Esse canibalismo pedagógico, de que fala Eco, nos leva a pensar em algo mais radical, isto é, ao conhecimento que se pode ter cada vez mais do ser humano. Agir assim é ir se inteirando da aprendizagem mais profunda e que realmente interessa na vida: conhecer o humano, o mundo humano. A densidade de sentido dessa experiência se revela por meio de um processo em que o saber não é algo mecânico e instrumental, porém se deriva de um prazer, dor ou sofrimento advindo de uma relação saborosa; doce ou amargo, mas sempre sabor.

Assim, a exigência para a prática de uma nova maneira do educar é também educar-ser e não apropriar-se do outro, reduzindo-o a um mero objeto ou coisa. Segundo Eco:

> *Há pessoas infelizes que passam os primeiros anos de sua vida com pessoas mais jovens, para poder dominá-las, e, quando envelhecem, estão com pessoas mais velhas. Comigo aconteceu o contrário: quando eu era jovem, estava com pessoas mais velhas, para aprender, e agora, tendo alunos, estou com jovens, o que é uma maneira de manter-se jovem. É uma relação de canibalismo; comemos um ao outro.* (ECO, 2008, p. 5)

218

Essa antropofagia expõe que, como animais humanos, somos capazes de encontros, de uma abertura que nos aperfeiçoa. Diferente do que pensa Kant, esse aperfeiçoamento não nos conduziria a um cosmopolitismo social, mas nos prepara continuamente para o enfrentamento das exigências que o dia a dia nos fornece.

A vida, prenhe de sentidos, que se renovam a todo instante, é inesgotável. Por isso, tanto na aprendizagem de conteúdos como na aprendizagem do que é o ser humano cabe a nós escapar de pensar o mundo como um sistema fechado de conceitos ou tentar reduzir o outro a um molde dentro do qual queremos enquadrá-lo. "Muitas vezes temos que deixar de lado todo tipo de abordagem técnico-científica e, desarmados, estar simplesmente com o outro... Educar é estar com o outro" (NOVASKI, 1995, p. 13-14).

Sendo otimistas, mas não iludidos, a escola pode significar o lócus para aproximar as pessoas, sim, construindo momentos privilegiados de encontros. Mas é verdade também que ela pode – e geralmente o faz –, afastar as pessoas das pessoas, o que muitas vezes pode estar causando a violência no âmbito escolar.

É suficiente recordarmos como foram e são as nossas relações na sala de aula. Quanto tempo demora para se estabelecer – quando se estabelece – um convívio mais próximo entre aluno-aluno e aluno-professor-aluno? O ensinar-aprender do homem não se realiza só como interioridade, como assimilação de conceitos, valores e teorias, mas saindo de si, estando perto das coisas e dos outros; existir é sinônimo de vizinhança, de estar no mundo, de ser uma consciência menos intencional e mais *intencional*. "A variedade insuspeitada de sentidos para uma sala de aula é diretamente proporcional à densidade afetiva [erótica] com que esse acontecimento foi vivido" (NOVASKI, 1995, p. 14), cuidando para que este processo delicado não extrapole para a cooptação e a sedução do professor sobre o aluno.

De uma relação erótica, nos termos aqui definidos, se pressupõe a proteção a qualquer reducionismo, ou seja, ao tratar a aula e a sala de aula como espaço ou tempo de encontro de gente com gente, sem querer dizer que tudo se sintetizaria e afloraria de modo límpido e sereno. É preciso ponderar que "todas as vicissitudes humanas perpassam de ponta a ponta nesse espaço e tempo, vicissitudes que podem ser traduzidas em conflitos, alegrias, expectativas mal ou nunca satisfeitas, recalques, exibicionismo, esperanças, avanços e retrocessos enfim, tudo o que é humano" (NOVASKI, 1995, p. 14)

Portanto, o professor deveria estar atento para responder aos apelos – nem sempre verbais – que emergem no ambiente da sala de aula. Essa responsabilidade significa que ele deve ir além dos conteúdos, transportar-se para além da sala de aula.

A relação em sala de aula é muitas vezes, apresentada como uma relação que se marca e se define pela alteridade. Pela forma de compreensão, de percepção e de recebimento da alteridade. Não sabemos se essa direção, ou mesmo se essa descrição da sala de aula, como um espaço relacional a envolver fundamentalmente a condição diferenciada e diferenciadora da alteridade, e, em especial, a mediação do processo de construção do conhecimento pelo outro, é realmente a mais adequada. No aspecto cognitivo propriamente dito, essa concepção em geral está marcada pela ideia de uma sociabilização, de uma socialização dos elementos e processos de conhecimento. É uma perspectiva particularmente importante em pensadores de tradição social, ou mesmo marxista, mas na verdade, ela estende-se por quase todo o campo pedagógico, entendido este como um plano relacional por excelência. Tal importância da presença e da mediação do conhecimento e do aprendizado pelo outro, reflete a concepção de um processo "social" e "socializado" de uma e outra esfera. O conhecimento, em todos os seus aspectos, e o aprender, por decorrência, são acontecimentos de natureza social. O esperado, portanto, é que se aponte para a importância central do outro, e da condição de alteridade, inclusive para o estabelecimento efetivo de um processo de construção cognitiva, processo este que, sem a presença do outro, permanece parcial, precário, ou mesmo irrealizado de todo.

Considerações finais

Andar juntos: atitude mais que necessária à vida, nos ensina Aristóteles. Esta experiência, que é a da amizade, redescreve o significado da ética e dos direitos humanos nos dias de hoje e, sobretudo, o papel que os sujeitos desempenham nas relações com o outro. Como virtude ela poderia favorecer a reflexão sobre um possível equilíbrio entre a proposta de Kant, isto é, que o jogo da liberdade humana é conduzido por um *telos* e por uma universalidade jamais alcançados e a quase desesperança que Weber diagnosticara sobre a modernidade, impossibilitada de estabelecer valores universais que orientasse as ações do homem no mundo. Entre um universal otimismo e um particular "pessimismo", o conceito de amizade torna-se elo importante para se pensar a excessiva distância e a demasiada intimidade que muitas vezes marcam as relações humanas na contemporaneidade, especialmente na escola.

Neste texto, quisemos interpelar uma conduta, crença ou atitude que considera aprioristicamente apontado os meios justos para a realização dos fins. Não. Os próprios fins jamais se nos apresentam de um modo perfeitamente determinado. Estaríamos diante de questões e dilemas que as respostas só viriam se levássemos em conta as "exigências momentâneas de uma situação factual" (GADAMER, 1998, p. 55). Resta-nos, portanto, tomar consciência, sim, mas de outra maneira, isto é, compreendendo e se motivando com a realidade do momento. E o outro deve ser o parceiro nessa viagem e nessa experiência.

Problematizar a subjetividade, de base egocêntrica, e vislumbrar um intersubjetividade pode ser o caminho que nos leva a edificar maneiras novas, inclusive de ação pedagógica. Compreender o outro como fenômeno original não pode ser uma relação de sujeito-objeto, porém é preciso dar lugar a um espírito de discernimento da situação em que o outro se encontra, se não há o encontro nada acontece, a amizade não ocorre. É difícil? É. Como diz Aristóteles, a amizade perfeita e virtuosa é algo raro e nobre, mas se a atingirmos ela tende a durar, já que os amigos encontram um no outro todas as qualidades que os amigos devem possuir.

> *A amizade perfeita é a existente entre as pessoas boas e semelhantes em termos de excelência moral; neste caso, cada uma das pessoas quer bem à outra de maneira idêntica, porque a outra pessoa é boa, e elas são boas em si mesmas. Então as pessoas que querem bem aos seus amigos por causa deles são amigas no sentido mais amplo, pois querem bem por causa da própria natureza dos amigos, e não por acidente; logo, sua amizade durará enquanto estas pessoas forem boas, e ser bom é uma coisa duradoura.* (ARISTÓTELES, 1996, p. 260-261)

Enfim, é caminhando juntos que podemos fazer essa experiência. Andemos na escola também!

É a partir dessa compreensão aristotélica da amizade que se pode refletir ou bem articular a ética com o campo dos direitos humanos e a educação. Ao se olhar, precisamente, para os artigos da Declaração Universal dos Direitos Humanos, encontra-se um conjunto de noções, ideias e princípios que explicitam, exigem ou propõem a amizade como fundamento, ou melhor, como prática a ser garantida no exercício das relações que são estabelecidas entre os seres humanos. Espírito de fraternidade, direito à vida e à liberdade, direito ao reconhecimento, direito à proteção contra qualquer discriminação, direito à liberdade de pensamento, de consciência e de religião, direito à liberdade de opinião e de expressão, direito à liberdade de reunião e de associação pacíficas, direito à educação etc. são atitudes essenciais para a boa convivência entre os cidadãos e "como ideal comum a atingir por todos os povos e todas as nações".

Portanto, a vida em comum é a característica mais relevante da amizade, especialmente da amizade perfeita, como definida por Aristóteles, pois aqueles que estão em estado de fraqueza ou indigência têm necessidade de ajuda e aqueles que são ricos gostam de se sentir rodeados de pessoas, visto que a solidão é algo que incomoda e aflige. Como disposição duradoura, gostar de seu amigo é gostar do que é bom por si mesmo, o que pressupõe, portanto, uma igualdade, uma partilha da existência e a própria dignidade humana.

Nesse sentido, as ideias trazidas aqui têm a preocupação não somente de articular ética, amizade, direitos humanos e educação, mas, sobretudo, pensar que saídas são imagináveis para problemas que insistem em permanecer habitando o ambiente humano e escolar. A partir do momento que olharmos para outras dimensões da vida humana, ampliando o nosso horizonte, de maneira que o outro seja levado em consideração como elemento constitutivo de nossa existência, podemos favorecer a invenção de novas práticas, mas mais do que isso, inovar as nossas posturas e atitudes. Aqui defendemos que os discursos filosóficos sobre a amizade podem ser tomados como exortações que nos conduziriam, no mínimo, a uma pré-disposição para aceitar o outro, a uma disponibilidade para conhecê-lo, para agradá-lo, de maneira também a sermos bem-vindos e bem aceitos. Nessa direção, a amizade, como paixão e como disposição de caráter, nos termos compreendidos por Aristóteles, cuidaria de estabelecer um pacto de reciprocidade, de afeição e de generosidade no sentimento; *como se*, acompanhadas por amigos, as pessoas se revelassem mais capazes para melhor agir, melhor conviver e melhor pensar e saber. A amizade, assim compreendida, acarretaria o reconhecimento de si nos atributos do outro, tornando-se elemento fundamental para liberdade, a justiça e a paz no mundo.

Enfim, é caminhando juntos que podemos fazer essa experiência. Andemos, na escola também! E mais, na Universade *aussi*.

Referências

ARISTÓTELES. *Ética a Nicômaco*. São Paulo: Nova Cultural, 1987 (Os Pensadores).

_____. *Ética a Nicômaco*. São Paulo. Nova Cultural, 1996.

_____. *Retórica das paixões*. São Paulo: Martins Fontes, 2000.

ECO, U. O professor aloprado. Folha de São Paulo. *Caderno Mais!* 11/05/2008 (Entrevista).

GADAMER, Hans-Georg. *O problema da consciência histórica*. (Org.) Pierre Fruchon. Trad. Paulo César Duque Estrada. Rio de Janeiro: Editora Fundação Getúlio Vargas, 1998.

JAY, Martin. *Cantos de experiencia:* variaciones modernas sobre un tema universal. Buenos Aires, Barcelona, México: Paidós, 2009.

LEBRUN, G. O conceito de paixão. In: NOVAES, Adauto (Org.). *Os sentidos da paixão*. São Paulo: Cia. das Letras, 1987.

NOVASKI, A. J. C. Sala de aula: uma aprendizagem do humano. In: MORAES, Regis (Org). *Sala de aula:* que espaço é esse?. Campinas: Papirus, 1995, p. 11-15.

UTZ, K. Filosofia da amizade: uma proposta. In: *ethic@: revista internacional de filosofia da moral* / Universidade Federal de Santa Catarina. Centro de Filosofia e Ciências Humanas. Departamento de Filosofia. v. 7, n. 2. Florianópolis: NEFIPO, p. 151-164, Dez 2008.

ZINGANO, M. *Aristóteles: tratado da virtude moral*. Ethica Nicomachea I 13 – III 8. São Paulo: Odysseus Editora, 2008.

_____. *Estudos de ética antiga*. São Paulo: Paulus/Discurso Editorial, 2009.

O *ethos* de uma educação para os Direitos Humanos

Danilo R. Streck
Solon E. A. Viola

> *Como se bastasse invocar a virtude para possuí-la! Aqueles que a possuem, raras vezes falam dela. Necessita o sol do privilégio do seu fogo ou certificado de sua luz?* (MARTÍ, 2001, p. 189)

Introdução

A ética é hoje tema de interesse universal presente em congressos de filosofia e demais áreas das humanidades, mesas de bar e falas políticas de todos os matizes. Tão variado é o uso do termo que talvez seja o momento de propor uma moratória para a palavra *ética*. O próprio esforço de provar-se mais ético do que outros trai a intenção de quem assim se proclama expondo as suas contradições.

Segundo Martí (2001) não basta ter razão, pois não é suficiente invocar a virtude para possuí-la, especialmente quando ninguém está imune às contradições quando se viver em uma sociedade complexa. Isso pode significar tanto a acomodação diante e dentro das contradições quanto o compromisso de busca da coerência entre teoria e prática, entre o dizer e o fazer, entre o ser e o desejar, poder, querer e deve ser. Se hoje o tema da ética está à flor da pele e por toda parte é porque uma época de profundas mudanças como a que vivemos mexe com a compreensão que temos de nosso papel e lugar tanto na sociedade como no cosmos. De maneira mais radical ainda, traz questionamentos sobre quem, afinal, nós somos. Carlos Drummond de Andrade (1970, p. 232), na poesia "Especulações em termo de palavra homem" insiste em perguntas vitais, mas incômodas, sobre este o ser humano. Entre outras coisas, o poeta pergunta:

> Mas que coisa é homem,
> que há sob o nome:
> uma geografia?
> Como se faz um homem?
> Quanto vale o homem?
> Por que mente o homem?
> Para que serve o homem?
> Que milagre é o homem?"

Neste texto[36] optamos pelo uso de *ethos* porque, diferente da ética, enfatiza menos a intencionalidade e o comportamento humano e mais o contexto ou o espaço onde se produz e realiza a ação humana. *Ethos*, na língua grega usual significava morada ou abrigo de animais[37].

---

36 O presente capítulo tem como base o texto de Danilo R. Streck originalmente publicado na revista *Espaço Pedagógico*, v. 13, p. 95-106, 2006, com o título "O *ethos* de uma educação humanizadora: Reflexões sobre educação, ética e cultura contemporânea." Na presente versão, em coautoria, integramos a visão dos direitos humanos.

37 O sentido de *ethos* está evidenciado no conceito de *etologia*, "(o) estudo dos hábitos dos animais e da sua acomodação às condições do ambiente." (Novo Dicionário Aurélio) O dicionário refere o conceito igualmente ao tratado dos costumes entre humanos, quanto às adaptações observadas nos vegetais.

Traduzido para o contexto humano tem a ver com o modo como o ser humano organiza sua habitação, tanto sua casa particular, quanto o seu mundo coletivo. Ou seja, o conceito *ethos* remete tanto a uma dimensão individual quanto à dimensão política e comunitária.

A pergunta que colocamos para esta reflexão pode ser assim formulada: O que seria, hoje, um *ethos* para a educação em direitos humanos? A pergunta parte de alguns pressupostos, dentre eles: a) que direitos humanos estão intimamente ligados com humanização e que esta não é um dado, sendo o seu contrário, a desumanização, uma ameaça real; b) que o *ethos* – a casa onde moramos – pode ser uma herança das gerações anteriores, mas nem por isso deixa de ter o toque de nossa mão para a formação da morada das gerações futuras; c) que a educação tem a ver com o jeito que damos a esta casa e com o tipo de pessoas que sonhamos para ela.

A humanização como tarefa permanente

A educação tem a ver com o ser humano e a sociedade que desejamos, projetamos e construímos. Por isso, as repostas e as práticas pedagógicas são diferentes, entre as culturas, as nações e também entre as pessoas de um mesmo lugar. Carlos Rodrigues Brandão[38] dizia que poderia ser mais apropriado falar da educação no plural. Haveria educações porque as maneiras de se fazer gente são diversas. Estamos propondo com isso que não há uma determinada forma de ser humano, nem que exista um ponto que possa ser considerado ideal ou final da humanização. Rousseau expressou isso muito bem quando disse que nenhum filósofo até hoje se atreveu a dizer até onde o homem pode chegar e ninguém ainda conseguiu medir a distância que vai entre um homem e outro. "Ignoramos, diz ele, o que nossa

---

38 "Ninguém escapa da educação. Em casa, na rua, na igreja ou na escola, de um modo ou de muitos, todos nós envolvemos pedaços da vida com ela: para aprender, para ensinar, para aprender-e-ensinar. Para saber, para fazer, para ser ou para conviver, todos os dias misturamos a vida com a educação. Com uma ou com várias: educação? Educações." (BRANDÃO, 1981, p. 7)

228

natureza nos permite ser." (ROUSSEAU, 1995, p. 45) Paulo Freire falava do inacabamento como constutitivo do ser humano.

Rousseau acreditava que houvesse um estado de natureza puro que deixou suas marcas em cada um de nós e que por isso a primeira tarefa da educação seria proteger a criança do mundo corrompido à sua volta. Hoje, tendemos a não confiar tanto nesta natureza boa e temos consciência de que somos irremediavelmente parte da cultura. Nela, vivemos e dela precisamos como o peixe precisa de água. Referindo-se à natureza de homens e mulheres, FREIRE explica: "Natureza entendida como social e historicamente constituindo-se e não como um 'a priori' da história" (FREIRE, 1997, p.40) [39].

Entendemos assim, por exemplo, porque mesmo um educador dialógico como Paulo Freire insiste que a educação é sempre diretiva. Ela está perpassada de intencionalidades e condicionada pelas circunstâncias econômicas, sociais e culturais de cada período histórico e com suas contradições. São, aliás, as contradições que não permitem que os períodos históricos sejam previamente determinados, porque se assim fosse, estaríamos presos num círculo de fatalidade.

Assumindo que a humanização é tarefa permanente, cabe destacar alguns desafios especiais em nossa época. Estes desafios estão ligados a ameaças que fazem parte de nosso cotidiano e estão nos jornais, nos noticiários, nas conversas com colegas, amigos e vizinhos. Na terminologia de Freire (1982, p. 106), estas ameaças são situações-limites que podem ser tanto inibidoras da ação, por serem percebidas como obstáculos intransponíveis, ou podem ser ressignificadas, por meio da percepção crítica, como desafios que requerem a ação transformadora.

Na lista destas ameaças que assolam a nossa sociedade há duas que são presença constante: o medo da violência em suas diferentes formas e a insegurança quanto ao futuro associada principalmente com o constante risco de perder o emprego ou de ver o trabalho pessoal não render o suficiente para garantir o sustento, quando

---

39 Para uma discussão sobre Rousseau e Freire, veja o capítulo 4 de *Educação para um novo contrato social* (Streck, 2003), "A autononia revisitada: de Rousseau a Freire".

não de desaparecer, em suma, o risco de exclusão. Não é possível explorar cada um desses temas em seus desdobramentos de causas, diagnóstico e relações; basta, neste contexto, situá-los como ameaças à condição humana.

A violência é certamente a mais visível destas ameaças. Bobbio destacava em 2004 que o século XX fora um tempo de violência quase plena "sou filho de um século que será forçosamente recordado como o mais cruel da história" (BOBBIO, 2004, p. 43). O pensador italiano referia-se às longas guerras que marcaram o século passado e às armas de destruição, até então inigualáveis que a humanidade produzira. O tempo que se passou desde então não permite pensar que a escalada bélica esteja diminuindo. Ao contrário, de lá para cá o número de guerras localizadas aumentou e as zonas de conflito não param de crescer como bem demonstram os estados em situação de beligerância interna no Oriente Próximo e o constante aprimoramento das tecnologias da morte. Ao escrever sua Autobriografia (2004) Bobbio questionava "... a história humana, entre a salvação e a perdição é ambígua. Não sabemos nem mesmo se somos nós os donos de nosso destino" (BOBBIO, 2004, p.257).

Ao reconhecer que o senso moral da humanidade avança como demonstram as declarações dos direitos humanos o autor lamentava "... no entanto avança mais lentamente que o avanço do poder econômico, do poder político, do poder tecnológico". Ao destacar a importância dos direitos humanos o autor salientava que é uma grande contribuição da nossa civilização, mas uma invenção "mais anunciada que seguida".

Talvez em razão de a sociedade na qual vivemos ser uma sociedade basicamente estruturada pela presença da guerra a violência se torna uma presença quase natural na vida cotidiana a ponto de se transformar em uma exigência social, colocar grades nas casas, ter o máximo de cuidado ao sair à noite ou ter uma arma encostada na cabeça. Não resolve, de forma moralista, apontar para as pessoas que representam uma ameaça à ordem ou à vida como sendo más, assim como não resolve simplesmente fazê-las socialmente culpadas.

230

Na realidade estamos enredados numa espiral de violência com múltiplas causas e com vítimas em todos os lados. O que importa destacar é que esta espiral de violência é também uma espiral de desumanização presente desde as relações domésticas às relações internacionais.

É difícil imaginar que as grades são para nos proteger de humanos como nós, que é gente que revira o lixo em busca de restos de comida, que são humanos que matam humanos por um telefone celular ou alguns reais ou por "causas" criadas para defender interesses que pouco tem a ver com os valores e com a vida das pessoas que vão para o campo de batalha. Esses fatos mostram apenas que tanto a humanização como a desumanização são possibilidades reais na vida humana e que a humanização é realizada na história por meio da ação de homens e mulheres.

Isso está lucidamente expresso num poema de Rob Shropshire sobre o genocídio na Rwanda, em 1994, que custou a vida de 800.000 pessoas sob o olhar complacente o mundo.

> *A desumanidade que nós conhecemos é humana,*
> *É em nossas diferenças humanas que nós encontramos*
> *razões para desumanizar um ao outro.*
> *Isto é o que eu quero lhe dizer.*
> *Nós morremos: nós matamos porque somos como você.*
> *Eu sou como você.*
> *Agora, eu estou morto[40].*

Outra ameaça à humanização que ronda a vida de todos, mas principalmente dos jovens é a exclusão do mundo do trabalho e consequentemente da vida social e cultural. Ou seja, a crise endêmica do capitalismo migra de lugares e se manifesta de formas diferentes. No entanto, não se trata apenas de garantir uma forma de ganhar o sustento, o que até é possível com bolsas e outras compensações financeiras, mas de ver no trabalho, em si, um lugar de realização humana.

---

40 "I was a man, a woman, a child, a foetus. You know I was killed." (MANCHALA, 2005, p. 8)

Realização que até meados do século XX servia para construir identidades sociais possibilitava a organização sindical e partidária fornecia dignidade social e econômica refazendo cotidianamente a produção e a reprodução cultural de cada setor ou classe. A cultura que nasce do trabalho humano sobre a natureza, organizando as relações sociais constitui *"uma espécie de pedagogia ética que nos torna aptos para a cidadania política ao liberar o eu ideal ou coletivo escondido dentro de cada um de nós..."* (EAGLETON, 2011, 17). Por meio do trabalho homens e mulheres se fazem humanos por aquilo que produzem para uso e para troca. Nesta ação cultural tornam-se humanos ainda antes de se tornarem cidadãos e se constituírem em seres de direitos e deveres socialmente contratados.

Há o argumento de que sempre haverá espaço para os competentes e a educação hoje se apoia em grande parte nesse argumento. Basta ver o quanto se abusa da palavra *excelência* nas propagandas e nas políticas educacionais. A fragilidade do raciocínio fica evidente quando se pergunta o que acontece se e quando todos forem competentes e excelentes. Ou seja, parece ficar cada vez mais evidente que da forma como o mercado é organizado é inevitável que haja os de dentro e os de fora, tanto nas relações políticas, econômicas e culturais entre países quanto nas relações sociais e culturais dentro de cada país.

Outras questões são representadas pelo avanço irrefreável das ciências e de sua associação com a economia de mercado que tem produzido transformações tanto na natureza quanto no próprio corpo humano. Modificações que possibilitam manipulações genéticas que permitem "escolher" para o ser humano aquilo que ficava por conta da natureza ou do acaso. A engenharia genética (pesquisa com profundidade na Alemanha da década de 1930 na busca da raça perfeita) possibilita interferir na cor dos olhos e dos cabelos, mas também em qualidades intelectuais e psíquicas das pessoas. "O fenômeno inquietante, segundo Habermas, é o desvanecimento dos limites entre a natureza que *somos* e a disposição orgânica que nos *damos.*" (HABERMAS, 2004, p. 32) Coloca-se o desafio de repensar estes limites considerados "naturais".

Esse desvanecimento de fronteiras também se verifica com a incorporação das tecnologias ao organismo e ao meio onde vivemos.

O uso de próteses hoje faz parte das técnicas cotidianas das diferentes áreas da medicina contemporânea, permitindo tanto o prolongamento da vida quanto a alteração dos organismos das pessoas (substituiria "dos organismos das pessoas" – pelos corpos humanos). O desenvolvimento de novas tecnologias torna muito tênue as distinções entre o ser humano e a máquina. Ou seja, fica difícil imaginar, hoje, uma natureza humana que não seja transpassada pela própria produção humana. Se homens e mulheres são seres de cultura – por natureza – também é verdade que os avanços tecnológicos deram uma nova conotação a este fato ao ponto de se afirmar que passamos da era da *produção de coisas* para a era da *produção de pessoas*.

Embora os incontáveis avanços da técnica e da ciência para refazer o corpo e as condições de vida humanas, a natureza continua, ainda, a estabelecer limites insuperáveis sobre a cultura. Ao lembrar as pessoas que ateiam fogo – em razão de alguma questão política ou ética – a si mesmos não sentem nenhuma dor, mas se queimarem de modo suficiente vão assim mesmo perecer (EAGLETON, 2011, p.128) relembra que a natureza tem a vitória final sobre a cultura. "Culturalmente falando, morte é quase ilimitadamente interpretável: como martírio, sacrifício ritual, alívio abençoado da agonia, alívio abençoado de um longo sofrimento para um parente, fim natural biológico, união com o cosmos, símbolo da futilidade definitiva etc. Mas o fato é que ainda morremos, não importa que sentido damos a isto. A morte é o limite do discurso, não um produto dele".

Assim, e apesar de todos os avanços culturais que modificam o meio ambiente e o corpo, somos parte da natureza e – do nascimento à morte – compomos com ela um universo de estruturas materiais que são independentes de nossas atividades.

Como a invenção dos direitos humanos a ética não é nada mais do que o cuidado e a atenção aos valores e princípios que orientam a vida de cada indivíduo e a vida em sociedade. Ética, nesse sentido, é tanto uma forma de viver conforme princípios, (os princípios dos direitos humanos, por exemplo) como é um conjunto sistematicamente organizado de saberes – portanto, científico – sobre estes princípios e valores.

O *ethos* da ação pedagógica

Embora tudo o que foi dito acima tenha relação direta com a educação, cabe trazer a discussão para mais próximo dos lugares onde se realiza a ação educativa. Daremos atenção a três pontos que podem servir de referência para se pensar e concretizar um *ethos* propício à educação em direitos humanos: a ambiência da prática educativa, a relação entre princípios éticos e conduta moral e o desenvolvimento de uma postura ética.

Ethos – um lugar para viver

A metáfora da casa parece apropriada para se pensar a criação de um *ethos* para a educação. A construção da casa como sabemos, não inicia com cálculos e com cimento. Ela aparece em primeiro lugar como condição de vida, proteção da natureza e exigência cultural e como sonho ou, como diriam os freudianos, como objeto de desejo na imaginação das pessoas. Imagina-se o quarto das crianças, a sala para receber visitas, um lugar para fazer as comidas da família, quem sabe um pátio com canteiro de flores e o gramado. Culturas distintas vão imaginar formatos diferentes e usar outras tecnologias, mas tudo está em função de necessidades para viver e para o viver bem.

Só depois entra o arquiteto com os cálculos e ainda mais tarde o construtor e a equipe de pedreiros, encanadores, eletricistas, pintores, entre outros. Aí vem a organização e, logo em seguida, o cuidado daquilo que foi imaginado, construído e que foi organizado com esforço e sacrifícios, mas também com alegria. Muitos nunca chegam a realizar o sonho, outros quem sabe já pararam de sonhar porque a casa se transformou numa miragem.

O *ethos* para a educação passa por processo semelhante de criação e também corre o risco de desistências. Primeiro há que viver e sonhá-lo. É o momento da utopia, não como um projeto acabado, mas como horizonte a ser desejado. A utopia criativa recusa o pensamento

234

único, abrindo portas para a diversidade cultural e ao mesmo tempo *"descobre uma ponte entre o presente e o futuro naquelas forças no presente que são capazes de transformá-lo"* (EAGLETON, 2011, p. 37). O que sonhamos para nossos alunos? Que papéis sonhamos para a escola, e os outros lugares aonde ocorrem o ato educativo? Que visões temos de nós mesmos, enquanto educadores e educadoras? Que modelo de sociedade queremos para nós e para as futuras gerações? Qual o universo cultural que pretendemos construir? *"Um futuro desejável deve ser também um futuro exequível. Ao ligar-se a esses outros tipos de cultura [...]o tipo mais utópico de cultura pode, assim, tornar-se uma forma crítica imanente, julgando deficiente o presente ao medi-lo com relação as normas que ele próprio gerou"* (EAGLETON, 2011, p. 37).

Ao chegar o momento da construção. É o dia a dia da sala de aula, com alunos que vêm desmotivados, com professores cansados, com equipamentos precários. Precisamos saber também quem faz a construção, ou seja, quais os diferentes papéis que estão presentes no processo educativo e quais desses papéis cabem ao professor e à professora na escola, aos gestores públicos, aos familiares e aos gestores públicos. Estes, aliás, se confrontam com a exigência ética de imprimir os princípios da democracia – a consulta permanente à coletividade – e dos direitos humanos – com o respeito à igualdade de todos, o cuidado com a liberdade de pensar e manifestar o pensamento e a fraternidade como o lugar da diferença.

Sabemos também que a educação precisa de método. Há impreterivelmente escolhas a serem feitas em termos dos objetivos que propomos, das formas de ensinar, das técnicas e das tecnologias mais adequadas, dos conteúdos a serem selecionados. Toda esta escolha implica opções éticas importantes e não podem ser tratadas simplesmente como assunto técnico. Metodologia, diz Carlos Nuñez H. (1999, p. 151), é um sinônimo de coerência. É a permanente busca de eliminar ou encurtar as distâncias entre o dizer e o fazer. Uma metodologia para a educação em direitos humanos não desconhece os princípios dos direitos humanos, ou seja, o cuidado com a condição humana do outro, o respeito aos seus conhecimentos, a liberdade de expressão dos seus saberes, o cultivo da igualdade da condição humana e a aceitação das diferenças culturais e individuais.

Por fim, a morada é o lugar do cuidado. É o lugar onde, enfim, nos sentimos "em casa", porque com mais ou menos condições físicas, supõe-se que ali estejam as pessoas mais próximas, que cuidam de nós e a quem nós cuidamos. Mas a própria casa precisa de cuidado para que seus moradores se sintam bem. Um reparo na pintura, um vaso de flores; gestos de carinho, planos e compartilhamentos fazem parte da morada.

Leonardo Boff (1999, p. 34) dirá que o cuidado é "uma dimensão fontal, originária, ontológica", do ser humano. Em outras palavras, sem algum tipo de cuidado, desde o nascimento até a morte, simplesmente não se pode existir. Daí Boff concluir que "o ser humano é um ser de cuidado, mais ainda, sua essência se encontra no cuidado" (1999, p. 35).

O cuidado essencial que diz respeito às relações entre os indivíduos e ou "eu" e o "outro" precisa ser acompanhado do respeito mútuo, do reconhecimento da diferença e da responsabilidade coletiva. Preocupação individual por excelência, o cuidado se torna coletivo nas conexões sociais que aproximam os seres humanos, aprimorando as relações de convivência capaz de respeitar as liberdades individuais e coletivas especialmente aquelas que dizem respeito aos direitos humanos e ao aperfeiçoamento da democracia. "Se não há direitos humanos sem respeito, o respeito significa aqui a capacidade de amar e deixar se desenvolver intelectualmente, e não o dominar, o castrar, o manipular; uma ética do cuidado exala respeito, porque cultiva o poder do afeto como forma de olhar com atenção" (BITTAR, 2001, p. 87).

Vejo uma tradução desta ideia de cuidado na vinculação que Paulo Freire estabelece entre ética e estética. "Docência e boniteza de mãos dadas." (FREIRE, 1997, p. 36). O cuidado não dicotomiza a preocupação pelo bom e correto da preocupação pelo belo prazeroso e alegre. A ética necessita da capacidade de indignação, mas também esta deve ser educada para não se transformar em rancorosidade.

Ethos (a morada), *oikos* (a casa). São palavras gêmeas e que convêm ser pensadas lado a lado. De *oikos* derivam conceitos conhecidos como economia, ecologia e ecumenismo. A preocupação de fundo é a mesma: existe uma casa comum, um mundo no qual vivemos um mundo único e intransferível, que precisa ser administrado (economia), ser conhecido e preservado (ecologia) e ser cuidado com suas diferentes moradas (ecumenismo).

O *ethos* é uma espécie de caixa de ressonância. Tanto mais investirmos, coletivamente, na sua construção, tanto mais as vozes de cada um e cada uma serão ampliadas e ouvidas, na mesma proporção em que se complexifica a capacidade de captar estes diferentes sons. A medida que criarmos um clima ou uma atmosfera favorável para a prática educativa, estaremos contribuindo não apenas para uma aprendizagem mais eficiente dos conteúdos, mas, sobretudo para a geração de outros espaços onde a experiência de solidariedade, de justiça, de aceitação e respeito mútuo pode ser reproduzida.

Uma das dificuldades atuais da escola está no fato de ela se encontrar numa espécie de limbo, sem saber exatamente o que é e para quê ela forma. O mercado exige profissionais competentes, mas as mudanças tecnológicas constantes permitem pensar quais as competências que serão exigidas dentro de 20 ou 25 anos? As crianças que hoje têm cinco anos necessitarão quando tiverem 20 ou 25 anos? A família espera que ela seja o segundo lar da criança ou do jovem, quando na realidade para muitas crianças as experiências do primeiro lar foram poucas ou frustrantes. A sociedade espera a formação de cidadãos melhores quando a prática da corrupção como que penetra todos os poros do tecido social.

Vemos nesta tarefa de reinventar-se como *ethos* um dos grandes desafios atuais para a escola. Para Comenius, no século XVII a escola era uma tipografia, na qual todos os conhecimentos poderiam ser reproduzidos em todos os alunos. Para Pestalozzi, no século XIX, o modelo para a escola deveria ser a família, tendo como centro a mãe. Gertrudes, a partir de sua modesta casa, ensina as crianças do povoado e regenera a vida da comunidade. Para John Dewey, no início do século passado, o modelo era a fábrica e as crianças aprendiam todas as disciplinas com base nesta indústria. Que espaço é a escola hoje? O que ela pretende ser? Lar, fábrica, laboratório, empresa? Tudo? Ou nada disso? Outra coisa?

Ética e moral: a busca de princípios

A maioria dos autores reconhece que pelo radical grego (*ethos*) e romano (*mos, mores*) as distinções são muito sutis e que as diferenças ficam entre elas por conta do uso. Assim, o conceito de ética geralmente é usado para referir-se a princípios que reclamam universalidade, enquanto que moral tem seu uso ligado com costumes e normas de determinado lugar ou determinada cultura.

A distinção é útil porque nos impulsiona a olhar para além das contingências da vida particular e do grupo ou grupos aos quais pertencemos e que nos emprestam a identidade. Neles, construímos nossa cultura naquilo que ela tem de mais significativo e de mais original ao mesmo tempo em que constitui universalmente nas trocas que faz com outros grupos e outras culturas. A ética vai além da legitimação destes costumes e pergunta se estas práticas não ofendem algum princípio mais básico da convivência nesta menor morada. Assim, a ética põe em debate o uso de animais como fonte de proteínas pelos humanos de forma geral. É a mesma problemática do aborto onde está em jogo à pergunta pelo início da vida, da manipulação genética que questiona os parâmetros para o autocontrole ou da eutanásia que põe em xeque o poder sobre o fim da vida ou o que se considera vida. São questões onde somos confrontados com os limites da nossa autocompreensão do humano.

Estes limites também estão presentes nos espaços educativos. Operamos muito com base em normas do senso comum que passam a ser vistas como necessárias e definitivas. Há um verdadeiro pacote de pragmatismo que hoje assola a educação, desde os primeiros momentos da educação infantil até o doutorado. Há desde cedo a necessidade do enquadramento em padrões porque lá pelas tantas aparece a régua que mede o quanto se consegue ler, quanto de história se aprendeu ou quantos artigos científicos foram publicados.

As perguntas éticas são aquelas que questionam o quanto e como tudo contribui para construir um *ethos* que, no final de contas, promove a humanização. Possivelmente a régua que mede a

238

capacidade da leitura do texto não dá conta da capacidade da leitura do mundo; a régua que mede o manuseio de números não será capaz de antecipar os cálculos que serão feitos com eles; a régua que mede os artigos científicos não pode medir os abusos a que as descobertas científicas se prestaram.

A ética pergunta por aquilo que fundamenta a ação. Estes princípios podem variar, mas eles têm em comum um apelo de universalidade para melhorar as condições da morada comum. Podem ter nomes diferentes, mas remetem a um bem ulterior: a ética da solidariedade, a ética do cuidado, a ética do respeito à diversidade, entre tantas outras[41]. É nesse sentido que Paulo Freire (1997, p.16) fala da "ética universal do ser humano".

Esta discussão é paradoxalmente a mais íntima e pessoal e a mais ecumênica e universal. É a discussão na qual, despidos das roupas com que os costumes e as normas de cultura nos vestem, procuramos encontrar razões para garantir a vida em comum. Nas palavras de Leonardo Boff (1999, p.28): "Devemos beber da nossa própria fonte. Auscultar nossa natureza essencial. Consultar nosso coração verdadeiro." É o lugar onde relativizamos a cultura que nos formou e impregnou enquanto, paradoxalmente, a afirmamos.

Ética e desenvolvimento humano

Nas discussões pedagógicas sobre ética talvez se tenha dado pouca atenção ao desenvolvimento de posturas éticas ao longo da vida humana. Tanto assim que o conceito é, via de regra, referido a adultos. Possivelmente por trás disso esteja a falácia de uma relação demasiado estreita de ética com princípios racionalmente justificados, como se as crianças e os jovens agissem simplesmente por instinto, por

---

41 "(...) a educação moral deve ajudar a distinguir *normas comunitárias*, que pertencem ao nível convencional, de *princípios universalistas*, que permitem questionar até mesmo as normas comunitárias a partir de uma consciência moral que é capaz de se colocar no lugar de qualquer pessoa enquanto tal." (CORTINA e MARTINEZ, 2005)

imposição ou coação de outros, como se não fossem seres de direitos e, em consequência, com deveres em relação aos demais.

Temos, hoje, condições de verificar que há diferentes racionalidades, tanto ao longo da vida quanto na vida de uma pessoa. Além disso, que essa racionalidade está ancorada em experiências nem tão acessíveis ao controle da cognição. Somos muito mais do que conseguimos pensar que somos.

Com base em pesquisas na área do desenvolvimento humano, sabe-se que a capacidade de agir a partir de princípios cresce e amadurece num longo processo. Há momentos ou estágios, dependendo da teoria, do desenvolvimento moral como há no desenvolvimento cognitivo. Talvez fosse melhor falar em estilos ou modos de colocar-se diante de temas da vida em comum na morada, uma vez que as próprias teorias relativizam a visão de um desenvolvimento linear. Por exemplo, há um momento em que a argumentação se centra numa autoridade inquestionável: Deus não quer que se mate; o pai não quer que se brinque com os pobres da vila; a professora mandou separar meninos e meninas. Esta forma de pensar pode ser considerada legítima para determinada teoria ou interpretação do cotidiano, mas se torna problemática quando a pessoa permanece neste círculo de raciocínio.

O último estágio, conforme Kohlberg (1984) é o que identifica como princípios universais, quando a pessoa vê as autoridades, as leis e as normas como instrumentos para garantir princípios de ação que passam a valer para todos. É o que se vê na ação de pessoas como Martin Luther King, Mahatma Gandhi, Madre Teresa de Calcutá ou Dom Hélder Câmara. São pessoas que encarnam uma realidade que as fazem parecer mais humanos e que servem de inspiração para os demais.

Se a ética, hoje, é uma área problemática, a educação precisa assumir a sua parcela de responsabilidade. Com certeza, muitas das pessoas que criticamos passou algum tempo na escola, algumas mais e outras menos, e passou pelas mãos de dezenas de professores esforçados e de famílias que desejaram e trabalharam para o melhor de seus filhos.

240

Esta reflexão leva a considerar a necessidade de conhecer o processo de desenvolvimento ético. Para uma educação ética de pouco servem cartilhas onde se memorizam dogmas de como agir. Se dependesse de simples conhecimento dessas regras não teríamos tantos problemas. O desafio pedagógico é acompanhar a criança e o jovem e constantemente desafiá-lo a problematizar a sua ação e o seu posicionamento. As crianças têm um profundo senso de justiça que pode tanto ser cultivado por meio da prática educativa quanto pode ser atrofiado e asfixiado. O educador e a educadora, seja em casa, na escola ou em outros lugares, tem o papel de colocar-se como o *Outro* (em alemão, o *Gegenüber*, literalmente "contra/sobre") que acolhe, confronta, questiona e caminha junto.

O reconhecimento do outro constitui para cada ser humana possibilidades do estabelecimento de direitos universais. Não se trata aqui do direito dos indivíduos, mas do direito universal. Não se trata, também, do direito do civilizado colonizador europeu sobre o humano não civilizado não europeu que tem seus direitos e sua condição humana negada pelo colonizador civilizado como bem demonstra a história de nossa América.

Uma pedagogia ética, voltada para o reconhecimento dos princípios dos direitos humanos recusa o pensamento didático assentado sobre a concepção de que a educação não precisa preparar homens e mulheres para a participação política. Esta pedagogia da recusa do outro é a mesma dos civilizadores que sempre negaram aos colonizados o direito de, livremente se autogovernar até estarem responsavelmente "civilizados" (EAGLETON, 2011). A negação da liberdade e a supressão da igualdade de decidir os rumos do próprio destino elimina os direitos individuais e coletivos desprezando a condição humana e recusando a cada educando os caminhos de sua própria emancipação na direção de se reconhecer como um ser de direitos.

Conclusão: "Ainda somos aproveitáveis?"

Para finalizar esta reflexão, transcrevo as palavras que Dietrich Bonhoeffer, um teólogo alemão, escreveu no campo de concentração do regime nazista antes de ser morto como conspirador contra o regime. A verdade superior do nazismo acabou, mas existem muitas outras verdades sempre candidatas a serem as únicas. O mundo todo às vezes não parece um grande campo de concentração, o ser humano sendo prisioneiro de si mesmo, de seu progresso, de suas conquistas e de suas ambições?

> *Temos sido testemunhas mudas de atos criminosos, fomos lavados com muitas águas, aprendemos as artes do disfarce e da oração ambígua, por experiência ficamos desconfiados contra os homens e muitas vezes lhes ficamos devendo a verdade e a palavra franca, cansamos sob os conflitos insuportáveis e quiçá nos tornamos cínicos até – somos ainda aproveitáveis? Verdade é que não necessitaremos de gênios, nem de cínicos, nem de desprezadores dos homens, nem de sábios táticos, mas sim de simples, modestas e retas pessoas. Será que nossa íntima resistência contra tudo que nos foi imposto se mostrará forte e nossa sinceridade contra nós mesmos impiedosa o bastante para que achemos novamente o caminho para a simplicidade e retidão?* (BONHOEFFER, 1980, p.31)

Perguntas com esta radicalidade emergem do enfrentamento das situações-limite e não necessariamente é sinal de desesperança, como era o caso do próprio Bonhoeffer. Elas mostram a inconformidade com o mundo criado por nós, humanos, e conosco mesmo, enquanto partes desta criação. A educação tem um papel a cumprir no sentido de, em cada época e em cada lugar, manter viva a capacidade de formular estas perguntas e ajudar os homens e mulheres a buscarem o seu *posto*[42] neste mundo. Sendo a humanização processo

---

42 Referência ao primeiro capítulo de *Pedagogia do oprimido* (1981) no qual Freire argumenta que o "desafio da dramacidade da hora atual" exige ao homem propor-se a si mesmo como problema e a partir da inquietante descoberta de que pouco sabem de seu "posto" no cosmos se dispõem a saber mais.

permanente, a educação é parte deste movimento por meio do qual, homens e mulheres, se fazem a si mesmos enquanto fazem o seu mundo. Colocar estas questões no horizonte da prática educativa cotidiana tem o poder de produzir novos sentidos para *o que* e o *como* se ensina e aprende e com isso fomentar o *ethos* no qual, voltando ao texto de José Martí em epígrafe, o *produto* humano é a prova da civilização que estamos criando.

Mais do que um produto a educação em direitos humanos pode representar uma possibilidade a mais para a superação de um modelo social utilitário e desigual. Ao propor que o princípio educativo se oriente na direção de formar indivíduos e setores sociais como sujeitos de si mesmos, a educação em direitos humanos não só reconhece a urgência de buscarmos novas formas de relações baseadas na justiça e na igualdade social com liberdade política (FERNANDES, 1989, p. 249) como, também, compreende que os direitos dos indivíduos e dos povos não são meras declarações, são coisas que acontecem que reconhecemos como humanas e que desejamos como constituintes de nossa vida social.

Nascidos dos conflitos históricos que opõem de um lado os atos opressores de diferentes estados autoritários e de outro as propostas emancipatórias dos movimentos sociais, os direitos humanos fornecem a educação um conteúdo crítico carregado de uma dimensão inovadora. Com conteúdos que não se esgotam nas declarações e nos tratados universais assinados pelas nações, e que se renovam – a cada dia e a cada lugar – conforme as condições concretas de cada sociedade e dos sonhos que elas conseguem produzir, uma pedagogia baseada nos direitos humanos compreende o horizonte crítico da educação para a formação de um juízo moral autônomo, o cuidado solidário ao outro, a emancipação por meio do trabalho pessoal e coletivo e o envolvimento com uma cidadania participativa. Condições que constituem uma *"fonte de energia ética e política"* (CANDAU, 2007, p. 411).

Referências

ANDRADE, Carlos Drummond. *Antologia poética*. 5. ed. Rio de Janeiro: Sabiá, 1970.

BITTAR, Eduardo C. B. Razão e afeto, justiça e direitos humanos: dois paralelos cruzados para a mudança paradigmática. Reflexões frankfurtianas e a revolução pelo afeto. IN BITTAR, Eduardo C. B. *Educação e Metodologia Para os Direitos Humanos*. SP. Editora Quartier Latin do Brasil, 2001.

BOBBIO, Norberto e PAPUZZI, Alberto. *Diário de um Século: Autobiografia São Paulo:* Ed. Campus, 1997.

BOFF, Leonardo. *Saber cuidar: Ética do humano – compaixão pela terra*. 2. ed. Petrópolis: Vozes, 1999.

BONHOEFFER, Dietrich. *Resistência e submissão*. Tradução de Ernesto J. Bernhoeft. 2. ed. Rio de Janeiro: Paz e Terra; Rio Grande do Sul: Sinodal. 1980.

CANDAU, Vera M. Educação em Direitos Humanos. Desafios atuais. IN: Godoy, Rosa M.S. *Educação em Direitos Humanos: fundamentos teórico-metodológicos*. João Pessoa: Ed, Universidade Federal da Paraíba, 2007.

BRANDÃO, Carlos Rodrigues. *O que é educação*. 3. ed. São Paulo: Brasiliense, 1981.

CORTINA, Adela e MARTINEZ, Emílio. *Ética*. São Paulo: Loyola, 2005. p. 170-175.

DUSSEL, Enrique. *Ética comunitária*. 3. ed. Petrópolis: Vozes, 1994.

EAGLETON, Terry. *A ideia de Cultura*. São Paulo: Editora UNESP, 2011.

FERNANDES, Florestan. *O desafio educacional*. São Paulo: Cortez/Autores Associados, 1989.

FREIRE, Paulo. *Pedagogia do oprimido*. 9. ed. São Paulo: Paz e Terra, 1981.

_____. *Pedagogia da autonomia: Saberes necessários à prática educativa*. São Paulo: Paz e Terra, 1996.

HABERMAS, Jürgen. *O futuro da natureza humana*. São Paulo: Martins Fontes, 2004.

KOHLBERG, Lawrence. *The Psychology of Moral Development*. 2. V. San Francisco: Harper & Row, 1984.

KREUTZ, Lúcio. Identidade étnica e processo escolar. *Cadernos de pesquisa*, n. 107, p. 76-96, July 1999.

MANCHALA, Deenabandhu. *Nurturing Pease: Theological Reflections on Overcoming Violence*. Geneva: Risk Book, 2005.

244

MARTÍ, José. *Obras completas*. v. 22. La habana: Centro de Estudios Martianos, Karisma Digital, 2001. (Edição Eletrônica).

NÚÑEZ H, Carlos. *La Revolución Ética*. 2. ed. Guadalajara: IMDEC, 1999.

ROUSSEAU: Jean-Jacques. *Emílio ou Da Educação*. Tradução de Roberto Leal Ferreira; introdução de Michel Launey; revisão da tradução Mônica Stahel. São Paulo: Martins Fontes, 1995.

STRECK, Danilo R. *Educação para um novo contrato social*. Rio de Janeiro, Vozes, 2003.

VÁZQUEZ, Adolfo Sánchez. *Ética*. 21. ed. Tradução de João Dell'Anna Rio de Janeiro: Civilização Brasileira, 2001.

IMPRESSO NA G R Á F I C A

sumago gráfica editorial ltda
rua itauna, 789   vila maria
02111-031   são paulo   sp
tel e fax 11 **2955 5636**
sumago@sumago.com.br